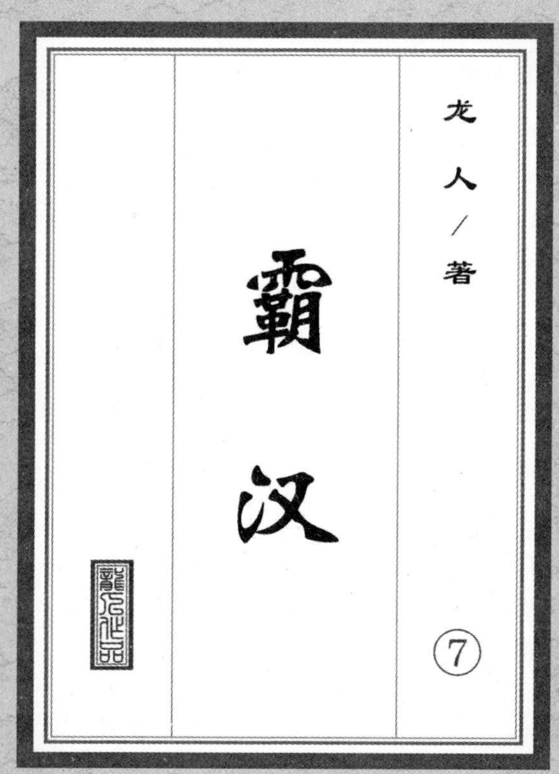

霸汉

龙人/著

⑦

二十一世纪出版社集团
21st Century Publishing Group
全国百佳出版社

图书在版编目（CIP）数据

霸汉：全10册 / 龙人著. -- 南昌：二十一世纪出版社集团，2017.10

ISBN 978-7-5568-3101-2

Ⅰ. ①霸… Ⅱ. ①龙… Ⅲ. ①长篇历史小说－中国－当代 Ⅳ. ① I247.5

中国版本图书馆 CIP 数据核字 (2017) 第 243760 号

霸汉：全10册　　龙　人著

责任编辑　敖登格日乐
出版发行　二十一世纪出版社集团
（江西省南昌市子安路75号　330025）
www.21cccc.com　cc21@163.net
出 版 人　张秋林
经　　销　新华书店
印　　刷　北京龙跃印务有限公司
版　　次　2018年2月第1版　2018年2月第1次印刷
开　　本　710mm × 1000mm　1/16
印　　张　160
字　　数　1600千
书　　号　ISBN 978-7-5568-3101-2
定　　价　498.00元（全10册）

赣版权登字—04—2017—743

目　录

第六十二章　再回去梦

剑无心一入水，火势顿灭，但突觉脚下一紧，似乎有一只手在水中抓住了他，顿时，他记起了林渺水下的能耐，而在这片水域之中，绝不是他的天地，可是后悔已经来不及了，一股大力使他连挣扎都没有便沉入水中猛喝了一口水。

“呼……”剑无心猛一挣，又冒出水面，水下之人似乎并不能抓紧他。

一出水面，剑无心顿感无数刀气如天罗一般狂罩而下，被河水迷糊的目光中，林渺与他的刀以一种奇怪的形式挥下。大骇之下，剑无心不自觉地让自己再沉入水中，以期躲过林渺这必杀的一刀。

剑无心一沉入水中，便觉一柄尖刺自一侧刺来，他想伸手格挡，但在水中，手与脚根本就不那么听使唤，速度也无岸上快捷，竟没能挡住，让那尖刺重重地刺入腰肋。他不禁一声惨号，可是却没有声音发出，而只有一口呛人的河水灌入口中，使他头脑一片昏沉，但他却知道，在水中不仅有林渺，而且有他早就在水下安排了伏兵，就等他这个猎物下水，可是此刻后悔也迟了。

剑无心确实有些后悔，若以他平日的冷静，早就应该想到林渺火攻之意便是要逼他下水，而那烈酒所燃起的火虽炽痛，但在顷刻之间并不能要他的命，最多受一点皮肉之苦，或使伤势加重一些，撑到雷霆威回救应该是没有问题的。可是他受了重伤之后，又被林渺这诡计弄得晕头转向，已经失去了昔日杀手的冷静，不自觉地坠入了林渺设下的圈套之中。

雷霆威心焦如焚，弃舟踏水快速而回，可是待他赶到河边之时，林渺和剑无心都已经沉到水中不见了，只有河水之中漂起的一丝血花，以及一些未曾平息的余波。四周的渔民也都走开了，只剩下几只倾覆的小船，整个码头便只有官兵与王家家将尚在厮杀，地上除了血迹便是尸体，远处似乎尚有几个渔民在烧火，码头的河边很冷清，倒是河中的大小船只来去穿梭极为热闹。

"无心——"雷霆威几乎有些疯狂了，放开声音高呼道，但是回应他的却只有河中船夫们的号歌之声，粗犷而豪迈，如苍凉古朴的山寺晚钟。

那些渔民似乎知道雷霆威此刻杀机如狂，都躲得远远的不靠岸，或干脆到河对岸去。

"无心……无心……"雷霆威的呼声震得涛起浪涌，凄厉而悲怆。他知道自己又失去了一个伙伴，一个出生入死了数十年的兄弟，当初十三人，如今一个个地凋零而去，在突然之间他有点后悔要来杀林渺，若不是如此，剑无心又怎会离他而去?

雷霆威恨！恨自己，恨樊祟，更恨林渺！甚至恨这里的每一个人，还有这无情的汚水！

人们都说杀手无情，雷霆威知道自己变了，他已经不再是昔日的杀手之王，不再是昔日的雷霆威，他已经有了感情，已经让那颗冷血的杀手之心软化了，这是杀手的悲哀，也是一个杀手致命的破绽。

雷霆威知道，这二十年的退隐，他永远也不可能找回昔日的自己，如果是在昔日，他便绝不会让这些渔民纠缠，为达目的，他可以杀尽一切阻碍，哪怕是无辜的人，如果真是这样，那林渺便绝不可能有这般机会。

他不得不承认林渺的诡计更胜过武功，此人似乎总有着出人意料的手段，除非不给他任何机会，只要稍有一点机会便是致命的。这样一个对手便如在森林之中狩猎的魔豹，若想将之击杀，就要付出惨重的代价。

"林渺——我誓要杀了你！"雷霆威爆发出一阵疯狂的怒吼，如万千焦雷自天空同时轰下，河水之中不仅激起了尺许浪花，更有鱼儿疯狂地跃出水面，仿佛是无法承受那狂躁而极具杀伤力的音波。

不远处的官兵及王家家将也在这巨吼声中东倒西歪，耳鼻渗血，痛苦地抱头狂奔而去。

"救命……救命……"河心的山西恶鬼本想靠岸，但是他的小船却根本就闯不过去，被几个渔民自水下掀翻了。他跃上别的小船，但那船上的渔民也纷纷跳入水中，以铁钩绳索之类誓要将山西恶鬼掀入河水之中。

山西恶鬼空有一身武功，可是敌人在水下，他也无可奈何，所立的小船被水下之人摇得他几乎立足不住，更在河中打转，这下他可急了。与他同船的几名王家家将都已落水，立刻被渔民抓住，在河中淹个半死，眼睁睁地看着被渔民如拖一条条死鱼般将之拖走。在这种情况下，他再也顾不了什么身份，唯有向岸上的雷霆威求救，否则的话，若落在那群渔民的手上，其结果自然是惨不忍睹了。

上次在涡河他被林渺、铁头弄怕了，是以这次操了一艘大船而来，却没料到这大船竟然被莫名其妙地炸碎。他想以大船为凭，但最终这想法依然落空，又一次尝到小船之苦。

雷霆威心中稍动，但他对这山西恶鬼并无好感，是以并没有真的出手。

山西恶鬼见雷霆威并没有出手的意思，他心中不由恼极、暗恨，却也无可奈何。再看船上的甲板，顿时心中一动，抓起一叠舱板，信手甩出，身子飘然落向那河中的舱板，再腾起，手中舱板顺手甩出，十数块舱板竟让他横渡过四十余丈河面，离岸只有十余丈远。但这片河域之中本就飘着很多浮着的碎木，刚好给山西恶鬼以落足之用，竟给他借机落上了岸。

上了河岸，山西恶鬼才长长地吁了口气，却惊出了一身冷汗，想到刚才河中的险情，他心中暗暗发誓，以后永远不坐那种小木船，否则下次只怕连死都不知是怎么死的。

雷霆威依然立于江岸之上，望着滔滔河水出神，似乎在等待奇迹发生。

“哗……”河水之中钻出一条人影，在河中间爬上了一艘空着的小渔船。

“林渺——”山西恶鬼惊呼，他终于再一次看见了林渺，但是心中却有一丝苦涩，此刻他身边除了一柄剑之外，什么也没有，即使看到了林渺又能如何？此刻他甚至对对付林渺已经失去了任何信心，已经感到有些心寒，或者，他只想退出这场游戏。

雷霆威也看到了林渺，但却似乎如一截枯桩般静立于岸边，没有一点行动的欲望，整个心神若陷入一种枯死的境界之中。

没有看到剑无心，但没有人会认为剑无心还活着。

林渺未死，那么死的人便定是剑无心。剑无心究竟在什么地方并没有人知道具体位置，却可以肯定就在这片水域之中。

“这水里有东西，还有血水渗出！”山西恶鬼自林渺那里收回目光，却惊讶地发现河水之中竟尚有血水渗出。

雷霆威心中一动，喃喃道：“无心，是无心！”旋即目光变得极为冷漠地望向山西恶鬼，杀意逼人地道：“让人下去看看！”

山西恶鬼目光落在那几名王家战士身上，那几人也面如土色，不敢下水。

“还要我说吗？你们谁下去？”山西恶鬼沉声问道。

“哈哈哈……”河心的林渺放声大笑道：“如果你们快一点下水，说不定那老鬼还可以救活，快点下去捞吧！想对付我，必要付出代价！”

雷霆威大急，林渺这么一说，便证明河水之中真是剑无心，急速移身抓起两名王家家将甩手便扔入河中，冷冷地道：“没捞起来你们就别上来！”

顷刻间，雷霆威将那十数名王家家将纷纷扔入河中。

那些人慑于雷霆威的威势，哪敢不从？只好潜入水中打捞，却发现水中的人被绳子拴在一只沉船之上，他们连沉船也一起翻了过来，将水中之人送出水面，果然正是那倒霉的剑无心。只是此刻的剑无心早已气绝，身上中了数处致命刀伤，便是不淹在水中，也无生还之理，这一点瞎子也能看得出。

雷霆威眼都红了，望着林渺消失的方向高呼：“林渺，便是追到天涯海角，我也要将你碎尸万段！”

竟陵沔水中回应雷霆威的依然只有滔滔的江水声，而林渺所驾的小舟早已顺流而去。

“我们去找一艘大船追，不信他能够逃到天边去！”

雷霆威看了山西恶鬼一眼，知道他说的也不失一个办法，因为只要在河水之中，他们几人根本就不可能抓得住林渺，以林渺的水性，只要不上岸，他们也难奈其何，先有鬼影子，后有剑无心，二人都是因为河水而丧命于林渺之手，便是雷霆威也不想与林渺在这种大江大河之中交手，那对他一点优势也没有。

“你立刻去找船，我要将这小子千刀万剐!”雷霆威声音冰冷如在桶中搅动的浮水。

“帮主，你又在想林城主了?”迟暮吸了口气问道。

迟昭平回过神来，望了迟暮一眼，略有些涩然地笑了笑道：“只有十天时间了，不知他现在怎么样了?”

“吉人自有天相，林城主绝不是薄命之人，相信他定会逢凶化吉，找到万载玄冰!”迟暮淡淡一笑，安慰道。

迟昭平调整了一下心情，望着窗外绽放的鲜花，自语道：“又是一个春天了，日子过得真快!”

“该放下的不应该背着，命中已经注定春天会在冬天之后到来，我们也便顺其自然，过好每一个季节的每一天才是最重要的。”迟暮想了想道。

“白才他们造船的材料和人手有没有给他们选齐?”迟昭平一转语锋，悠然问道。

“已经选好了，他们已经开始制造，模型都快做好了。这个人确实是个人才，湖阳世家造船之术真让人惊叹!”迟暮听迟昭平问起了白才，不由得赞道。

迟昭平笑了，道：“阿涉用人极有一手，他所选的人应该不会错。听说白才曾与阿涉共赴云梦死亡沼泽，而能生还，相信他对那片死亡沼泽定也很熟悉!”

“帮主不会也想去云梦泽吧?”迟暮倒吓了一大跳。

迟昭平笑了笑道：“我现在去云梦泽也赶不及，只怕此刻他已快到那里了。以行程计算，他应该已到了竟陵，再有两日就可以抵达云梦死亡沼泽了。”

迟暮这才松了口气，心中暗自惊讶，迟昭平似乎对林涉的行程每天都在计算之中，由此可见，迟昭平对林涉确实用情至深。

“白才确实与林城主同去过云梦死亡沼泽，还亲身体会了那里的可怕。不过，那日在绝境之中，林城主尚可以逢凶化吉保众逃出生天，而今日的林城主更是不同往日，且已轻车熟路，自然更不会有问题。这一路上又有鬼医等人照看，相信用不了多久便会重返平原的！”迟暮分析道。

“但愿如此，近来王郎蠢蠢欲动，我们要尽快赶造出最好的战船，让兄弟们有一段时间操练，以备万一之用！”迟昭平吸了口气，肃然道。

“这个我知道，近来传出有你爹出现在南阳的消息，我想应该是真的，还有那崆峒掌门人将与贵霜国的九段高手于五月初五端午节决战于武当山的消息！”迟暮又道。

“哦，有没有派人去南阳找我爹？”迟昭平问道。

“我正想请示帮主！”迟暮道。

“你便派人去查一下吧，看这消息是不是真的。”迟昭平吸了口气道。

“同仁行的人全都溜走了？”廖湛神色变得有些难看地问道。

“不错！刚才有人看到樊祟又进了同仁行，可是同仁行一个人都没有，樊祟似乎极恼火，把门都打破了！”那探子道。

“混蛋！你们这群饭桶是怎么做事的？连一屋的人走了都不知道，那要你们天天在外面监视他们的行动干什么？！”廖湛一耳光狠狠地抽在那探子的脸上，气恼地大骂道。

那探子捂脸半声都不敢哼，另外一名负责行动的战士却吓坏了，扑通一声跪下道：“小的知罪，小的知罪，还请将军饶命，他们是事先在同仁行里挖了地道，从地道逃走的！”

“事先挖了地道？”廖湛神色再变，冷冷问道。

“是的，我们查过了，那条地道通到十丈外的另一座老宅，我们没有注意那老宅里的动静，是以，小的不知道他们什么时候走的。”那战士怯怯地道。

“那同仁行里的一切有没有被搬走？”廖湛冷问道。

“里面不能带走的物什都被他们毁坏了——呀……”那战士一句话尚未说完便已重重地挨了廖湛一脚，惨哼着飞跌而出，喷出一口鲜血后立刻气绝。

“你立刻去给我查寻姜万宝等人的下落，查不出来就不要回来见我！

另外，如果有别人知道这事，你也提着脑袋来见我!”廖湛杀机如潮地道。

“是，小的明白!”那探子脸色都变绿了，额角渗出了丝丝冷汗，说完赶忙施礼退去。

廖湛又回到自己的座位之上，沉思了片刻自语道：“樊祟居然又找上了同仁行，还砸门破墙，看来并不是与林渺一道，难道他也被那小子给耍了?”想到这里望了帐内的几名亲卫一眼，沉声道：“你们立刻拿我的令牌去让李统领追查林渺的下落，查到了立刻以飞鸽传书告诉我!”

竟陵的这群渔民对林渺极为客气，不仅是因为林渺为他们除了蛊雕，帮陈老四报了仇，更因为林渺拥有让他们都有些惊叹的水性。

渔民们都敬重水性好的人，因为他们尊重水，一辈子就想征服水。

林渺水性好的一个极主要的原因是那日在云梦寒潭之中，他无意之中懂得了以体内真气运行，将自己调整到内呼吸的状态，且那次在强大的水压和吸力两种极端的差异之下，他知道了在水中另外一个最重要的道理，便是冷静，始终保持冷静，才能够在水中更为自在灵活。因此，他能将自己的优势在水中发挥出来。而另一个优势则是他的眼睛在水中依然可以清楚地视物，可以像鱼一般辨清游动的物体，这便使他水下的功夫更胜陆地上的功夫。

季步本来并不怎么看好林渺，但是现在却对林渺极为敬重，因为林渺在水下救了他，否则他只怕早死在蛊雕的凶残之下了。重英雄，惜英雄，他自然对林渺极为敬重了。

这倒使林渺行事方便多了，有这些渔民帮忙，他坐着不动，便有人去帮他购回所需要的东西。事实上，这群渔民也不想林渺动，他们拉着林渺问这问那。最让这群渔民好奇的却是林渺如何让那艘大船化为碎片的，那惊人的威势在他们的心中烙上了一道深深的印痕。他们从没想过，以一人之力能将一艘双桅大船破坏成那样子。

事实上，林渺也想将这之中的秘密弄清楚，那大船爆炸的威力之强让他也有些吃惊。上次以酒坛毁了游幽的船，而这次毁山西恶鬼的船更是轻松和威力惊人，在那酒坛和火油之间似乎存在着超乎它们本身力量的破坏力，只是人们并没有发现而已。而林渺这两次的巧合使他悟出了这之中有许多原理，要是能合理运用，那它的威力绝对会让世人震惊。

林渺也觉得应该找点时间试一下如何才能将这种东西的威力发挥得更惊人一些，而这如果运用到军事上，是不是更为可怕呢？

这些渔民让他讲，他一时也不能讲得太明白，只是告诉了他们火油和烈酒的妙用，而这些则够这些渔民受用的了。他们感到极为新鲜，也很有趣，后得知林渺要去云梦泽深处的死亡沼泽，便没有人敢作声了，他们根本没胆量去那片死域，因为他们很清楚那蛮荒之地有多么恐怖，进入者能出来的，他们几乎没有怎么听说，也可以说进入那种地方是必死无疑。是以，他们没有人敢陪林渺去冒险。

"我只需有条小船，自己可以驾去！"林渺自信地道。

"你一个人去怎么行？那里面凶险重重，更听说有许多异物凶灵出没，瘴气毒沼之类的，你一个人去岂不是送死吗？"一个老渔夫担心道。

"一年前我曾经到过那里，那里的环境我清楚，只要选好了路，在白天进入其中便不会有太大的问题，何况我准备充足，有些凶险也无碍！"林渺坦然道。

"你一年前到过那里？"众渔民都有些吃惊，显得有点难以置信。

"叔叔，听说那里好吓人，那里面究竟有什么东西呢？"一个小孩子突然插嘴天真地问道。

众人不由得都逗乐了。

"你一个小孩子家，不要在这里闹，一边玩去！"季步拍了拍小娃娃的脑袋笑道。

林渺却正容道："里面确有许多我们平日想都想象不到的奇物，也许可以说是什么样的东西都有，不用说得太明白，我并不希望你们去以身相试。如没必要，永远都不要去知道那里面有些什么，那对你们没有任何好处。"

"不若我陪你去一趟！"季步想了想道。

"还算我一份，原来公子便是林渺，我这把老骨头总觉得没什么用武之地，如果公子不弃，我愿意陪公子走一趟！"

“你去了，那小翠怎么办?”林渺反问道。

“小翠还有她哥呢!”那老船夫诚恳地道。

“公子不用为我担心，小翠会照顾自己的，其实我们可以只将公子送到那里，让公子再乘小船上岸，我们再顺流而下或者是返回，那不就没事了？只要我们不上岸，难道会有什么危险?”小翠提议道。

林渺眼睛一亮，点头道：“嗯，这倒是个可行的办法，若是停留在河中便不会有什么事，还是小翠聪明!”

“那小翠也可以在这几日为公子烧烧饭，到了那里我再与爹一起返回，公子认为可好?”小翠急忙道。

“嗯，这样也不错，有个人做饭省事多了，我看公子就这么决定吧，到时候，便由我陪你一起上岸好了!”季步插嘴道。

林渺沉思半晌，最终点点头道：“好吧!”

“皇上，晏奇山求见!”侍卫步于大殿，向刘玄深施一礼道。

“哦，快请进!”刘玄神色一整道。

“传晏奇山!”那侍卫向外宣了一声。

“晏奇山见过玄帅!”晏奇山大步入殿，仅是欠身施礼，淡然道。

刘玄眉头一皱，拂袖向属下侍卫道：“你们先出去吧，这里不用你们侍候了!”

晏奇山似乎没有一点意外，只是淡淡地笑了笑道：“好久不曾相见，护法竟然有如此功绩，真是可喜可贺呀，宗主知道了定会很高兴!”

“坛主见笑了，我这也是为了魔门大业呀，而且我之所以称帝也是被众将所逼，否则刘寅登位，那对我们的大业绝对不利!”刘玄悠然道。

“但愿如此，只是这皇帝宝座确实挺有诱惑力的!”晏奇山阴阴一笑道。

“坛主此话何意？他日大事一成，登基之人自然是宗主，我只不过是暂代一下而已，难道坛主会怀疑我对宗主的忠心?”刘玄神色微变，冷冷问道。

“属下自然不敢，宗主只是让我来提醒护法，要小心湖阳世家，不要走得太近了，湖阳世家远没有这么简单！”晏奇山淡漠地道。

“难道湖阳世家还有什么？白善麟已经去了北方，白鹤乃我岳丈，湖阳世家还会有什么不妥吗？”刘玄惑然问道。

“据玄武坛的调查，湖阳世家暗中似乎有一股极为强大的力量，甚至有猜测，白鹰根本就是假死。白善麟有替身，那白鹰假死也不是全没可能。表面上看来湖阳世家似是已全由白鹤统领，但是事实可能不会这么乐观！”晏奇山提醒道。

刘玄神色微变，讶然反问：“你说白鹰可能没死？可是我亲眼见到他的尸体和下葬的，这怎么可能？”

“这也只是一种猜测，我也是亲眼见到他下葬的人，如果他真的没死的话，他能够骗得了这么多人，确实不能小视！”晏奇山道。

“如果他没死，为什么不出面？他这样做又有什么目的？”刘玄惑然道。

“正因为不知其目的，我们才觉得这个人很可怕！”晏奇山吸了口气道。

“这只不过是一个猜测而已，又怎可信？湖阳世家之中我安排了那么多人都没有白鹰的消息，玄武坛的密探又怎能探到什么？”刘玄不以为然地道。

“护法好像忘了湖阳世家的禁地！”晏奇山道。

“湖阳世家的禁地？”刘玄神色一动，问道：“你是说湖阳世家老祖宗修养的无忧堂？”

“不错，就是无忧堂！”晏奇山肯定地道。

“那里我的人确实无法到达，连我岳丈也不能随便进入。可是无忧堂已经被列为禁地数十年了，难道那里还有什么不妥？”刘玄讶异问道。

“护法没派人去，但玄武堂却先后派了三十六名一流密探进入无忧堂！”

“在那里面究竟有没有找到白鹰？”刘玄微有些色变地问道。

“但这三十六人却没有一个能出来，他们一入无忧堂就再也无音讯，其中还包括当年削刀门天下第一遁的弟子游月生！”晏奇山吸了口冷气，沉沉地道。

“游月生？这个人我听说过，其遁地之术已经独步天下，几可直追其师，难道连他也不能幸免？”刘玄神色有些难看地问道。

“不能！”晏奇山肯定地道。

刘玄半晌未语，沉思了一会儿才道：“无忧堂被列为湖阳世家的禁地，自然是戒备森严，要想在那里查探消息确实很难。但我想，如果说白鹰活着藏在那里的可能性不大，因为我岳丈绝不可能会让白鹰活着，他对无忧堂的秘密应该很清楚，如果白鹰在其中，他又岂能无动于衷？”

“话虽是这样说，但无忧堂之中一定藏着什么大秘密，甚至可能影响整个湖阳世家！因此，我们绝不可有半点大意！”晏奇山吸了口气道。

刘玄不屑地笑了笑道：“至少，现在湖阳世家是在帮我，我只需要湖阳世家帮我就行，他们的力量越强，对我就越有利。别忘了，湖阳世家现任的主人是我岳丈！”

晏奇山的脸色微变。

刘玄有点不耐烦地望了晏奇山一眼，他有些烦这个侏儒对他说话的语气，尽管他尚未能杀王莽破赤眉，只不过是自立的更始帝。但他喜欢扮演这个高高在上的角色，喜欢别人仰视他，可是晏奇山压根就没把他当成更始皇帝，这使他有点恼。

“晏坛主今天来便是为了这一件事吗？”刘玄淡淡地反问道。

晏奇山听出了刘玄的不耐，不过，在魔门之中，刘玄的身份也比他高，他并不敢发作，只是淡淡地道：“宗主还让我告诉你一件事，要小心杜吴这个人，此人身份极诡秘，很可能是邪神门徒，邪神身为国师，向来支持王莽，现在天下烽火四起，邪神若仍想保住他在武林之中最崇高的身份，让邪宗得以发展，就必须助王莽保住天下。因此他定会派出众多门徒破坏我天魔门之事！”

“杜吴？长安大贾杜吴？”刘玄微皱眉问道。

“便是鸣凤楼楼主杜吴！”晏奇山道。

刘玄也有点头大，事情似乎有点复杂，现在又有邪神插手，确实麻烦。对于邪神他并不陌生，当年仅败于武林皇帝刘正之手的邪派第一高手，后来助王莽篡汉，此人便充当了王莽排除异己的杀手，其所组织的杀手盟中的十三邪更是让天下武林人人闻之色变，如果这个人真插手的话，只他手下的十三名绝顶杀手便足以让他寝食难安。

“如果杜吴是邪神的人，那当年的苍穹十三邪呢？邪神真的还活着吗？”刘玄惑然问道。

“玄武坛动用了数十名探子才得到消息称，邪神并没死，只不过似乎并不在长安，而且这么多年也很少出现在王莽的身边，有传闻说，是因为当年武林皇帝大闹禁宫，将邪神击成了重伤，所以他这些年一直在闭关调养！”晏奇山道。

刘玄吸了口气道：“这个传闻确有可能，以武林皇帝的武功，即使当年王莽身边有十万禁军也保不住他的性命，但是他还活着，一定是邪神出的手！而武林皇帝没死，那么邪神一定是受了重伤！”

“宗主也是这么认为的，如果不是邪神，当年宗主很可能便会在武林皇帝手上饮恨收场了。宗主说，当年他们决战泰山之巅时，刘正已经有旧伤在身，这才能够两败俱伤，天下间能伤武林皇帝的人除了邪神外再无他人。如此看来，刘正当年确实与邪神在长安有一场大战！”晏奇山道。

刘玄的神色数变，他没想到当年泰山之战中尚有这么多的内幕，而他身为护法却不知情，反而晏奇山知道得这般清楚，他心中不免有一些忿然，但表面仍是平静地道：“原来竟有这样的内情，那此刻邪神又会在哪里呢？”

“这个问题也许只有邪神才能回答，杜吴对本宗的秘密窥探了很久，至少是本宗的祸患，是以，宗主想你利用杜吴这次来南阳之机，将此人除掉！”晏奇山道。

“除掉杜吴？”刘玄思量了一下，忖道：“如果自己杀了杜吴让人知道的话，势必引起天下商人的不满，以杜吴在商界的影响力，自己出手对付此人有百害而无一利，至少对自己的大业极为不利。”

“护法还有犹豫吗？”晏奇山问道。

“好，我便对付杜吴，但请坛主帮我除掉另一个可能威胁到本宗大计的人，也可请宗主派人出手！”刘玄咬了咬牙道。

“什么人?”晏奇山微感惊讶。

“便是宛城林渺!”刘玄狠声道。

“林渺?”晏奇山的眸子里也闪过一丝冷光，吸了口气道：“好，就是护法不说，我朱雀坛也不会放过他，这小子不仅杀了高戚，还破坏了我与贵霜国的交易，我绝不会让他活在这个世上!”

“有坛主这句话我就放心了，这小子知道了太多的秘密，如果他活着，对我们的大业绝对是个威胁!”刘玄笑了。

“好，我立刻着手去办!”晏奇山道。

“那我就不送了!”刘玄悠然道。

两岸苍翠，春色无限，鸟飞兽走，千里无人迹。

小船飘摇，顺流而下，煮酒品茶倒也逍遥自在。

云梦泽之景确有不同，尤以河边为最，虽有芦苇水草相遮，却有碧树红花点缀其中。

林渺已是故地重游，对两岸景色并无多大兴趣，但小翠确是新鲜，对这些奇景兴奋异常。

两船并行，季步的小船停在老船夫岳回的船上，四人则同宿一船倒也不寂寞。

林渺的准备极为充足，因为他身上有足够花的银子，想买点什么都是轻而易举的。这一路之上，林渺向季步讲述在沼泽之中可能会遇到的突变情况。在云梦泽之中绝不可像一个渔夫，而应该是一个猎人，一个资历极老的猎人，否则进入云梦泽中确难有生机。

季步是一个绝佳的水手，水下的功夫极绝，虽然拳脚功夫也不错，却非高手，但人却极聪明，操舟之术更是在竟陵为人称道。大小船只他都了若指掌，如何能让其跑得最快，如何能让其更灵活，有着无人能比的经验，也确实是个人才。

林渺喜欢这样的人才，他现在所考虑的不再只是自己，而是整个枭城的发展及实力的壮大。是以，他希望能拥有各种各样的人才相助，这也是他带上季步的原因，他想看看这人究竟有多大的潜力。

到死亡沼泽附近的日子林渺已经算好，是自竟陵出发的第三天上午，在竟陵是晚上出发的，他并不在晚上去登陆那片死亡之域，他已经历过群鳄之劫，不想第二次品尝那种滋味。幸运，并不会一直眷顾他。

“奇怪！”季步突地低低叫了声。

“奇怪什么？”林渺有些惊讶地问道。

“你看那片芦苇荡，好像在不久前有大船碾过一般，都被压下去了！”季步指了指河边的芦苇丛，有些不解地道。

林渺望了一眼，却并不能看出什么，只是略觉那片芦苇丛与别的地方是有点不太相同。

“这应该是近一两天前被大船碾过的，所以尚未能完全恢复原状，以现在芦苇的生长速度，若有三天时间，这片芦苇丛一定可以完全恢复，而小船是不能造成其形状改变的。”季步肯定地道。

林渺知道季步对水上的事物极敏感，观察力和经验绝对是一流的，因此，他相信季步说的应该不会错，但却极为不解，如果真是有船先一步进入云梦泽的死亡地域，那这又会是什么人呢？他们怎会找到这里来？又来这里干什么呢？

这些问题倒有点头大。

“难道那些人知道公子将来这里？”岳回不解地问道。

“我想定是那几个坏人乘大船先来到了这里！”小翠也猜测着道。

林渺摇了摇头，即使雷霆威知道他会入云梦泽，也绝不会知道便是这片死亡沼泽，知道他来死亡沼泽的仅几个人而已。任光和迟昭平自不会出卖他，铁头和鲁青也绝对可以信任，鬼医诸人虽知他来云梦泽，但云梦泽何其之大，也不可能就知道他是在这里。知道这里的人便是湖阳世家的人和天魔门的人，可是这些人又怎知道自己会来？唯一的解释便是，他们是因为别的事情而来此，绝非是为了前来杀他。

那在这片死亡沼泽之中，唯一吸引他们的，便只有那玄门的秘密了。

“你们都留在船上，不必随我上岸！”林渺肃然吩咐道。

季步似乎也很明了，道：“我送公子上岸，在芦苇荡中驾舟我有经验。”

林渺点了点头，迅速将该带的装备全部备齐。他并不反对季步送他一程，尽管他水性好，但操舟的水平却不怎么样，要穿过这片芦苇荡并不容易。上次离开之时，他们花了好长时间才出这片鬼地方，而且，这里似乎是唯一安全一些的地方。

“你们不用在这里等了，还是回去吧，否则遇到那些人便有危险了，这里有季步就行了！”林渺向岳回父女道。

“公子放心，我们知道怎么做！”岳回应了声道。

林渺不再叮嘱，跃上季步的扁形长船，季步已经解开绳索，伸桨一拨，小船便极快地向芦苇林中游去。

林渺信手握起一柄专门打造的镔铁重枪，小心地在船头提防。

镔铁重枪长有丈二，重约六十余斤，林渺专门用它来防备诸如巨鳄之类的凶兽。当然，若到了岸上，自然便用不着这笨重的家伙了。

芦苇荡之中极为静谧，偶然会发现有芦苇杆动一下，似乎是水下有东西触动。不过，这大白天里，阳光充足，在芦苇荡之中也不是很阴森。

季步的驱舟之术极妙，小船在芦苇荡之中穿行，有如滑水之蛇，毫不受密密的芦苇影响。当然，这是大船在前方碾过的路。

“他们的船便停在前面！”季步突地停住船，小声道。

林渺穿过芦苇的间隙，果然看到不远处的岸边泊着一艘双桅大船，但船帆全部降下。在大桅之上还扎了一层枝叶，远远看去便像生于芦苇中的两棵大树。

林渺吃了一惊，讶异道：“湖阳世家的船！”

“湖阳世家的船怎会来到这种地方？”季步也有些惑然地问道。

林渺暗松了口气，忖道：“既然是湖阳世家的船，那么这群人应该不是专门来对付我的，很有可能是为了玄门之秘而来！湖阳世家的人知道这里的所在是很正常的，因为白庆曾与他一起来过此地，更见到了这里的奇异之事，只是白庆选择这种时候前来，显得有些巧合！”

“这片沼泽虽然是死亡之域，但却有许多外人想得到的东西，就如那只水中凶兽蛊雕，在这里就很常见！”林渺含糊道。

“啊……”季步吃了一惊，想到那蛊雕的凶残，禁不住仍心有余悸，但他也明白，林渺说的没错，尽管凶兽会吃人，可对于某些人来说，却是可以好好利用的对象。

“你不用去了，我们从另一边上岸，我去看看他们究竟想干什么！”林渺将勾索之类的缠于腰间，说道。

“那我便在芦苇荡外等你回来！”季步道。

“如果我三天没有回来，你就不用再等了，先回竟陵。若是我三个月内没去找你，麻烦你去平原见黄河帮帮主，告诉她我死了！”说着林渺自怀中掏出一块紫佩交给季步，肃然道。

“公子不会有事的，吉人自有天相……！”

林渺涩然一笑，他知道季步根本就不知道他只有六天的生命，道：“这是我的信物，到了平原，黄河帮的人定会感谢你的。这里还有两百两银子，你先拿去用！”

“这……”季步吃了一惊。

“不用多说，银子乃身外之物，我此去生死难料，要银子何用？”林渺淡然道。

“那我便先替公子保管，等你返回，我再还给你！”季步认真地道。

林渺不由得笑了，却并没有再说什么。

林渺并不急于直入沼泽深处，倒想看看湖阳世家来的是些什么人，来此又有何目的？知己知彼方有可能取得胜利。

“总管认为那小子一定会来这里吗？这里如此荒凉和凶险，你们中原怎会还有这样可怕的地方？”

林渺吃了一惊，他居然听到了空尊者的说话声。这个声音他极为熟悉，他已经不是第一次与这个西域恶人交手了，只是没料到空尊者居然会与湖阳世家牵上关系。

“那小子一定会来的，我们有消息称这小子其实已经身受重伤，唯有这云梦泽中的寒潭才能疗他的伤，而这小子南下，肯定是因为这个原因，只要我们在寒潭周围严密监视，他一定逃不了！”白庆的声音也传了出来。

林渺心中暗惊，他知道白庆说的就是他，只是他不知道白庆是自哪里知道他身受重伤的消息的，而且还知道他要来云梦泽求万载玄冰，这太让他有些不解了。

林渺不敢稍动，身子借勾索紧紧地贴住大船的外舷壁，他知道，如果自己稍有动静，必会被舱中两人发现。

“总管说他受了重伤，我很难相信，我跟他交过两次手，上一次与之交手，他似乎比与我第一次交手时更厉害，武功只有长进而没有减退，又怎会像是受了重伤的人呢?”空尊者不解地道。

“这个我就不太清楚了，但我的消息来源是绝对可靠的!”白庆自信地道。

“但愿如此，我们在这里两天已经死了三人，如果再这样耗下去，还不知道会出现怎样的情况。这里处处暗藏危机，除了船上，其他的地方他们都不敢下去活动!”空尊者吸了口凉气道。

白庆干笑一声道:“这里被喻为死亡沼泽，也只有这种地方才会有真正的神奇之物，两位尊者所见只是此处的冰山一角，不过如果两位尊者有意，此地处处是宝，绝不可能空手而返的!”

“总管的意思是……”空尊者又问道。

“其实我们此次来此，是因为在这片沼泽之中生活着一只远古洪荒的神龙，传说只要我们能以龙血浸泡七日，身体便可刀枪不伤，百邪不侵;如能饱饮龙血，甚至可增强功力。我们来此的原因，也是想捕这只万年难见的神龙!”白庆肃然道。

“刀枪不伤?增强功力?”空尊者不由得笑了起来，道:“练武之道又怎有如此偷机之法?区区兽血怎可能有如此奇妙?”

“我久闻中原有龙的传说，但却从没听说过真的有人见过龙，本尊者倒很想见识一下龙究竟是什么样子的!”一个阴郁而低沉的声音漠然道。

“我相信无常尊者一定不会失望的，此兽之勇，天下无有匹敌，是以，这几天我一直都不敢下手，我想请二位尊者助我一起捕杀此兽!”白庆肯定地道。

“兽毕竟是兽，其勇天下无有匹敌?总管也太夸张了吧?”空尊者不屑地道。

“我可以先带二位尊者去见识见识此物，然后再作商量。”白庆道。

一阵脚步之声响过，船舱之中似乎又变得沉寂，但甲板上似乎开始热闹起来。

双桅大船船舱分两层，再加上底舱，便有三层之多，船身长有七丈许，宽约两丈余，如此大船足以容下两百人众，而看船上的戒备状态，可以知道湖阳世家这次是花了大力气，看来对那异兽极有野心，倒不是因为乐意助空尊者对付林渺。

林渺极速爬入船舱之中，却是一间卧房，室内居然飘着檀香的味道。他不由得暗骂："妈的，在这种鬼地方居然还要这么讲究！"仔细打量了卧房内的摆设，却与湖阳世家的摆设略有不同，壁舱之上挂着一套奇特的衣服，林渺顿时明白，这乃是那两个西域行者所住的舱房。

"你们小心戒备，不可妄动！"白庆的声音在甲板之上沉沉地响起。

林渺并不觉得这艘船上有什么值得停留的，不过他却想把这艘船上的一切弄清楚。当然，只要白庆诸人走了，这一切对于他来说只不过是轻而易举的事。以他的易容之术，即使是白庆也只有被耍，何况是这群人？

通往巨瀑的路依然是巨木参天，昔日被异兽拔倒的树木之间全被藤蔓所挡，使得道路似乎更难行走，蛇虫出没无常。

此时已是三月初，山花烂漫，四处飘香，藤蔓之间似乎洋溢着极为特别的生机。

重返云梦泽，一切都恍若隔世，林渺心中涌起一丝黯然。昔日，他寄托着白玉兰的厚望，可是此刻白玉兰已为人妇，这一切便像是做了一场梦一般。

这里的一切林渺都极熟悉，更知道白庆诸人的目的地。是以，跟踪起这些人来并不是一件难事，但是他对白庆的猎龙计划感到有些好笑。他看过船上的一些装备，有许多空木桶。看样子，白庆还真想将巨龙之血以木桶盛起带回湖阳。另外是一些铁网，还有许多其他的东西，但是想以这样的东西猎龙，简直滑天下之大稽，他不相信这世上能有一只网可以网住这庞然巨物。

白庆所谓的帮空尊者对付自己，看来有大部分图谋尚是想这两人助他对付这只巨兽，只是林渺想不到白庆是如何跟空尊者拉上关系的。

林渺知道，如今自己单身一人，而空尊者更请来了无常尊者，仅此两人，他便难敌。如果他有什么差池，这片沼泽便真会成为他的葬身之地了，但是他也有庆幸的地方，那就是他对这里的熟悉程度远胜于空尊者。在这凶险处处的地方，他完全可以借地利之以求自保。

当然，如果仅是为了自保，林渺自不用跟来，他要做的是将这群潜在的敌人全部消灭在这里，免得出了死亡沼泽之后又来纠缠不清。至于怎样对付这群人尚是个问题，毕竟自己人单势孤。正思忖间，林渺突有所觉，纵身跃向草丛边的一处似乎草有些翻动之处，以长枪轻拨了一下，在草丛之中竟有一只巨大的精铁兽夹，夹子张开几有丈许见方，长长的铁齿锋利得直透寒气。

林渺一阵讶异，顿时明白，这乃是为那巨兽所准备的。

巨大的兽夹似乎造型极为奇特，在每根长有两尺的利齿根部都有一个葫芦状的东西凸起，而在齿侧则有一个若不仔细观察便很难发现的特制小孔，其状极像血槽。

林渺心中不由得叫好，湖阳世家确实是有心之人，他们知道想杀这巨兽几乎是难如登天，但是若取此兽之血却并不是一定要杀这凶兽，只要设计出一些巧器，就可以得到龙血。

这种巨大兽夹经过严格设计，是专门对付庞然大物的，只要夹住巨兽，兽血必会顺着那血槽型的小孔流入铁葫芦之中储存起来，到时候只要拿回那铁葫芦便可以得到兽血。

这铁葫芦也似乎是一种特别的装置，仿佛可以自上面摘下来。

林渺再仔细地打量了一下四周，在树与树之间，皆以藤蔓相缠，如果不注意的话，这些藤蔓看上去似乎没什么规律，但事实上其中却藏着玄机，这些藤蔓是可以让人在树与树之间快速移动的。显然，这也是为了躲避巨龙的攻击而专门准备的，否则以那庞然大物的速度，又岂是那群普通的湖阳世家家将所能摆脱的？

看来白庆确实是有备而来，湖阳世家还真不能小视，但那龙血真的有这么多的奇效吗？

“叮叮……”林渺刚牵动了一下一根藤蔓，便听一阵清脆而悠扬的警铃之声响起。

林渺大吃一惊，正欲闪身离开，忽见人影四闪，在草丛密林之中霎时探出数十颗脑袋，白庆也自草丛之中冒出。

“哈哈哈……”空尊者的大笑之声来自林渺的背面。

林渺没敢稍动，因为那自草丛而出的数十人手中所执的竟是他让人制造的天机弩！每张弩机之上都扣上了十支利箭，而他便是目标！

“哈哈哈……没想到吧？诡计多端的林渺也会中了我的算计！”白庆不无得意地笑道。

“林渺，你欠我的，今日我就要你全部偿还，这死亡沼泽就是你的葬身之地！”空尊者狞笑道。

“我对湖阳世家没有功劳也有苦劳，总管却绝情到今日这般地步，枉我们出生入死一场！”林渺神色微变，摇了摇头叹息道。

“哼，你闹我湖阳世家，劫我家大小姐，也敢跟我谈功劳？本来念在你我曾出生入死的份上可以饶你，但你居然如此厚颜，我只好让你去死了！”白庆冷冷地道。

林渺吸了口气，淡淡地打量了周围众人一眼，道：“你们早就知道我在跟踪你们？”

“你上船的那一刻我们就知道了！”一个如洪钟般的声音飘了过来，却是一个枯瘦的苦行者。

“这位想必是无常尊者了？”林渺讶异地打量了一下那枯瘦的苦行者一眼道。

“不错，本尊者正是无常！”那苦行者道。

“那太好了，我想请尊者为我明断，本人曾受苦尊者之托，四处打探婆罗门叛徒摄摩腾的下落，可是空尊者却一再无理取闹，你是他师兄，我想请尊者代我问一下空尊者这究竟是什么意思？”林渺毫无惧色，冷冷质问道。

“摄摩腾？”无常尊者神色顿变，讶异问道。

“师兄，你别听这小子瞎说！”空尊者神色也大变道。

"哼，我瞎说？中原除了你们师兄弟几人外，谁还知道摄摩腾是婆罗门叛入释迦佛教的叛徒？"林渺冷冷地反问道。

无常尊者伸手制止空尊者说话，冷冷地望了林渺一眼，问道："你在哪里见过我师弟苦尊者？"

"在信都耿府，大日法王与耿纯乃是故交，而耿纯与我义兄任光又是叔侄关系，如果不信你可以去问苦尊者！"林渺坦然道。

无常尊者脸色数变，盯着林渺，沉声问道："你真的与耿纯有交往？"

"笑话，中原有谁不知道我林渺与信都耿纯、任光乃是至交？我能成枭城城主，若不是任光和耿纯，又岂能成事？我此次来南方本就有两个目的，一是欲寻找传说中的玄门之秘，二来便是查探摄摩腾的下落，可空尊者却不问青红皂白地截杀我，我解释无效，错手伤了他的几位徒儿，可这也是迫不得已，本想待南方事了之后去找大日法王论理，却没料到居然在此见到无常尊者。长兄如父，师兄如师，相信你一定是个讲道理的人！"林渺大义凛然地道，其意兴高昂，似乎句句是理，而空尊者却成了一个无理取闹、泼皮无赖之徒。

空尊者脸都气白了，但无常尊者却不让他说话，似乎相信了林渺所说之言，不由得急道："师兄，这小子一派胡言，他的狡猾可是出了名的，不要听他的！"

"无常尊者若认为我说的有假，不妨问一问这白总管，看他是否知道我与任光、耿纯的关系。大日法王与耿家的关系，除了你西王母门下还会有谁知道？"林渺不置可否地道，他不怕无常尊者不信，因为他的话至少有七分是真。

无常尊者望向白庆，白庆点了点头，对于林渺借信都军而成枭城之主，与耿纯、任光交好的事实，并不是什么秘密，他也不会睁着眼睛说瞎话。

"你刚才说你南下乃是找传说中的玄门之秘？"白庆突然插嘴问道。

林渺心中暗笑，忖道："你能算计我，我也自有让你上钩之法，不怕你这老狐狸漏网！"冷然瞟了白庆一眼，不屑地道："你以为我来这死亡沼泽，也是像你们一样那么傻地去猎那神龙吗？"

“哼，但你来死亡沼泽却是为疗伤!”白庆冷冷地道。

“如果白总管认为我受了伤，又何必这么劳师动众地以这种大场面来算计于我呢?”林渺笑着反问道。

白庆一怔，顿时也无言以答。看林渺的样子，确实不像受了内伤，说话中气十足，仅立于众人之中的气势就胜往昔多多，如果说他受了重伤，这很难让人相信，便是他也在开始怀疑这消息的准确性。

“我说过这小子定没有受伤的!”空尊者冷冷地插嘴道。

“你是说玄门便在这死亡沼泽之中?”白庆吃惊地问道。

“不错，但是想进入这玄门却绝不是一件容易的事!”林渺吸了口气道。

“我凭什么相信你?”白庆冷冷地反问道。

“你根本没有必要相信我，我也没有要你相信我，反正我必死无疑，相信与不相信又有什么区别?”林渺不屑地道。

“玄门是什么东西?”无常尊者惑然问道。

白庆干笑了一声道：“玄门只是一个传说，传说里面有很多宝藏!”

“宝藏?”无常尊者似乎对这些东西并不太感兴趣，只是又将目光投向林渺问道：“你可知道摄摩腾的下落?”

“我的人正在四处寻找，但有消息称，摄摩腾与中原一个神秘的组织天魔门关系极密切，受天魔门的照顾，所以，想查他的行踪确实不易!”林渺故作无奈地道。

“天魔门是个什么门派?”无常尊者又问道。

白庆却抢着答道：“天魔门乃是中土最诡秘又最邪恶的组织，但其实力极强，江湖中人皆拿它没法，门中高手如云，可以算是武林正道的公敌!”

“哦?”无常尊者神色顿变，他并不知道湖阳世家与天魔门几乎是势不两立，是以白庆对天魔门才会如此贬斥。

“想不到这个叛徒居然跟这种邪魔外道勾结，本尊者本还对其有几分同情，如此看来，他根本就是死有余辜了!”无常尊者吸了口气道。

白庆与无常尊者所关心的并不是同一件事，他的心中一直都在记挂着林渺口中所谓的玄门。

对于玄门的传说，他并不陌生，只是他没想过玄门会在这片死亡沼泽之中。

“有白总管替我说自然是最好，我只是想告诉两位尊者，我林渺是个守信之人，至少对答应之事会尽力做到，但如果你们并不需要我林渺去做的话，可以先跟我说一声，而不要把我当仇人一般追来杀去！”林渺有些愤然地道。

“对于师弟的鲁莽，我在这里向公子道歉了，这之中可能存在着误会。”

林渺心忖：“这老行者似乎心眼憨厚，居然对我的话深信不疑，倒是个好骗的角色！”不过在神情之中仍表现出不忿的样子道：“难道西王母门下的几大尊者和八大上师入中原都是各自为政，互不通信吗？这样岂不是在盲目地乱撞？”

“哦，这个嘛，虽然我们也经常有联系，但难免会有错漏之处。”无常尊者道。

“难怪！”林渺答了声，目光又转向白庆的身上，淡然一笑道：“我看过总管专门设计的那些降龙之物，倒确实颇有新意，只是我看总管仍少了点降龙经验吧？”

“这个不用你操心！”白庆道。

林渺不置可否地笑了笑，道：“我当然没有闲情去管这些，因为我可不想成为神龙的美餐。不过，在某些方面，总管仍需要我的合作这是不争的事实。当然，总管也可以用我设计出的这天机弩把我送上极乐，那就一了百了，你们湖阳世家少了一个敌人，而天魔门也会少了一个敌人，在这鬼地方杀了我是不会有人知道的！”

“我需要你合作？除非你愿意说出玄门在什么地方！”白庆脸上泛起一丝冰冷。

“那就是说总管可以让他们放下这些要命的玩意儿了？”林渺淡然反问道。

“放下弩机！”白庆冷冷地吩咐道，但旋又盯着林渺道：“你别想要什么花样，如果你敢耍花样的话，我照样可以杀了你！我们这里的武士都是经过特殊训练的，是绝不畏死的死士，他们可以为一个命令而毫不犹豫地粉身碎骨！”

林渺目光在那些表情极麻木的白家死士身上扫过了一遍，不由得微微吸了口凉气。这些人双眸空洞，一个个有如一具具冷尸，了无生趣，但却充盈着一股莫名的邪气。

“如果你不信的话可以试试，他们便是不用你同仁行的天机弩，也照样可以将你碎尸万段！就是十个林渺，也唯有死路一条！”白庆极为自信地道。

林渺感到有一股寒意升上背脊，他似乎小看了湖阳世家。直觉告诉他，这群有若行尸走肉般的人拥有着让世人想象不到的杀伤力，似乎每一人都是高手，而这些人绝不会是白家直系的人物，而是经过了特殊的手段使其迷失了自我的外来高手。

“玄门在什么地方？”白庆冷冷问道。

林渺收回目光，淡淡地道：“在这死亡沼泽之下有一条地下河，这条地下河很可能便是玄门所在的方位，上次我潜入玄潭便被暗流卷入地下河之中，当时似乎看到了一些什么，但是因太冷，四肢麻木无力，而被河水冲走。是以，这次我们只要再能找到那条地下河，便可以发现玄门的所在！”

白庆微感惊讶，但是他听说过林渺上次沉入玄潭之后便失踪了，后来却又出现在湖阳世家，只是他一直都不明白其中原因。如此看来，林渺的话倒让他有点相信了，不由惑然道：“那玄潭之中有神龙在，你是怎样潜入的？”

林渺不由得笑了，道：“神龙乃是次要的，只需引开这个又大又笨的家伙就行了，问题却是寒潭之水奇寒彻骨，我们怎样才能够潜入玄潭而不被冻死？”

“那你是如何潜入的？”白庆又问道。

“这是个秘密，暂时不能相告，否则我还有利用的价值吗？”林渺笑了笑，故作神秘地道。

白庆瞪了林渺一眼，却也无可奈何，他知道，要想这小子就范确实不是一件很容易的事。而他却不能不对林渺小心防备，此人的智慧他是见识过的，总会有意想不到的手段。

“我希望你是真心合作，否则，对你不会有什么好处的!”白庆冷冷地道。

“这一点我相信!”林渺满不在乎地道。

第六十三章　神兽天威

玄潭绝崖，瀑声如雷，水雾弥漫，使修长的峡谷凭添了几分肃杀。

那自百丈之高倾泻而下的巨流，总能让林渺心中生出一丝激情，让其感受到大自然是如何强撼，而人类却又是如何渺小。

"这下面便是所谓的玄潭?"空尊者讶异地问道。

"不错，潭水奇寒彻骨，神龙便在此潭之中!"白庆点了点头道，心中却不免仍心有余悸，想当日他坠入潭中，几乎冻僵了，被水流冲出了数十里才稍暖和过来，所幸那时尚是夏季，天气极暖。

"确实有极重的寒意!"无常尊者点了点头道。

林渺不能不对这干瘦的老行苦另眼相看了，在船上居然能够预先觉察自己的存在，当时他已经很小心了，由此看来，这无常尊者的武功比空尊者要胜出不知多少，如果今后面对此人确不能不小心。

"这潭上的巨瀑之水又是从哪里来的呢?"无常尊者想了想问道。

"应该是来自沔水。"林渺道，说话间，望了一眼玄潭，突地仰天长啸。

啸声有若惊雷，悠然直上九霄，惊云破天，与巨瀑相合，激昂如万马齐嘶，林鸟惊飞，万兽俱走，空谷摇曳无定……

白庆和空尊者皆惊，林渺之长啸几让其心潮澎湃，汹涌起伏，脚下绝崖都似乎在共鸣。

一旁的几名湖阳世家家将神色变得有些难看，耳鼓发痛。

"公子好深厚的功力!"无常尊者不由得赞了声。

林渺依然长啸不竭，且愈啸愈高，牵云引风，竟完全盖过了巨瀑之声。

白庆神色变得有些难看，他的消息称，林渺身受重伤，可是眼下听林渺之长啸，哪有一点受伤的迹象？其功力似乎更是深不可测，比之昔日不知要高出多少，这怎不让他有些吃惊？也便是说，林渺此来确实不是为了疗伤，而真的可能是为玄门之秘。

“唬……”玄潭之水似乎在突然之间完全沸腾了起来，水中竟喷起近十丈高的巨大水柱，使得山谷之中一片凄迷。

玄潭之中先是升起一股水柱，紧接着便是两股，到后来，整个潭水似乎全都倾倒了过来。

崖上诸人全都为其气势所慑，唯林渺的长啸依旧。

“吼……”一声巨吼自山谷之中传出，顿时天地似乎陷入了一片沉寂之中。

林渺的啸声没了，巨瀑飞泻之声也没了，天地间便只有那无法形容的嘈杂之音，让所有人耳鼓发出没有规则的震荡，一时之间仿佛完全失去了听觉。

“神龙！”白庆惊呼，却没有人听到他的呼叫，但所有的人都看到了那探出水面的那颗巨大脑袋和那张嘴狂嘶的血盆大口及那长及数丈的脖子。

“是一条大蛇！”空尊者惊呼了一声，他不自觉地惊退了几步，绝崖之上的碎石在疯狂的声浪冲击之下，纷如雨下。

林渺停止啸声，道：“等它走出寒潭再说吧。”

“吼……”巨龙的大脑袋在潭面之上狂摆了几下，低吼连连，灯笼巨眼射出凶厉的寒芒，搅得潭水四溅而出。

“这就是我们所要对付的神龙！”白庆身上有点凉飕飕的感觉。

林渺心中也骇然，上次明明已经把这巨物的眼睛给刺瞎了一只，可是这次两只眼睛似乎根本就没有受伤一般，这怎不让林渺吃惊？而与这巨兽目光相对，他如被雷噬，心神紧抽，禁不住倒退了一步。

无常尊者也倒退了一步，脸色变得极为难看地道：“此物已得天地之精华，实非人力所能抗拒，我看总管还是放弃为妙！”

林渺讶异地打量了无常尊者一眼，此人只与这异兽对视一眼，仅看其首便发此语，确有先见之明，抑或可以说此人的心灵修为已达到了极高的境界，这才能在与异兽相对的第一眼中便可看出此兽的奇异。

“尊者何以长人之志气，灭自己威风？我们有备而来，足足准备了半年时间，就不信对付不了这凶物！”白庆有些不悦地道。

“啊……”空尊者与那几个第一次见到这巨物的家将一样，在看到神龙出潭的一刹那，都不由得失声惊叫了起来。

这群湖阳世家的家将们脸都绿了，他们哪里想过世间会有如此巨大的凶物？

空尊者也似乎吓傻了，如第一次见到此物的林渺一样，眸子里闪过一抹难以掩饰的惧意，只有那四十名手执天机弩的死士依然木无表情，似乎并没有看到这巨物一般。在他们的心中，似乎已没有害怕这种感觉。

“快走！”林渺低呼了声。

崖上众人这才似乎回过神来，白庆知道，如果等这凶兽上了崖顶，那他们想摆脱其追踪只怕很难，一个不好，将其引到大船所泊之处，以这凶物的力量，要毁那船便像折一根牙签一般，但是他们可折腾不起。

“走——”白庆挥了挥手道，暂时他并不想激怒这凶物，免得它对他们紧追不舍。

空尊者和无常尊者也早萌退意，他们哪里见过如此庞然大物，更别说是屠龙，在这突然相见之下，他们连一点斗志都兴不起来。是以，不用白庆说，他们便疾速退去。

地面震晃，峡谷之中巨大的鸣响只让人心惊肉跳，林渺知道那巨物开始爬崖了，但他没有任何闲情去理会这些，眼下离开这里才是最为重要的。他当然不会害怕这巨物，只是他并不想正面面对此物，或者，他仍想借这异兽来宰掉白庆这一干人等，以清除他在这死亡沼泽之中最大的障碍，否则如果这些人喝下了神龙之血，也可以自玄潭之中潜入地下河找到玄门，那时他可就无法面对这群没有任何感情的死士的攻击了，即使是治好了身上的伤也是无济于事。

他尚有五天的时间可以利用，事实上他完全可以在这个时候利用白庆引开神龙之时潜入玄潭中，但他并不想这么快便如此。如果他是与铁头诸人一起来此，或会这样做，因为在疗伤之时会有人护法，但此刻却没有，一切只能靠自己，且不能分心，那他便只好先除掉所有的敌人了。

跑了半晌，白庆突然止步，回首相望，却见那庞然大物疾赶而至，每一步都似乎让地面晃动了一下，又似巨杵重重地在人心头敲击了一记。

“总管，那怪物追来了！”一名家将脸都变青了，望着那张牙舞爪的庞然大物，他们心中有的只是恐惧。

“来得好，我就怕它不来！”白庆吸了口气，眼中闪出一丝兴奋而又疯狂的光彩。

林渺望了望那隐于草下的巨大兽夹，倒也想看看白庆是如何猎龙的。

“啊……”林渺打量兽夹位置之时，突闻一声女子的尖叫，自他刚奔过的路上传来。

“小翠！”林渺吃了一惊，他听出了这尖厉的惊叫之声正是与他同船而至的小翠发出的。

“救命……救我……”那尖厉的呼救声绝望而凄长，使每个人的心口都蒙上了一层阴影。

“小翠——”林渺闪身又向巨龙赶来的方向迎去，他听出声音的来源，也知道这正是小翠的声音，只是他不知道小翠怎会来到这里，但他绝不能见死不救。

“林渺……”白庆呼了一声，但是却没有叫住林渺。

“总管，要不要我们把他抓回来？”一名白府家将询问道。

“不用，这小子不会有事的，让他把这凶物引到这里来更好，我们正缺一个诱饵！”白庆阴阴地笑了笑道。

“总管，可是林公子是我们的朋友，要是出了……”

“尊者不用担心，以他的武功，要想逃过这凶兽的追击并不难。他对这里很熟悉，也不是第一次与这凶物交手！”白庆打断无常尊者的话，笑了笑道。

空尊者眸子里闪过一丝狠辣之色，他倒是希望林渺死掉。林渺几次让他大丢颜面，更杀了他几个徒儿，虽然此刻有师兄无常护着林渺，但他却心有不甘。当然，他对师兄无常极为尊敬，几有半师之情，无常尊者乃是除了圣尊和大日法王外西王母门下武功最强、修为最高者，是以，他对这个师兄极尊敬。不过，他也不会因此而放弃对林渺的恨，不能亲杀林渺，他倒希望借那恶龙之爪除掉这个难缠的年轻人。

林渺驻足，小翠居然被人用绳索绑在一棵树杆之上，而这正是神龙要经过的地方，那凶兽此刻距这树已只有数十丈远。

“公子，救我……”望着那巨物狂奔而至，小翠也发现了林渺，她几乎已被吓晕过去。

“你别怕，我来救你！”林渺眉头一皱，甩手掷出一柄小刀。

“哚……”小刀准确无比地割断了绑住小翠的绳子，林渺踏空横掠，一把接住飞坠而下的小翠。

林渺扭头望了一眼，那庞然大物的脑袋与他只相距十数丈，那震天的嘶吼仿佛欲将他的耳膜震破，他哪还敢花时间去考虑？抱起小翠，脚尖一点树杆，如飞鸟般掠向白庆等人所在的方向。

林渺才掠起，便觉一侧暗风涌动，以快得让他不及回头的速度击向其身。

“雷霆威——”林渺心中暗呼，他已经无心思索，惟以一只闲着的右手向暗风挡去，他根本就无法全力施为。

“轰……”一股强劲无匹的力量涌入林渺的体内。

林渺只感五内俱焚，甚至听到了自己骨头碎裂的声音。在飞跌而出的同时，他看到了雷霆威那狞笑的表情。

“哇……”鲜血自长空洒下，林渺的身子撞断一截树干，在无意识状态下将小翠抛了出去。

天地都似乎在旋转，林渺感到一阵昏眩，他最终还是没有逃过雷霆威的暗算，但他仍没有断绝意识，尚知道自己此刻所处的环境是多么恶劣。

雷霆威这一击用了全力，而林渺只以一只手在仓促间应敌，根本就用不上七成力道，两人在武功之上本就相差不止一个级别，林渺自然是被这一击重创。

“吼……”那神龙口中冲出一股腥热的气流，直扑向林渺的面门。

林渺肝胆欲裂，他从来都没有这么近距离地面对这庞然大物，那张开的大嘴如一个巨大而深邃的涵洞，空洞得让他脑海中几乎一片空白。

“小子，我看你今日还有什么诡计逃过此劫！明年的今日我会给你烧点冥钱的！”雷霆威似乎已经预见了林渺的结局，狞笑道。

“轰……”林渺骇然侧退，那颗巨头准确地撞向他身后的树干，大嘴一下子咬住树身，竟当中咬断，便像是嚼断一根小草一般。

“吼……”神龙一下子咬空，怒吼了一声。

雷霆威也骇然，他也不敢再在此附近停留，闪身飞退，道：“小子，你慢慢玩吧，祝你好运！”

“去你妈的！”林渺踢起一块大石，直撞向巨龙那硕大的脑袋，但身子却退避不及，被那棵撞断的大树的树枝给压住，重伤之下，几乎是立足不稳，跌倒之余，又喷出一口淤血，同时感到丹田似有一股热气冲上。

林渺心忖：“这下死定了，这怪物没杀死自己，体内的火毒也必会杀死自己！”他知道刚才雷霆威的那一击使强行压制的火毒一下子冲破了最后的防线，溢出了丹田。

“吼……”巨龙低吼一声，那块大石似乎激怒了它，两只磨盘巨爪一把掀起断树，大脑袋又一次向林渺探来。

林渺哪会放过这机会？就地一滚，聚起残余功力，身子贴地倒掠五丈。此刻的他根本就没有闲情再管小翠的死活，纵上一根白庆早就安排好的枯藤，向远处一棵大树上荡去，但身子才荡起，便觉一股强风撞来，他扭头之时，却骇然发现巨龙将掀起的巨大断树抛向了他。

大树破空，力逾万钧，如果他依旧要荡过去，必在空中被树干撞中，那时候只怕小命也没剩下多少了。如果他没有受伤，对于这些根本不在话下，可是此刻，他根本就没有多余的力气来避开这一击，唯一可做的就是松手，让身子坠落。

“呼……”林渺身子坠落之时，又感背后传来一股强大至极的吸力，身子不由自主地向回倒射。他大惊，死命地抱住相隔最近的一棵大树的横杈，整个身子被身后传来的吸力扯得如晾在大风下的衣服。

“公子，小心……”小翠的惊呼自一侧响起，她除了叫喊之外，似乎别无它法，那巨兽长长的嘴巴狂吸之下，连林渺都抗拒不了，何况是她？

“你快离开这里，别管我！”林渺高喝之下，抬起似乎已经极不灵活的右臂，对准那巨兽张开的喉咙，怒吼道：“滚吧，畜牲！”

“嗖……”一支袖弩直射入那巨兽张开若山洞般的深喉之中。

“嗷……”巨兽痛嘶一声，巨嘴顿时合上，显然是那一箭射入了其内喉壁，让其感觉到了痛。

巨兽大嘴一合，吸力顿失，林渺几乎脱力地自树杈上掉下，但腰间的勾索已经射出，准确地搭在另一根树杈之上，身子荡开数丈。

“躲起来别动！”林渺向小翠呼道，但他已经顾不了小翠的生死了。

林渺不向白庆方向逃，反朝玄潭方向逃去。

小翠立刻明白林渺的意思，她明白如果自己想逃的话，根本就不可能快过这凶兽，但如果躲起来还有点侥幸，因为林渺在为她引开这凶物。

“林渺，你去哪里？”远处白庆似乎也看到了这一切，但却并没有插手，他倒想看看林渺的狼狈样子。他也看到了那偷袭林渺的人，只是雷霆威的速度太快，快来快去，他根本就不知道是什么人，但见林渺又挣扎着起来了，是以并不想出手，只是想看看林渺究竟有多大能耐，或是让林渺伤得更重一些，到时对付起来就要容易多了，这也是他坐壁上观的原因。

可是此刻林渺不是将凶兽向他这边引，而是朝相反的方向回跑，那白庆所布置的一切岂不是白费心机？是以，白庆也有点急了，才会高喊。

林渺咬牙而逃，他并不回答，此刻他只是在赌，赌白庆不会让这凶兽再返回玄潭，那样必会引凶兽入陷阱，而他则有机会快速回到玄潭。

当然，如果林渺选择向白庆方向逃，他绝可摆脱凶兽的追击，但是却无法控制体内的热毒，更不可能再有机会摆脱白庆的纠缠，所以他也顾不得要除掉这些后患，先去将自己的伤疗好再说。但是，他的计划全被雷霆威打乱了。

雷霆威居然能追到这里来，而且还偷袭成功，这确实出乎林渺的意料之外。如果不是有这凶兽在面前，这次林渺必死无疑，雷霆威再补一击，明年的今日便是林渺的祭辰了。

林渺没猜错，白庆见巨龙掉头去追林渺，顿时也急了，忙派两名死士上前，以天机弩激怒巨龙。

巨龙被激怒，目标顿时攻向那两名死士，让白庆吃惊的是，天机弩的威力居然也无法射入巨龙的厚皮之内，只是箭头挂在皮上，如倒长而出的几根长毛，但不容白庆多想，巨龙已大步奔跑着冲来，挡在其身前的大树像是冬天的枯草一般一触即折，没有任何东西可以挡住这巨龙的脚步。

林渺却长长地松了口气，他博赢了一局。此刻，白庆够头大的，自不会再有任何闲情来对付他，而那凶兽也不是问题，唯一可虑的，就是那不知踪迹的雷霆威。

雷霆威绝不会放过林渺，若知其未死，必会再施重手，直到除掉林渺为止。

这一点林渺很清楚，他杀了鬼影子，又杀了剑无心，与雷霆威之间的恩怨已到了不死不休的地步。

在这片森林中，林渺即使没有受伤也不可能胜得了雷霆威的追杀，他唯一可凭的，只有在水上，唯有水上他才能与雷霆威抗衡和玩游戏，但森林不是大江大河。

杀手比猎人更可怕，而林渺自己也不能称是一个很好的猎人，或者说不能算是绝佳的猎人，尽管他拥有猎人的潜质和能力，但雷霆威却是经过数十年风霜血腥磨砺而出最好的杀手，两人之间的差距是不言而喻的。

林渺只感到丹田升上的火热之劲向四肢百骸狂冲，使他原本疼痛难忍的右臂也不再感到痛，整个身子，如充斥着热气的皮囊，轻飘飘的，五脏六腑也为热气所裹，暂时失去了任何痛感。

林渺知道，这是体内的热毒发作了，这只是前兆，绝不是一件好事。

“好小子，你的命真大，那畜牲居然也杀不了你，看来还是让我送你一程吧！”雷霆威的身子自一侧的树林之中狂冲而出，如破风滑翔的大鸟般直扑向林渺。

林渺一咬牙，身子陡地加速，以快得连他自己也难以想象的速度，顿时冲出十余丈，手中的勾索飞出，再借力狂弹，又冲出十余丈，仅在刹那之间便将雷霆威甩开了一大截。

雷霆威呆住了，几乎不敢相信自己的眼睛，林渺刚才明明受了极重的内伤，可是这一刻竟比未受伤之时的速度更快，这让雷霆威根本就无法明白。

雷霆威不明白，林渺却恍然，他明白这一刻的奇迹只是死亡之前的回光返照，丹田中所谓的火毒乃是一种特殊的真元，此刻真元回冲入体内，在未完全爆发之前，却使林渺的功力在顷刻间倍增，而且还在不断地狂增，直到林渺身体无法承受之时，便会破体而出，将林渺的身体炸成碎片。但在林渺身体尚能支撑之前反而强化了其身体，使速度倍增。

林渺无须细想，以最快的速度冲至绝崖之旁，这才驻足。

雷霆威正如飞赶至，但距离已经拉下一截。

林渺仰天一笑，身形跃向虚空，在雷霆威赶来之前，如一颗陨星般划过一道美丽的弧迹，坠落玄潭之中。

雷霆威只听得“通”的一声巨响，赶到绝崖之边，却再也没有发现林渺的身影，唯有那如自九天长泻的巨瀑轰然而落，潭水之中找不到一点有人坠落的痕迹，那激涌的浪纹不知哪里是林渺激起的，哪里是巨瀑激起的，但他可以肯定，林渺没有死！

有那深潭在，林渺便不可能死，雷霆威不禁有点苦涩，又是水救了林渺，只要有这样的条件，林渺总能够适时而逃。

雷霆威不知这潭水的河流通向哪里，但却已经没兴趣顺水追下去，只是他有些惑然，何以林渺在最后那一刻会速度倍增？似乎比受伤之前的状态更为惊人，在这个年轻人的身上似乎总有让人意外的事情发生。不过，无论发生了什么，他都绝不会放过林渺，这是他的信念。

潭水之中，久久没有林渺的踪影出现，自这二十余丈高的绝崖上跃入玄潭之中，雷霆威倒希望林渺死了。当然，他并不知道这潭水独特而奇异的玄寒。

“吼……”巨龙带起排山倒海之势横撞而至，便像一座肉山一般。

数十张天机弩同时拉弦射出，数百支足以裂盾洞墙的弩矢却并不能让巨龙皮肉受到多大的损伤，反而更激怒了它，使其兽性更野更烈。

巨兽的皮坚肉厚几乎让白庆吃惊，天机弩已是他所能找到杀伤力最强的工具，却没想到竟然对这庞然大物丝毫无用，这不由得使他心中多了几分寒意。

“引它入兽夹！”白庆并不气馁，因为他尚有杀手锏，那便是掩于草藤之下的巨大兽夹，只要兽夹夹断了这巨兽那粗如巨柱的大腿，到时候取龙血便不是一件难事了。

空尊者也被这庞然大物的气势给震住了，人在这巨兽面前便像是老鼠和大象相比一般，使人生出有力难施之感。

无常尊者眸子里闪过一丝惊色，但表情依然平静，他对这庞然大物似乎并不怎么关心，但却对刚才出手偷袭林渺的雷霆威很感兴趣。当然，他并不想出手对付这庞然大物，也不相信这些人真能够对付得了这庞然大物。

“当……”巨龙的一足踏上了巨大的精铁兽夹。

兽夹应声弹起，合夹而下，刚好能够将那只数人合抱粗的大腿夹住，但由于兽脚太粗，兽夹尚不能完全夹合，那长长的利刃竟然没能刺入兽腿之中，尖部仅进入不到三寸许。

“嗷……”巨龙仰头长嘶，似乎感觉到了痛，也发现了脚下那巨大的铁夹，两只收于胸前如磨盘般的大爪竟抓住了巨大兽夹的两页。

“铮……”兽夹竟被生生扳为两半。

“呼……”巨兽抓住两半兽夹猛地向白庆诸人抛出。

白庆身边的人全都看傻眼了，像是做了一场噩梦般，他们数十人合力才将这巨大的兽夹打开，可这一刻却被那庞然大物如折筷子一般扳成两半，这怎不叫他们惊？让他们更惊的，却是这凶物似有灵性，居然知道如何破兽夹，还将之作为武器还击。

“哗……轰……”白庆身边的人极速闪避，但也有人因太过惊愕，竟闪避不及，顿被沉重的巨大兽夹砸成两截，即使是那些避得快的也被断树干和断树枝击得狼狈不堪。

“吼……”巨兽大步而上，趁众人大乱之际，已经抢步踏入攻击的范围之内，巨大的尾巴横扫而过，快若雷霆下击，强大无伦的气流未至已让人窒息。

那几名被压在树杈之下的死士还没来得及躲开，便被那巨尾连带断枝一起扫上天空，再落地之时已是模糊的一堆肉饼。

“撤！”白庆惊呼，那埋于另一边的几只巨大铁夹也被巨尾横扫之下，给飞了起来，这足有千斤重的大兽夹也如断枝碎木般被扫上空中，大树更像是枯禾一般。

白庆诸人虽然动作利落，却也被这疯狂的攻击冲得东倒西歪。

白府家将巴不得白庆这句话，跃上早已准备好的藤蔓，腾空荡远。

“呼……”巨龙巨口大张，长舌如风般卷出，几名荡出的家将竟被强大的气流吸了回来，直投向那有若山洞般的大口之中。

“救我……救……”那几人还没来得及喊第二句就已被长舌卷入大口中，然后迅速深陷入那仿佛无底的喉咙。

“你们给我引开它！”白庆向那几名死士怒吼着，他感到这凶兽已经疯了，如果在这种情况下将之引到沔水边，与那大船相遇，其结果只会是船毁人亡，根本就没有力量能抗拒此凶物的攻击。是以，他唯一可想的办法，便是先引开这凶物，然后再慢慢想办法对付，此刻他倒有些后悔没让林渺把这凶物引回玄潭之中。

“畜牲，休要逞凶！”无常尊者望向那一群东倒西歪的白府家将，不由得高喝一声，直撞向巨龙庞大的身躯。

“轰……”巨龙太过庞大，根本就无法避过无常尊者的攻击，那粗长的脖子上狠狠地中了一掌。

无常尊者被反震之力倒弹出数丈，在空中之际，巨龙长达四丈的巨尾已横空扫至。

“师兄，小心！”空尊者惊呼。

无常尊者暗骇，但却并不在乎，借身旁树干之力极速弹起数丈，再次当空扑向巨龙如山丘般的巨背。

“呼……”那巨尾也迅速改变方向，依然追击无常尊者，不仅如此，那巨头也回袭而至，两头夹击，欲将无常尊者置于死地。

“接枪——”白庆抓起一杆重铁枪，甩手掷向空中的无常尊者。

“畜牲，去死吧！”无常尊者接枪以雷霆万钧之势，双手执枪向巨龙之背凌空猛扎而下。

“嗷……”巨龙仰天一阵惨嘶，那丈许长的巨大铁枪竟没入其体三尺，带着一股腥味的鲜血喷洒而出。

无常尊者在空中打了个旋，借势疾退十丈，避过那惊天动地的一尾。

“嗷……”巨龙突地停止攻击，仰头长啸，只使天昏地暗，树叶纷如雨下，巨大的声波冲击着沼泽中的每一个角落。

白庆诸人也惊骇得捂耳相退，此刻众人哪有再战之心？这庞然巨物，根本就不是他们所能抗拒的，以无常尊者无上的功力也只能将长枪刺入凶兽背脊三尺，但三尺对于这座大山似的恶兽来说，又算得了什么？

“嗷……”巨龙的长啸方竭，远处却传来了一阵虎啸与之相应合。

“呜……噢……”虎啸过后，又是一阵狼嚎及野狗的长鸣。

一时之间，整片沼泽变得异常热闹，各种奇怪的声音此起彼伏，迅速连成一片，而且其声迅速向白庆等人所在的方向合围而来。

白庆和空尊者诸人全都神色大变，顷刻之间，他们便已经明白了是怎么回事，四面树林中竟窜出无数的蛇虫。

“嗷……”巨龙的长啸声又起，仰头啸日，以无与伦比的威仪环视四面飕飕而动的树林及自林中涌出的蛇虫。

“快走！”白庆高呼，说话间，已如疯了般向沔水边狂掠而去。

“咝咝……”白庆想走，但是在来路上竟爬满了大大小小的蛇虫，大蛇长达数丈，小蛇小如拇指，树枝上、树干上都缠满了蛇虫，见白庆掠来，全都疯狂地攻击而至。

白庆暗呼：“老天，这是怎么回事？”

“嗷……”在蛇虫之后，树林四面竟奔出无数的豺狼虎豹，还有许许多多白庆根本叫不上名来，但看样子就知道是很凶狠的猛兽。

这些本来根本就不可能和平地走在一起的凶兽竟然奇迹般同时出现，且绝不相互残杀，而是疯狂地进攻那群湖阳世家的死士及白庆诸人。

那群死士人人皆是高手，但是这些杀之不尽又无孔不入的蛇虫猛兽使他们防不胜防，他们只逃出数里路，便只剩下几人。

无常尊者带着白庆，借绳索之利，在虚空之中横渡而过。他们不敢上树，树上到处都挂有毒蛇；他们更不敢沾地，地上的凶兽更是让人防不胜防，杀之不尽。

空尊者则只能护住自己，虽然凶险重重，但也还真给他杀出了群兽的包围，自然也如无常尊者一样，借钩索之便在虚空中横渡，而那群白庆所带来的死士和家将，只有三人负伤而退。

那巨龙并未再攻，只是立于当地长啸，有如君临天下的圣主，啸傲山林，指挥千军。

白庆这一路看到了成群结队赶来的各种野兽，包括那昔日曾与他们大战的巨鳄，也都急速向这个方向爬来，显然也是听到了巨龙的召唤。

这一切就像是做了一个可怕的噩梦，在这一刻，他真的明白，在死亡沼泽中，真正的主人不是人，而是那巨硕的巨龙，它才是整个沼泽的主人，也是这片沼泽所有生命的君王。

回到船上，白庆已是狼狈不堪，身上染满了鲜血，几处爪痕。他根本就来不及喘息，便高呼：“快，快启航回程！”

船上的湖阳世家众家将都神色颇为难看，因为他们也听到了那山呼海啸般的厉吼以及此起彼伏各种奇怪的兽吼之声，但他们却不知道发生了什么事，此刻见白庆叫开船及只剩下回来的六人，他们也知道发生了大事，于是立刻起锚下桨。

白庆如猴子一般纵上大桅，三下两下把掩于其上的草革和树枝全都抛下船，他似乎已是极为迫不及待地要离开这个鬼地方。

空尊者和无常尊者都极紧张地望着沼泽的方向，尽管他们生平经历百战，但对今日之情景却是第一次体验。他们知道，群兽正向这个方向追来，那虎啸狼嚎之声正预示着一切。

船身震动了一下，已缓缓而动，四周的芦苇缓缓分开。

“砰……”船身再震了一下，白庆的脸色已经变得有些难看。

“砰……砰……”大船船身竟有些摇晃。

“鳄鱼——”白庆看到了四面的芦苇丛中居然爬满了许多大小不一的鳄鱼。

“嗞嗞……”一阵细脆的响声传来。

“那是什么？”一名湖阳世家的家将吃惊地指了一下不远处一道疾驰而来的虚线。

那是芦苇以极速向两旁分开而形成的虚线，整个芦苇荡在极短的时间内似乎全都活跃了起来。

那道虚线很快游近，如被龙卷风卷过，密密的芦苇分出一道宽阔的道路。

“是大蛇——”有人尖声惊叫，他们终于看到那在芦苇荡中形成的一条虚线竟是一条足有大木桶粗、长达数丈的巨蛇。

“轰……”巨蛇来势如风，昂首以巨头直撞向大船，竟将船舷轰开一个大洞。

“啊……”白府的几名家将闪避不及，竟被大蛇卷起。

“去死吧！”白庆立在桅杆之上，早已看清了这大蛇的存在，长枪轰然当空刺下。

大蛇正待肆掠，但白庆的速度也快得让它无法闪躲。

“噗……”长枪直穿透蛇身，竟钉在甲板之上。

“呵……”大蛇呵出一口腥热之气，竟将那杆枪也拔了起来，巨头横扫。

“轰……”甲板上数人躲闪不及，被扫下甲板，那两根巨桅也断去一根。

“畜牲！”无常尊者双手一旋，竟接住那倒下的巨桅顺势横撞而出。

“轰……”大蛇身子被撞飞数丈，整个硕大的躯体全都被掀翻，溅起巨大的水花，也使芦苇倒下一片。

“救我……”落水的水手还没来得及爬出水面，便已被水中的巨鳄大口分食了，连挣扎的余地也没有，到处都是芦苇在摇动，而在芦苇底下则是那群贪食而凶残的巨鳄。

船上的白府家将都吓傻了，都不明白这究竟是怎么回事。

“守住每一个方位，绝不可以让这些畜牲上船！”白庆高喝，旋又向一侧的白泉道：“你领人下到舱底，小心这些凶物破舱，准备东西堵漏，不可让舱底进水！”

白泉并不是第一次经历鳄鱼劫，是以，他知道事情的严重性，迅速领人下到底舱。

“总管，不好了，我们下入水中的桨被水下的东西咬断了！”一些水手惊呼着。

"让我来！"无常尊者和空尊者知道此刻如果他们不尽力的话，那么他们唯有陪白庆一起葬身兽腹了。是以，无常尊者抱起巨桅，来到船尾。

"哗……"巨桅一下子破入水中。

大船巨震，竟一下子滑出两丈，"哗……"巨桅再收起，再放下。

无常尊者竟以巨桅为竹篙，将大船撑动，迅速向河心赶去。

河水中被巨桅击中的巨鳄纷纷逃避，但四周的芦苇丛中似乎有许多东西向这方纷纷赶来，苇芦大片大片地翻动着，看得只让人触目惊心。

白庆的额头开始渗汗，他从未想到居然会是这个样子，会出现这种场面。在前来这片死亡沼泽之时他还兴致勃勃的豪情壮志，可是眼下事态却以另一种形式发展，糟糕得让他无法言述。

那条尚未死去的巨蛇仍在芦苇荡中翻腾，让人惊讶的是那肉食的巨鳄们并不去分食那条巨蛇，而是来围攻这艘欲逃离的大船。

白庆庆幸这艘大船乃是经过特制的，在来这片沼泽之前，他便想到了有可能会遇上这群凶残的巨鳄，因此在船底和船侧舱皆以铁皮和牛皮紧裹，这样不仅拥有硬度，更多了许多韧性，而在牛皮之内又另以一层竹片作第一层底板，然后才是船底舱。这种船便是在大海之中航行也绝无问题，因此，巨鳄虽多，但一时之间并不能对船底造成多大的损伤。

可问题是，那些鳄鱼会咬住下入河水中的船桨，这使船的动力难以维系。所幸有无常尊者那巨桅作竹篙撑动了大船，但这对无常尊者的功力损耗极大。

"有好多蛇！"那群白府家将们一个个脸色煞白，有的甚至绿了。他们从未见过这种阵仗，若让他们去千军万马中冲锋陷阵，他们绝不胆怯，可是眼下所面对的却是一群冷血的巨蛇，那数丈长的躯体如飞一般带着无可匹御的力量撞来，尽管他们个个身手不俗，却又怎能抗拒这般狂野的冲击？十数条巨蛇自四面赶来，远远地将大船包围住。

"一定要顶住，这些大蛇不能够下深水！"白庆额头冒汗地大呼着，他手握重枪，幸好船上尚有十数张天机弩可以远攻，要撑上半刻并不是没有可能。

眼下，白庆已经再也没有任何奢望取龙血了，唯一想做的便是活着离开此地。

沼泽的岸边，虎啸龙嚎，所幸这些东西都不敢下水，否则，只怕大船也早给撕碎了。

“这究竟是怎么了？”有人几近疯狂地嘶叫，但很快便被破碎的声音给掩盖，那些大蛇的破坏力似乎比鳄鱼更甚，砸得甲板和船舷一塌糊涂。

白庆与空尊者及那几名武功极超卓的死士拼死护着大船，不让大船受到致命的破坏，更杀伤数条巨蛇，但到无常尊者将船推出芦苇林，滑入深水处时，船上能站着的却只有七个人了，倒在甲板上挣扎着的有三人，血泊中死去的有五人，其他的人全都被大蛇扫下船，白泉几人在舱底拼命堵漏，侥幸逃过一劫，大船虽然滑入了深水区，但行不多远必会沉没，这是不可逆改的事实。那漏洞太大，也太多，根本就来不及清水堵洞。

白庆唯一可以做的便是祈祷船能够支持得久一点，在离这死亡之地再远一些的地方再沉没。否则，即使逃过群蛇的攻击，依然难逃鳄口。他知道，这水域之中依然有着致命的东西，也不敢在沔水对岸登陆，因为那边也同样是一片芦苇荡，谁又能肯定在那边不是凶险重重呢？

这一刻，白庆才真的体会到那巨龙的可怕，其可怕之处还不只是它自身的力量，而是它能够召唤整个沼泽的力量，便像是沼泽之中所有生命信奉的真神。往日他不相信神，从不相信动物的灵性，但这一刻他却不能不改正所有错误的观点。自欺欺人也并不是一件特别好的事，尤其在这种时候。

这时，白庆倒有些相信无常尊者的预言了——“这东西已夺天地之灵气，不是人力所能对付的”——说这句话时，无常尊者与巨龙对视过一眼。

巨龙的吼声已竭，但沼泽之中的百兽鸣啸之声仍不绝于耳，它们似乎意犹未尽。

白庆疲惫得不想动一根手指，但依然挂起了那仅剩的一面帆，他只想在大船沉没之前迅速加快点，那样离危险之地也会更远一点。他发誓，往后绝不再来这片死亡沼泽，宁可去面对千军万马。

当然，白庆知道自己并不会死去，即使是船沉了，他依然有办法上得河岸。这船上有的是木料，他完全可以借这些东西踏水上岸，然后再扎一张大木筏，进行如上次一般的逃命旅程。只是这时候他却想起了另外一个问题，那就是林渺！

林渺呢？在这般万兽齐动的情况下，那个选择另外一个方向逃过巨龙之口的林渺又去了哪里？会不会也葬身兽口，或是找到了那传说中的玄门呢？

算来算去，他还是被林渺算计了一招，这时候他才明白，林渺根本就没有任何诚意和他合作，他本想林渺绝不会逃过他的手掌心，但最终还是让林渺创造了甩开他的机会，只是他不相信此刻林渺的处境会比他好多少。

林渺没有死，在那玄寒至极的潭水之中，林渺有着从未有过的清醒。

自绝崖飞落，强大的冲击力使他直入潭底。他早已算好了方位，正是那日暗流所在之处，是以，一落水中，便为暗流所卷。

奇异的玄寒自每个毛孔渗入肌肤，使林渺丹田之奇热外扩愈发加快，顷刻充斥体内每一道经络，寒热相冲，使他再受当日在隐仙谷之中所受的水火之劫，其苦无可言喻，但他的思绪依然极为清晰，脑海中犹如一片空灵的湖水，仿佛完全不与躯体相接。

躯体独成一格，那种痛苦只是局限于每一寸肌肤，但脑海中却浮现出一幅奇异的画面，那是一块块奇异的岩石，在岩石之上似有一层散发着奇异光润的珠石，一块块、一圈圈地堆积一起，形成了一堵奇异的墙。

这是这股暗流经过的暗洞中的洞壁，林渺的意念是如此告诉自己的。

他无法看见什么，在这黑暗而绝寒的水中，那沉重得让人窒息的压力让林渺根本就无法睁开眼睛，可林渺确实察觉到了那暗洞洞壁的存在。

这是一种很奇异的感觉，但这种感觉却让林渺有些糊涂，他甚至已经看到了这暗流的出口，那竟是以金块垒积的一个狭长方洞。

这感觉刚一产生，他便感到身子一轻，被一股冲力顶入地下暗河之中。眼睛再一次睁开，脑海中的感觉消失，身上的痛苦增加，他也看到了一股温润的薄光。

这光润林渺极为熟悉，正是那玄门所在之处，发光的是那块奇异如玉状的玄冰。

这次林渺没有感到半点寒意，甚至有点躁热，心中有如一团烈火在燃烧，但肉体却已经有些麻木，这让林渺害怕。

害怕死亡，害怕自己根本无法实现对那些关心自己的人的承诺，但他绝不放弃，绝不！至少在这将至目的地之时，他绝不会让自己被地下暗河的水给冲走。刚想到此处，倏觉脚下一紧，不由大吃一惊。

迟昭平看到姬漠然的眉头渐渐皱起，心不由得揪了起来，目光投向姬漠然所望的那片夜空。

夜空深邃得让她心悸，星星点点的辉斑，如流萤在闪烁，月色略显黯淡，可是在迟昭平眼里并没有任何异常，夜空依然是那宁静而安详又略带清冷的夜空。

“姬伯父，怎么样，那颗新星是不是真的难逃此劫?”迟昭平语带戚然地问道。

姬漠然半晌未答，目光依然注视着南方的天幕，脸色却在不断的变化，似错愕，似惑然，似吃惊……

迟昭平不懂天象，却能看脸色。她在姬漠然的脸上看出了困惑，所以她也困惑，只是姬漠然似乎并不怎么在意迟昭平的困惑，因为他不比迟昭平好多少。

“奇怪，奇怪，真是奇怪!”姬漠然一连自语地说了三声奇怪，然后脸上升起一种从未有过的迷茫，旋而沉思。

迟昭平不敢打扰姬漠然，在姬漠然沉思的时候，他并不喜欢人打扰。熟知姬漠然的人都知道他的这个特点，所以迟昭平只是静静地立于一旁，似懂非懂地遥望着南方的天空，可是她并不能找到那颗可能是属于林渺的新星，唯一可做的，便是祈祷，为林渺祈祷。

姬漠然是个怪人，对着天空，他可以几个时辰不眨一下眼睛，不移一下脚步，便像观星台上的星仪一般，沉稳而森然，仿佛完完全全地融入到了那片夜空之中，而他便是星空的一部分。在这个时候，他忘了自己，忘了真实，忘了所有除星空之外的东西，那遥远深邃的夜吞噬了他全部的灵魂。

迟昭平陪着姬漠然在夜空中待了两个时辰，一句话未说，只是姬府的家将给她搬来了一张椅子，提了一壶香茶，似乎准备迟昭平彻夜不眠。

迟昭平的耐心似乎非常好，喝完那一壶茶水的最后一杯，姬漠然才动了一下。

姬漠然似乎有些意外迟昭平仍坐在观星台的一角，讶异问道："昭平还未休息?"

"未知答案，难以安枕，还望伯父指点迷津!"迟昭平吸了口气道。

姬漠然又瞟了一眼天空，轻轻地叹了口气，道："我从未见过如此奇异的星相，他的本命星曾突然消失，而后又再次重现，一直在明灭不定之中挣扎，直到刚才乍亮后又镀上一抹淡影，我再也无法测查出其命格的定位!"

"啊……"迟昭平失声低呼，惊问道："那究竟是什么意思？是不是他有什么危险？他是否还活着呢?"

姬漠然浅笑道："至少从天象之中无法得知其死亡与否，不过，我推测，刚才那两个时辰应该是他生死交替最为危险的两个时辰，虽然此刻仍镀上了一层淡影，但其生机却已经稳定下来，不会有什么生命之危。"

迟昭平这才微微松了口气，她相信姬漠然便像相信自己的父亲。

"那为什么他的本命星会镀上一抹阴影呢?"迟昭平有些疑惑地问道。

姬漠然想了想道："我想，他尚处于危险之中，所以他的本命星仍不能完全散发出光辉，只是经此劫之后，他的本命星将变得有些扑朔迷离。"

"扑朔迷离?"迟昭平反问。

"不错！也许，他的命运从今日起完完全全地改变了!"姬漠然淡淡地道。

"命运完完全全地改变？你是说他的帝命可能会……"

"我看不出，他的星晕比昔日更深邃，有如天空一般无可揣度。他的命运不再是世人所能窥视的，是天，是地，是万法自然的道。也许，这会是一件好事，抑或，这是一件坏事，其结果，已经没人能够预料。"姬漠然叹了口气，悠然道。

迟昭平不由得呆了，目光不由自主地投向深邃的夜空，望着那抽象的世界，心中却在嚼咀着姬漠然的话，也涌出一种难以言喻的感觉。

眼下，距林渺的两月之期只有四天了，可是却没有一点有关林渺的消息。迟昭平怕，她不怕死，但对林渺的死，她却害怕，在无法寻求答案的情况下，她只好来邯郸见姬漠然。

姬漠然知天命，星相奇学通天彻地，在迟昭平的眼中，或许姬漠然能从另一个角度告诉她关于林渺的消息，哪怕只是一些虚无缥缈的空谈，只要能知林渺平安，她也如愿以偿。

这一刻，她发现她爱林渺很深，对林渺的牵挂使她的心湖始终无法平静。她好强，她睿智，但她终是个女人，终是个人，也有凡俗的情感。

河北的形势很乱，来邯郸也是极为危险之事，但迟昭平顾不了这么多。有些时候人都是很冲动的。

姬漠然没有责怪迟昭平的冲动，他总是以一种极宽和的语气体谅迟昭平的心思和错误，但他会教给她更重要的东西。是以，迟昭平敬他，如敬师敬父一般。

“那他依然是真命之星了？”迟昭平又问道。

“也许，他已经超越了真命之星！”姬漠然吁了口气，沉吟了一下道。

“超越了真命之星？”迟昭平大惊。

“真命之星乃地皇之星，命属紫微，可观可测，虽属天意却非天意，但他的本命之星在乍亮的那一刹，我感觉其就是天意，与天地融为一体，不离不弃，拥有着无法揣度的神秘。也许在不久的将来，他可以超越真命之星！”姬漠然沉思道。

迟昭平不由得怔住了，虽然她并不全懂姬漠然的话，但却有种奇异的感觉自心头升起。

刘秀智破定陵，声威大震，刘玄对这位族弟也确实极喜欢，尽管刘寅可能是他的威胁，但他对刘秀却另眼相看。无论如何，刘秀毕竟是他的同宗本族，历代帝王又岂会不任用同宗之人？是以，刘玄对刘秀大加褒奖。

严尤与陈茂为洛阳大军的先锋，以解救颍川之围。

刘秀与王常合兵而进，直取颍川，一路几无阻碍，只是抵达颍川境内后便再与严尤相遇，双方相持不下，更始军攻下阳关以与颍川对峙，苦思破敌之策。

尽管严尤为败军之将，但其兵法战策却绝不容小视，王常和刘秀一时也拿他没办法。

洛阳大军正在结集，各路大军纷纷涌向洛阳，有远有近，不过也幸亏如此，这使得洛阳若想聚齐大军至少要两月左右的时间。因为大军易行，但粮草难至，是以，军粮备齐绝不是一日两日之事。

刘玄在对宛城相围无果之后，仍是想到刘寅，他欲调回守于定陵的刘寅，让李通守定陵，反攻郾城。

李通与李轶趁义军新胜的余威强攻郾城，他们明白，只要攻下郾城之后，有昆阳、定陵、郾城三城横于宛城北面，就几乎是在宛城北面筑起了一道屏障，即使是王邑的大军赶来也要自这三城之间经过。如果不先攻这三城，那么，这三城的兵力就足可截断王邑大军的军粮后备，尽管如果王邑的大军直攻宛城，更始军的主力难以承受，但在战略之上却绝没有错。但如果王邑的大军要先破昆阳与定陵的话，这也可以给宛城一个缓冲的时间，有这些时间，更始军或可破开宛城，那时有宛城相守，与王邑的大军并不是没有一拼之力。

林渺无法自制地再一次沉入水中，他感到脚下相缠之物越缠越紧，且正向上身游走。

“蛇！”林渺心中暗呼，但他很难相信在这种奇寒之地会有蛇虫生活，可是除此解释外，又有什么更好的解释呢？

林渺的肌肤早已有些麻木，是以并不能清楚地分辨出缠于脚上的究竟是何物。

沉入水中，脑海之中奇妙的感觉又出现了，但林渺却更惊，在他脑子中映出的是一根黑线一般的蛇状之物，在水中以极快的速度游动，且自四面的水中向他涌来。而在他身上竟缠有两条黑线怪物，正是他那流血的伤口之上。两怪物的小头正紧贴伤口，有向皮肉中钻去的倾向。

林渺顿时明白，这线蛇是闻到了血腥才会攻击的，是一种极喜噬血的东西。上次他被暗流卷入这里的时候，身上并无伤口，而且血腥之气在躲避那巨龙时，在水中已经冲洗干净了，这才并未引起这怪东西的攻击，当时他忽略了这水中可能有异物。

骇然之下，林渺奋力冲破水面，拖起那两条足有五尺长的线蛇爬上暗河的空壁，龙腾刀深深地刺入空壁之上，身子便悬挂于空中。

那两条线蛇居然一个劲地向伤口里钻，更不断地噬食伤口处的血肉，便是林渺出了水面也不松口。

"去死吧！臭东西！"林渺惊怒不已，用力挑出两条蛇的脑袋，狠狠地捏爆，两蛇这才滑入河水之中。

林渺哪敢再待，迅速如壁虎般顺洞壁向光亮之处疾爬而去，此刻他可不敢下水。

体内的热浪依然在激涌，是以，林渺在受了重创之时，依然有那股奇异的生机支持着他的躯体快迅地穿过这近两里路的洞壁，抵达冰河之上。

冰色莹润，极滑，与河水没有太明显的分界，但在靠近冰河之处并无异物，或许是因为光线太暗仍然看不清河水之中的东西。不过，林渺也没什么闲情去看河水中的东西，唯一要做的便是去试试那块玄门口的巨冰。

玄门口的巨冰犹在，依然散发着淡淡的光泽，使得冰河镀上了一层神秘的光亮。

四面都倒映着林渺的身影，尽管冰窖的上空似乎并不低，但那种压抑感依然存在。

冰洞之上似乎依然有丝丝血迹，但已经深埋于冰底，这是当日齐万寿所留下的。

玄门，依然只开有一道小小的缝隙，林渺心中微微有些激动，这次故地重游却只是为了谋求生存，别无其它的目的，但是他能够不死吗？这一切，只能看天意了。

伸手搭上玄门，林渺竟有一种极舒坦的感觉，不是上次的那种奇寒，而是极为温润之感。林渺缩身进入冰洞之内，闪于玄门后，唯有在玄门之后，以玄门封住洞口，他才能在洞内好好养伤而不担心受外面的干扰。他并不敢肯定是否会有人再来此地，如上次秦复和齐万寿进入冰洞一样。

封住洞口，林渺整个背部完完全全地贴上玄门，只觉一股锥心的寒意透入肉体之中，与体内的火热之劲顿时激起一股狂野的气流。林渺骇然，赶忙运起浩然帝炁。

“轰……”林渺只感体内一阵巨爆，顿时思维陷入一片极乱之中。

大船缓缓而沉，白泉累得手臂酸麻，可是他依然无法让舱底的积水减少。所幸这是一艘大船，而且是经过特别制造的船只，是以即使底下渗入了大量的水，顺水依然能撑上一段路程，直到天黑夜深才缓缓倾斜。

白庆诸人也全都松了口气，这里距死亡沼泽少说也有六七十里水路，是以船虽然欲沉，却松了口气，想来也不必再受那群凶兽的骚扰了。

尽管在夜里行路略有不便，但只要能远离噩梦，那便足够了，他们觉得这艘船还算争气的。

“总管，怎么办？这里还是在云梦泽之中！”白泉望了望黑漆漆的两岸，担心地问道。

“真见鬼，今天怎么连一艘经过的船都没有？”白庆低声轻怨了声，也望了望两岸，道：“是云梦泽我们也必须登岸，难道要我们随船沉入水中？”

白泉受训却没有反驳，只是觉得有点窝火，当初他便反对来对付这庞然大物，但白庆却坚持己见，鬼迷心窍般地准备了半年，可是眼下却落得这样的下场，便是那时甄阜的大军攻打湖阳时，他们也没有这么狼狈过。

“渔火……”无常尊者突地立起身来叫了声，神情之中不无喜色。

白庆也似乎看到了那隐约于夜色中的火光，不由得忙吩咐道：“快，上桅打火号！”

白泉也极喜，忙点起两支大火把纵上大桅，双手划动着，远远看去，便像黑夜里的两点流萤，飘摇、闪烁。

“船家——”白庆运足功力高呼。

在呼喊之中，那盏渔火悠然而至，便像是河水中的精灵，飘忽而快捷。

"诸位请上船，敝师叔特遣在下前来接应诸位!"

渔火如过江之鲫般滑水而至，却是两只小船，点着渔火的那只船头静立着一名年轻人，手执玉扇，风度翩然。

"接应我们?"白庆讶异，他不由得望了那空船一下，看上去这年轻人真是有备而来。

"在下宋留根，敝师叔乃东方咏，他算到诸位会在此有劫，这才让我驱舟来迎，上船吧!"那年轻人浅笑道。

"天机神算?"白庆和白泉都吃了一惊，他们怎也没料到这年轻人居然会是天机神算东方咏派来的人。

白庆的心中更多了一丝疑惑，难道东方咏真的这么神，能有如此算尽天机的本领?

"娃娃，你师叔能算到我们会遇劫于此，那他当知道我们从哪里来吧?"无常尊者也好奇地问道。

"那个并不重要，重要的是，你们需要有船相渡，如果诸位不欲登船，还请自便。不过我尚要提醒诸位，这百里之内的河湖是没有鱼的!"宋留根淡然一笑，对无常尊者的不信任有些不置可否。

"快把东西搬上船，我们上船!"白庆自然相信宋留根有可能是东方咏的师侄。东方咏住在云梦泽之中他并不是第一次知道，上次他便是特意来见东方咏却没能见到，但他知道东方咏隐居之地距此已不是很远了。

"为什么这百里河湖中没有鱼呢?"空尊者讶异问道。

"因为水中有肉食的异兽，这里的鱼儿大多都被吃光了，想在这里找一只蛊雕容易，但要找一只鱼儿就难了!"宋留根悠然道。

白庆和白泉的脸色微变，刚才他们幸亏没有贸然游到岸上去，否则只怕会成为水兽的美餐了。

空尊者不再言语，刚才他已经见识过那群凶物的可怕，他可不想再来第二次，于是再不支声地上了那只不大的小船。

两只小船刚好可以乘载这么多人，略有些挤，但这段水路并不太长。

在大船完全沉没，桅头那支火把完全熄灭之时，他们差不多便已到了天机神算所居的避尘谷附近。

这里白庆并不是第一次来到。

“几位只能在船上留宿了，我师叔不想见外人。不过，还有一物要请白总管带回湖阳世家。请总管在此相候片刻，我这就去取来。”宋留根飘然上岸，淡漠地道。

白庆本待上岸，见宋留根如此一说，竟不好动步。

“你们是这样待客的吗?”空尊者忿然质问道。

“不好意思，如果这位不满意，可以驱船离去，我师叔避尘二十载，未见过一个外人，更不想有人扰其清修，还请见谅!”宋留根说得很轻巧，但却很绝。

“你……”空尊者大怒，待要出手却被白庆相阻。

白庆可不敢得罪东方咏，便是当年武林皇帝对东方咏都极为客气，他湖阳世家与东方咏极有渊源，白鹰在世之时都不敢对东方咏稍有失礼，是以白庆虽心中有些不满，却也不敢在东方咏隐居之处撒野。

“公子，你去吧，我在此相候就是!”白庆客气地道。

“你们为诸位准备晚膳。”宋留根向身边的几名划船小童吩咐道。

“是，师兄!”那几名小童听话地走了，唯留下白庆及船上狼狈的一些人。

第六十四章　玄门之秘

林渺思维清晰之时，骇然发现自己竟置身于一个虚无缥缈的虚空之中，四面尽是惊雷闪电，在其眼下是一片血色苍然的大地，野火狂燃，尸横遍野，白骨森森……而他自己却是在一个无遮无掩的虚空之中，像一个旁观者，又像是一个参与者。

林渺糊涂了，他努力告诉自己这是幻象，这不是真的，他只记得一刻前自己尚是在玄门之中，在那生命几乎无法生存的奇寒世界里，可是后来他失去了知觉。

所有的努力都无法改变周围的一切，然后，林渺只能向自己解释，他死了，这是修罗地狱，他所存的只是意识，只是虚无缥缈的灵魂。

这种感觉极为清晰，电火闪烁，暗云低压，似是暴风将至。只是一切都静得可怕，静得让林渺感到一阵沉沉的寒意。

死后的感觉就是这个样子吗？或是他将会遇到更为残酷的现实？不过，他知道这是一个战场，一个惨烈无比的战场。

难道修罗地狱之中也会有战场？林渺有些疑惑，同时他也有点悲哀，毕竟他还是死了，他无法实现对迟昭平的承诺，无法面对任光还有小刀六这一干兄弟的期望，这使他有点悲哀，但他旋又讶然。

在他念及迟昭平之时，竟发现迟昭平便在那遥远的虚空出现，像是在天的另一端，永远都无法触及，但迟昭平的影子却是那般清晰。不仅如此，他还看到了另一个人，伴于迟昭平身边的居然是姬漠然！

林渺讶然，迟昭平和姬漠然，那是邯郸，事实上那点影子只是晃了一晃，便出现了任光和小刀六的影子……

林渺不由得笑了，苦苦地笑了，这是幻觉，他曾听天和街的老人们讲过人有灵魂的事。人死了之后，灵魂可以日行万里，可以回到他熟悉的地方去看他想念的人，那便是说，此刻他剩下的便只有灵魂了。他对躯体没有任何感觉，不用说也是在那无与伦比的火劲冲击下爆成碎片，他有一种深深的孤独感。

这种孤独便像大漠之中失群的孤狼，也许比孤狼更可怜，孤狼还可以对月咆哮，可是他不能喊也不能动，只是任由思想去捕捉那些虚无的念头。

天与地之间仿佛只有极为狭小的空间，但却没有尽头，每片土地都是惨不忍睹的狼藉之状，天空沉暗之间又夹着丝丝灰白的云，翻滚有如惊涛骇浪之状。

“痴儿……痴儿……”

静谧的天地之间，突地飘来若断若续虚无缥缈的声音，苍迈而沉郁，如山谷共振的回音，隐约之中依然可以辨清所唤的字音和声音的方向。

林渺不知道这一切是不是真的，那声音又像是响在他的心中，响在他的每一点念头里，刹那间充斥了他所有的思想，他不由自主地向声音传来的方向飘去，似乎有风轻托着他，抑或说是一种奇异的引力在牵引着他向那昏暗的天边疾赶而去。

生命也越变越虚，梦与现实全都碎裂成荒谬的闹剧。

“重赏之下，必有勇夫，只这三天便有两千余人报名，这些人都是当地的猎户，还有的是混混难民之类的，不过真正能担当重任的只有二百多人，加上前几日招募的百余人，共计三百七十六人，这些人之中背景都不会有问题！”苏弃肃然道。

“三百七十六人？”小刀六微皱了一下眉头，道：“这些人手够吗？”

“若要应付匈奴的战骑可能力量尚差些，但若只是对付马贼群，尚有一拼之力！不过小兄弟先别急，大哥已让游灿和林岩久几人去附近几座城中招募另一些人，相信凑个五六百人是不会有问题的，到时候只要加强训练，即使是漠外最强的大风马贼群也不敢对你们小看！”沈青衣淡淡地道。

“那就太谢谢沈姐姐和沈大哥了!”小刀六大喜道。

“一家人何用说两家话？近年来我沈家的生意也受塞外马贼多方约束，不太好做，有你来凑合，我们共同出力，北方的生意对你我都大大有利!”沈青衣笑了笑道。

“这些人都至少要经过一个月的强化训练才行，到时候可能在他们之中再挑选精锐!”小刀六吸了口气道。

“小兄弟要怎样强化训练呢?”沈青衣有些好奇地问道。

“这个计划可让苏弃待会儿向姐姐细说，因为还要姐姐多多指点。不过，我尚要再去别处招募，我需要的不是现在选定的五百人，而是要强化训练中仍能坚持下来的五百人!”小刀六自信地道。

沈青衣有些讶异地望了小刀六一眼，她上次见到小刀六时，他不过是一名跑堂的小角色，但这次却发现小刀六完全变了一个人，倒像是个手握生杀大权的一军之帅，那气度和语气，与其年龄有着极不相称的差距。

“如有用得着姐姐的地方，便直说，也可让你杜大哥去找太守帮忙。”沈青衣道。

“这倒不必，我想先让这些人在滏山待十天，然后便在塞外找块沙地集训，姐姐帮我选个好地方好了。”小刀六道。

“这个容易!”沈青衣爽快地答应了。

天，呈一片血色，电火依然疯狂，似乎每一寸空间都在经受电火烧灼。

“痴儿……”声音越来越清晰，也不再是自林渺的心中传来，而是自那血色天空中心一片透着五彩阳光、有若天井的空当中飘出。透过血色的天空，透过那密密纠缠的电网，悠悠地传入林渺的感观之内。

天空居然是一片血色，重重叠叠显得极为诡异，更有一种难以形容的压力。

“痴儿，过来，来这里……”那声音又响起，似乎是在呼唤林渺，苍迈之中仿佛充斥着无尽的诱惑。

“你是谁？你在哪里?”林渺的思维在运转，虽无法说话，但却发现空中已经飘着他的声音。

“我是世上最伟大的神，我就在这电场天眼之中，痴儿，你过来……”那声音依然缥缈无定，但却很清晰地映在林渺的心上。

“你是世上最伟大的神？”林渺不由得想笑，这世上何来神？他从不相信这些，而这声音自称之为神，怎不让他不屑？

“不错，这整个天地本来都属于我的，只要你走进这电场之中，便可以得到我逆天改命的力量，便可以成为这天地的主人。来吧，痴儿！”那声音充满了自信，像是极为缅怀往事一般。

“你到底是谁？装神弄鬼，我死都死了，却还不放过我！”林渺思感再一次送出自己缥缈的声音。

“哈哈哈……”那声音笑罢，悠悠地道：“我是谁？我是谁？你能够开启玄门，难道会不知道我是谁？”

林渺不由得一怔，一时之间，他不明白那人在说什么。玄门确实是他开启的，但此刻却并不是在那冰洞之中，而是在缥缈的虚空中，不由得问道：“你是说我此刻置身玄门之中？”

“难道你不是在玄门之中吗？”那声音冷冷问道。

“我不知道你在说什么。”林渺惑然道。

“你不用知道这么多，过来吧，痴儿，过来后你便会知道一切了。”那声音突然变得异常温和地道。

“你先告诉我，我是不是已经死了？这里是不是修罗地狱？”林渺不答，反而质问道。

“哈哈，死？在这里没有生，也不会有死！这里不是修罗地狱，只是玄门之中。刑天的修罗绝域早被轩辕那小子踏平，世间没有修罗绝狱的存在！”那声音大笑道。

“什么刑天？什么轩辕？”林渺不由得也被说得稀里糊涂，不明白这人究竟说些什么。旋又记起，刑天与轩辕乃是上古大神，传说中那统一洪荒的大神便是黄帝轩辕，而刘正所教给他的“广成帝诀”，传说便是黄帝轩辕所创，难道此人所说的便是那个黄帝轩辕？想到此，不由问道：“是不是数千前的那个黄帝轩辕和刑天呀？”

“数千年前？已经过了几千年？”那声音显得有些吃惊地自语道。

林渺一时感到莫名其妙，只感到荒谬至极，这一刻像是虚渺，又显得有些真实，他不知道那躲在天眼里的人究竟是谁，说话竟如此疯颠。

“痴儿，你过来，我可以让你成为旷古绝今的大神，让你拥有称雄天下的力量!”

“你先告诉我，玄门究竟是怎么回事？我现在是不是已经死了？”林渺又问道。

“我说过，这里没有生，也不会有死，你能进入玄门一定是身具开启玄门的力量，难道你不知道玄门的秘密?”那声音讶异问道。

“知之不详，所以要你详细地说给我听，以示你要见我的诚意!”林渺心中一动，道。

“我要见你？难道你不想获得通天彻地的力量吗?”那声音又道。

“哼，天下没有白吃的午餐，我想获得力量，但却知道你绝不会是没有条件的。你若不告诉我你是谁和证明你的诚意，我没必要去履行你的条件。”林渺傲然道。

那声音顿了半晌才笑道：“好，看来你确实是个极聪慧之人，我告诉你，本座乃是蚩尤大神，曾经乃洪荒万国的统治者!”

“什么?”林渺失声惊呼，旋又不屑地笑道：“你是蚩尤？那我还是黄帝轩辕呢！说得这么玄乎其神，你以为我是三岁小孩呀，你这样骗人谁会相信呢?”

那声音冷哼一声道：“本座用得着骗你吗？看来你对玄门是一无所知!”

“你说出来我不就知道了?”林渺不置可否地道。

“玄门乃是专门用来囚禁封闭本座神魂的异境，更是通往天外天唯一的出口，本座与轩辕当年一战若不是受其暗算，这洪荒万国早就是我的。虽然他暗算了我，但却无法将我的元神全部毁灭。当日他妄图以十面埋伏大阵让我灰飞烟灭，却没料到我的元神有一部分早就已经渗入到了天外天的力量之中，然后借天外天的力量辗转天下，终于花了两百年的时间才再一次分离而出。当时轩辕虽知道我的元神并未尽灭，但神族十大圣器已经流落各地，不知所踪，以他之力依然无法尽毁我的元神，只将我逼至西昆仑绝域，以万载玄冰制成玄门将我困于其中，更借用玄门堵住了通往天外天唯一的裂口之处。而我也便一直被封于天外天的天眼之中，度过了这几千年!”蚩尤无限怨愤地道。

“你说玄门便是万载玄冰?”林渺闻言，几乎喜极而泣地问道。

“不错，但这块万载玄冰乃轩辕施以无上力量而成，异于世间任何的玄冰。唯有修习了广成子一门心法或本神心法之人才能够将思维破入玄门之中，抵达玄境!”蚩尤淡淡地道。

林渺顿时大感兴奋，自语道：“那我便可以不用死了，我有救了……!”

“这里根本就没有生与死，你自然可以不死!”

“那为什么有那么多尸体?”林渺反问道。

“那是当年涿鹿之战的战场，是万国之战的战场，也是我所有被存封于玄门之中的记忆!”

“我可以看见你的记忆?”林渺讶异。

“你已经进入了我的六识之中，走入这玄境之中便等于是走进了我的思想，看见我的记忆并不奇怪!”蚩尤淡淡地道。

“六识，玄境……”林渺的脑袋有些大，这些意念似乎极为复杂，更是玄之又玄，像是在做梦，一个光怪陆离的梦。不过，当他知道这是一块万载玄冰之时，内心的欢喜却是难以形容的。

“为什么要我进入电网？为什么你不可以从天眼中下来见我?”林渺突然有些警惕地问道。

“我已被封于天眼之中，又如何能够出来?”蚩尤有些恼怒地道。

林渺不由得一笑，恍然道：“哦，我差点忘了——你说你那么厉害，还是打不过轩辕吗?”

“你在嘲笑我?”蚩尤大怒。

“不是啊，我只是问问，你别这么激动，传说当年你被轩辕大败过，轩辕黄帝真的那么厉害吗?”林渺不置可否地道。

“呸，他只不过是暗算取胜，否则我早已让他神形俱灭!”蚩尤怒叱。

“可是你还是被他封于玄门之中了，一败再败，这难道不是问题?”

“第一次涿鹿之战时，我元神大损，几乎尽灭，虽隔了两百年的修养再与天外天之力分离，但是也只能拥有最初的七成功力，自然不是轩辕的对手。”蚩尤冷哼道。

“噢，原来是这样，不过你别急，世人尊你为战神，你也应该满足了。对了，我要怎样穿过这些电火，你可不要害得我神形俱灭就行了，我可不想这么快就死!”林渺想了想道。

“你学过本神的心法没有?”

“你的心法是什么?”林渺讶异问道。

“《霸王诀》!”蚩尤道。

“啊，《霸王诀》? 那不是项羽所创吗? 又怎会是你的?”林渺大惊。

“项羽? 项羽是谁? 哦，你说的是那个痴儿? 不错，他会《霸王诀》，却是本座所传，你会不会?”

“我只会上半篇，下半篇我可不知道!”林渺心中一阵迷糊，今天的际遇直让他莫名其妙。不过，就当是做梦也应该把梦再继续下去，是以，他此刻倒是好整以暇，尽管心中疑虑重重，但在好奇心的驱使下，使他对过去极渴望了解。

“只要知道一些就行，你试着以思感去吸收玄境中的能量!”蚩尤沉吟了一会儿道。

林渺见蚩尤沉吟了一会儿才这般回答，心忖：“你不会是想害我吧? 回答犹犹豫豫的。”不过，他倒真的在尝试着吸收玄境之中的能量，但是却似乎什么也没感觉到。

“好像不行，我找不到感觉，应该怎样?”林渺努力了半天，却仍感到身子悬于虚无缥缈之中，根本就无任何着力之处。

“你不要想着自己身在何方，就只当自己置身现实之中，现实与虚幻仅在一念之间，你感觉这个世界有便有，你感觉它无，它便无，不必拘泥于形式，用《霸王诀》的心法当自己在对着日月吐纳一般，你便可以感觉到玄境之中所存在的能量!”蚩尤提醒道。

“哦?”林渺应了声，但是却怔住了，他根本就不知道《霸王诀》中的心法。在上篇之中只有一些内功基础，但是在他受天雷所击之后，方发现这之中的心法漏洞百出，这才使他遭火毒焚身之苦，若是以那种形式修练必会走火入魔。而下篇的《霸王诀》心法他根本不知是何物，现在叫他用霸王心法去纳玄境能量，他自然做不到了。

想了想，忽记起刘正说过，浩然帝炁可以将自然之力借为己用，而他所修习的也只有浩然帝炁属于正正规规的心法。思及此处，不由得摒弃任何杂念，在想到浩然帝炁之时，自然而然地便开始运行了起来。

刹那间，玄境中的一切似乎骤然而变，沙走石扬，云飞电舞，一股股奇异的寒流自所有能感知的方位涌入林渺的思感之中，虽然感觉不到身体的存在，但其思感却在无限地延伸扩展，以惊人之速若洪水般漫向玄境虚空的每一个角落，那种感觉舒畅至极。

“你用的是什么心法?”蚩尤的声音变得很尖厉，他似乎在突然之间感觉到了玄境之中的异样。

林渺并未回答，生机和寒潮如潮水般与他的思感融合，再化成另外的形式又向四周辐射。他的心思已不再接纳外物，甚至忘了蚩尤的存在和置身何处，他自然不会回答蚩尤的话。

“快停下！快停下!”蚩尤的声音变得更为凄惶和急切，仿佛是穷途末路的伤者在呻吟。

电火更狂、更野，那血红的天空也开始收缩，无数道电火所裹的电网也在悠然向天眼中间收缩，在血色天空之外的黑云之中竟透出一缕淡淡的五彩之光，以及缕缕紫气。

五彩光芒和紫气过处，那遍野尸骨的土地之下竟然缓缓地冒出根根小草，然后以快速至极的形式生长、蔓延。

“快停下——痴儿……”蚩尤的狂呼并不能制止一切的发展，林渺此刻已是欲罢不能。

林渺再次感觉到体内那股奇异的热力所在，但在玄境那如潮水般的寒意交汇之下，他感觉不到痛苦，反而像与思感一般迅速融合、汇结，化成一缕缕异样的生机向玄境四面狂涌而去。

玄境以林渺为中心，极速变化着，本如修罗绝域的天与地开始明朗，不毛之地也开始出现新绿，那惨不忍睹的尸体很快被自泥土之中奇迹般生长而出的草木所掩。

蚩尤在天眼之中怒吼着，使玄境内充斥着绝望和仇恨的情绪。但天空之中的紫气和五彩的异芒越来越强，那血色的天空不断地向天眼周围浓缩，像是在受着那五彩异芒的压迫和催逼。

林渺的思感清晰地捕捉到这片天与地之间的变化，这让他奇怪和惊讶，但他却无法停止自己的行动，而在心底似又有一个极为轻柔的声音在呼唤，静谧之中有种说不出的甜美和温柔，仿若九天飘下的仙乐。

“痴儿——痴儿……”

这是与蚩尤截然不同的声音，但绝不会充盈着任何诱惑力，只让林渺的心情更加平静、宁和，蚩尤那厉吼的魔音根本就无法再干扰他半分，那轻柔而甜美的声音又仿佛是在林渺思感周围形成了一种特殊的声场，让所有魔音无法进入林渺的思感。

林渺知道蚩尤在呼唤，但也知道这仙乐般的声音是来自那五彩的光霞之处，正是自那五彩的天空飘然而下。

在这玄境之中并不只有蚩尤一人，但那人究竟是谁呢？可以肯定是一个女人，一个拥有无比动人声音的女人。

空尊者被宋留根送了回来，白庆可以看到空尊者有若死灰的面容。

“师弟！”无常尊者急唤了一声。

“他没事，只是他误闯了我师叔静修之地，所以将他送了出来，念在你们是初犯，不加追究，但是，你们必须连夜离开避尘谷，日后最好永远不要踏进此地！”宋留根冷冷道。

空尊者自己走上船，脸色由死灰色转为羞惭的红润，但已经证明了他确实没事。

白庆不敢吱声，他本来反对空尊者跟踪宋留根去见东方咏，但却拗不过空尊者，可是眼下空尊者被送了回来，他自然无话可说。

“这锦囊之中便是师叔他老人家要说的，他让总管带回去交给白鹤老爷子。你们一路上千万要小心，也绝不可拆开！”宋留根叮嘱道。

“谢谢宋少侠，如果有机会欢迎来湖阳世家做客！”白庆道，他知道东方咏是从不会轻易为人推算的，有人曾出千两黄金让其算上一卦，都没能如愿。上次他不是专程来找东方咏测算吗？想请他去湖阳，但是却没能请到，这次竟主动为湖阳世家测上一卦，可见其对湖阳世家仍是极为照顾。

白庆虽然有些世故和阴险，但对湖阳世家却是绝对忠心的，因为他自小生于湖阳世家，又被湖阳世家重用，是以对湖阳世家的荣辱当然极为看重。因此，对宋留根所说的话确实是发自内心的。

“走吧，希望你们早日回返湖阳。”宋留根说着，目光扫了空尊者一眼，转身便向谷中行去。

空尊者没说什么，或许是他羞于启齿。他根本就没有发现那个出手制住他的人是什么模样，然后他便被制住了，再被宋留根请了出来，但他知道制住他的人是东方咏。他想都没有想过会有这样一天，自己竟如此不堪一击，这让他有些气馁。

无常尊者知道空尊者的脾性，已经猜到是怎么回事，但他仍问了一句：“你没有见到那个东方咏?”

空尊者摇了摇头道：“我根本就没见到他出手，因为他是背对着我的!”

“背对着你?”无常尊者骇然问道。

“是的，自始至终他都是背对着我的，但是我还没能来得及出手，他便已经点了我的宗神穴，后来就发现我落在那小子手中。”空尊者吸了口凉气，有些无可奈何地道。

无常尊者也吸了口凉气，一个自始至终都背对着空尊者的人，居然一出手便制住了空尊者，可想此人的武功达到了什么样的程度。

白庆不得不连夜出航，不过，能有这两只小船总比站在大船上眼睁睁看着它沉入水中要好。不过，他确实敬服东方咏，居然知道他会在那个时候遇险，这几乎是神乎其神，不过人家被称为天机神算绝非侥幸。

电火内束，天眼竟然也在开始收缩聚结。

“九天玄女，我不会放过你的!”蚩尤厉吼着，声波使电火舞得更狂，那片血云如海涛一般在五彩紫光之间翻腾激荡，仿佛是代表了蚩尤此刻的心情。

那本来低沉压抑的天空乌云渐散，阳光合着紫气霞光悠然洒下，天地之间一片新绿，无限的生机充斥着每一寸空间和土地。

“蚩尤，这是天意！你这一生总是逆天而行，该当你要经受此劫，只望你在天外天能静心悔过，改过自新，如此或许再过两千年你便能脱出天外天之劫，否则上天依然不会让你有脱困的一天！”那轻柔而恬静的声音如春风般荡漾于天地的每一个角落。

“我蚩尤永远都不会改变，总有一天我会再回来，这个世界总有一天是属于我的！你们这群轩辕的走狗，也不会有好下场……！”蚩尤的声音自天眼之中飘出，似乎越来越小。

“轰……”一声强烈至极的巨爆，数千电火同时凝集化为一根粗大无比的电柱，自地面直透天眼，那血云仿佛是巨鲸吞吸的水一般，以极诡异的速度顺电柱聚向天眼。

天眼骤合，合成一个巨大的血球，在强大电火的网罩之下直冲向蔚蓝的虚空，拖着蚩尤的怒吼瞬间消失于天际的尽头。

天空变得湛蓝如水，阳光无限温柔，山野之中充盈着无限生机，花木繁茂，香飘四野。

林渺只觉得通体舒泰，思感无处不在，体内的生机随心所欲地抵达每一寸空间。

“痴儿——我等你等了几千年，你终还是出现了。”那柔和的声音悠然飘起，天空之中缓飘下一朵五彩云霞，而在这之上却静立着一位容颜绝世的女子。

林渺心神俱醉，怡雪的美丽已胜天人，但这女子除了美丽之外，却有着世人绝不拥有的气质，雍容、清丽，在烟霞缭绕之中裙带飘舞，乘风而飞，让任何人见了都欲顶礼膜拜。

“你就是九天玄女？”林渺感觉到自己的心在说话，可是他能听到声音。

“不错，我便是奉黄帝之命看守玄门的九天玄女！”那女子依然踏着五彩云霞。

“你一直在等我？”林渺想起了她刚才的话，不由得问道。

“不错，一个应劫而生的救世之主！”九天玄女悠然答道。

“应劫而生的救世主？难道我就是？这劫又是何指呢？”林渺讶异反问道。

“蚩尤魔魂从未死心过，时刻都在想着重返人间，是以每隔两千年，他便能重新凝聚到足够让他破开天外天、打通一个天眼的力量，若是他再用一千年的时间，便有足够的力量破开玄门重返人间，且带走天外天的力量，毁灭所有的生命，而在这一千年之中，必会有应劫而生的救世圣主，这是轩辕黄帝早定下的宿命！”九天玄女淡淡地道。

林渺不由得笑了，道：“可是蚩尤根本就没有酿成什么劫呀，我根本就不知道自己做了些什么。”

“此刻天下生灵涂炭，便是因玄门内魔气外泄之故，事实上蚩尤魔魂早在两百年前就有一些逸出玄门，只是我以九天玄女阵及时截获，这才没使天地毁于一旦，但蚩尤魔魂日渐强盛，更使当年以万物生机布下的玄境化为修罗绝狱，草木皆枯，我也被魔气封于天外天无法现身的玄境，幸亏你及时出现，否则一百年后，玄门将自爆而灭，蚩尤也便可以重生了！”九天玄女道。

“怎么会这样？我刚才究竟做了什么？”林渺吃惊地道。

“你将自天外天泄入玄境之中的奇异力量全部吸收，这才使蚩尤再也没有力量撑开天眼，而又重新被封于天外天之中！”九天玄女道。

“我吸收了所有天外天的力量？这怎么可能？”林渺讶异问道。

“因为你身具轩辕黄帝所创的绝世神学《广成帝诀》，所以，当你身处玄境之中时，运用浩然帝炁便可以转化天外天的力量为无穷生机，而你刚才无意之中做了这一切，使得玄境内戾气尽去，生机重燃。”

“为什么你不学《广成帝诀》？要是你修练了浩然帝炁，那守在这里不是随时可以看住蚩尤了吗？”林渺惊奇地问道。

九天玄女不由得笑了，道：“浩然帝炁是需要肉身为根基的，而我肉身早腐，根本就不可能练得了《广成帝诀》。”

“那我现在也没有感觉到肉身的存在呀？”

“那是因为你的思感处于玄境，但你的躯体依然存在，当你走出玄境便可以回到肉身之上了。不过你此刻已拥有天外天的异力，在尘世之中需勤加修练，才能够将其发挥出最大的作用而为苍生造福!”九天玄女笑了笑道。

“这样啊，对了，刚才如果我用了《霸王诀》，那会是怎样的后果呢?”林渺好奇地问道。

“吸尽这里所有的生机，然后引得天雷电火焚身而亡，而蚩尤则可趁机破开玄门，逸入人间!”九天玄女肃然道。

林渺不由得暗暗咋舌，暗自庆幸自己没有学过《霸王诀》后半卷，否则便成了蚩尤的替死鬼了，这或许就是天意吧。

“好了，你身上拥有天下所有人所无法拥有的力量，只要好好把握，世间不会有什么事情可以难住你的。你可以走了……”

“慢，我还有个问题要问!”林渺忙道。

“你想问什么?”

“天外天究竟是什么地方?那里的力量又是什么?”林渺好奇地问道。

九天玄女沉吟了一下，道：“既然你已经拥有了天外天的力量，我向你说了也无妨。天外天乃是我们所生存的那个世界之外的世界，两个世界同时存在，又互不相干，而在这两个世界中间又夹着另一空间，也可以说就是你和我现在所处的玄境。道家称这层空间为天道，只是以一种意念和精神存在的虚渺之世界，只有超越了这一层世界才能够窥见天外天，但想引用天外天的力量，便必须冲破结界，方可由天道转入宇宙中任何层次的空间。而天外天便是另一层绝难突破的空间!”

“我越听越不明白，那天外天与我们究竟有什么不同呢?”林渺惑然问道。

“这便像是阴阳，一正一反，也可以说是相冲相克的两层空间，若冰与火，毫不相融。”

“那结界又是什么?我难道已经突破了结界?”林渺好像有问不完的问题。

“你永远都无法突破结界，轩辕黄帝早已施下封神之咒，没有人能在有限的生命之中悟得通天之道。结界分为精神结和生命结，必须是拥有肉身才能够维持生命结，即使天纵奇才也不可能在百年之中悟通生命结和精神结，你能够吸纳这天外天之力量，只是因机缘巧合，玄门等于是暂时开启了你的精神结，而浩然帝炁和这玄境之中的生机也暂时开启了你的生命结，但这并不是你自身的功劳，也许在百年之后你能悟透其中道理。好了，你该回去了……”

“哎……”

“轰……”林渺只觉身子一怔，悠然醒来。

眼前依然是那冰冷的洞穴，地上，仍是那几具冻而不腐的尸体，他感到背上一阵冰凉，更传来了轻微的震荡之声。

刚才的一切就像是做了一场离奇的梦，他不由得揉揉眼，看到的依然是冰冷的石窟。他闭上眼，可是脑海之中依然没有任何关于刚才的痕迹，想再看到九天玄女的样子，却根本就做不到。

林渺不由得惑然，但却感到身上充盈着无限的生机，仿佛完全脱胎换骨了一般，这种感觉倒与玄境之中的感觉没什么区别，但就是身边的环境完全不同。

他知道，刚才并不是梦，而是在无意之中走进了一个玄之又玄的世界。事实上，现实与梦又有什么分别？

林渺知道自己的伤势已经痊愈了，那入手奇寒的玄冰，此刻仿佛略带温润，有若一块透明的玉石。

透过玄冰，林渺发现在玄冰之外居然有一道人影在晃动，不由得吃了一惊。

“轰……”玄冰又震了一下，并缓缓向一旁轻移而开。

林渺闪身让到一边，他不明白此刻还会有谁会到这里来，谁还能知道这玄门所在呢？

玄冰滑向一旁，洞门大开。

“想，想必……就是这里了……好冷！”

一个颤颤嗑嗑的声音传了进来，显然说话之人正在打着哆嗦。

“我受不了！我，我看还是先回去找几件皮裘来，否……否则会冻死的！”

“好，好不容易……才，才找到宝藏，怎，怎么能就……回去……”

“砰……”一个重物坠地的声音传了过来。

“谢，谢老二，你，你怎么了?”

“他，他不行了，我也快……快撑不住了!”

“我，我，好冷，好冷……”

林渺大讶，这些人居然是来找这里的宝藏的，而且能够找到此地，这可就有点奇了。此地只有在帝王印和孔雀符上才有地图，合二为一方能指出藏宝之地，难道这几个人有孔雀符和帝王印?那么秦复呢?这两件东西本是在秦复身上的呀，这使林渺不解。

“砰……”又一人倒下了。

“老四，你快走，回去，这里，太……太邪门，不要全……全冻死在……在这里……”

“大哥，你撑住!我助，助，助你运功……”

“没，没用的，这里的寒……寒气太，太重，根本就……就不可能……抗拒……”

“要死……我……我们兄弟……四人也……要死在宝……藏里，老四……拖，拖大哥……进……进洞……”

林渺心中就觉有些怜惜，只感到这些人有些可悲。

“你们根本就不必进来了，这里只是一座空空的冰窖，什么都没有!”林渺悠然步出玄门，扫了一下那几乎蜷成一团的四人道。

“啊……你……你是谁?”

那四人大惊，怎么也没想到洞中居然有一个大活人，而且此人卓立如松，自有一股不可一世的气度。

林渺没答，伸手探了一下倒于地上的两人脉象，脸色微变道：“人为财死，鸟为食亡，你们若再不出去，必死无疑，就是出去了，这两位也必会变成废人!”

“你，你，怎会没事?请，请你救救他们!”那两个蹲于地上发抖的人吃惊地道。

“神仙难救，他们的经脉已经冰化，只要再过一盏茶时间，他们的血脉将如冰一般脆弱，身体一碰即碎!”林渺吸了口气道。

“啊……”

“你们想不想退回去？否则，也会变成一堆冰块！”林渺问道。

那两人脸色青紫，早已冻得难以支撑了，只知艰难地点点头。

“大哥……”一人惊呼，他们骇然发现地上两人已无声无息，在表面之上结了一层霜冻，脸色苍白得可怕。

“他们死了！”林渺说了声，说话间提起地上两人送入洞中道：“这里根本就没什么宝藏，你们也该死心地离去了。”

那两人顿时面若死灰，他们所见的，只是地上冻结的几具尸体，其他的杂物根本就没有，还有几点斑驳的血迹。

这地上本来散落有许多零碎的金银宝石，不过却在当日被秦复和林渺清理了，自然是再无杂物。

林渺再不说什么，以脚轻勾一下，将两具已冻的尸体抛入洞中，又将玄冰掩住洞门，这才向冰河的另一端掠去。

白庆返回湖阳世家已是离开死亡沼泽半个多月的事了，这一路两只小船载着他们，显得有些超负荷，所以行程极慢，而且在死亡沼泽之中，他们几乎丢失了所有的财物，即使到了江夏之后，也买不起马匹，好不容易联系上湖阳分舵，这才快速返回湖阳。

白庆几乎没有脸面见白鹤，此行之狼狈让他几乎想痛哭一场，唯一值得庆幸的便是他拿了天机神算的一个锦囊，否则的话，他还真的无脸回湖阳。

白鹤的脸色极为阴沉，他早就得知了白庆之狼狈。白庆诸人在死亡沼泽中几乎全军覆灭的消息，早已飞报湖阳。

“你还有脸回来见我？”白鹤声音极冷，像腊月挤过窗棂的寒风。

“白庆确实该死，还请老爷子恕罪，我回来是因为天机神算让我带一个锦囊给老爷子，否则，白庆唯有自溺于沔水！”白庆乞求道。

“天机神算的锦囊？还不快拿来！”白鹤有些意外，沉声道。

白庆忙双手递上道：“他让我亲手交给老爷子！”

白鹤冷冷望了白庆一眼，不再说话，只是悠然拆开锦囊，自中掏出一张巴掌大的黄帛，甫看一眼，就迅速卷起，怔了半晌。

“老爷子，不会有事吧?”白庆见白鹤的表情有些不对，不由得惑然问道，他并不知道那黄帛之上写的是些什么。

白鹤半晌未答，眉头皱紧后又舒展开来。如此数次，才将目光投向白庆，冷冷问道：“这锦囊还有谁曾打开过?”

“除东方前辈外，便只有老爷子了。”白庆道。

“好，念在你带回这锦囊有功的份上，死罪可免，但是你让我辛辛苦苦培养的死士折损了一半，还有那百数儿郎的性命，死罪虽免，活罪难饶!”白鹤吸了口气，沉声道。

“谢老爷子不杀之恩!”白庆大喜，他知道这次云梦之行，确实毁了白鹤不少心血。

“来人，给我将他拉出去重打五十法杖，然后让其面壁思过半年!”白鹤沉声喝道。

白庆一怔，心中气苦，五十法杖打了不说，居然还要面壁思过半年。

“老爷子!”更叔似乎想说什么。

“不必多说，拉下去!”白鹤打断更叔的话沉声道。

更叔只好不再多言，白庆迅速被两名家将带下去，由白家长老行刑。

“老爷子，让总管面壁思过半载，那玄门宝藏之事由谁来主持呢?”杨叔不由得问道。

“据地图分析，玄门宝藏乃是在云梦泽之中，白庆刚自那里归返，必斗志尽失，此重任岂可给他?而余者只有你和白泉同去过死亡沼泽，对云梦泽内的地形较熟，因此我让你同白泉带着白充诸人前往，此行可要小心行事!”白鹤沉声道。

“老爷子，我觉得如此安排有些不妥，此事至关重要，也许其他各路之人也知道。因此，必有一番争夺，只怕杨先生难担此任。”更叔出言道。

“更叔所言极是，我觉得主此事之人最好是本族中人，可让权生长老等主持，必能更妥当一些。”白久长老肃然道。

杨叔眼中闪过一丝怒色。

“久长老说的也是，玄门宝藏可不是件小事，一切行事还得慎重才是!”白森长老也出言反对道。

“长老是说我不慎重了?”白鹤有些气恼地反问道。

“不敢!”白森忙道。

“那就行，一切就依我的安排，杨先生追随我湖阳世家已有十年之久，为我湖阳世家立下不少功劳，智谋过人，我白鹤早当他是我湖阳世家的中流砥柱，你们又有什么好说的?”白鹤叱道。

厅中众人顿皆不语，不敢出声，事实上白鹤所说也有道理，在这种时候根本没必要排外，只是许多人心中尚有些不服。

白鹤将锦囊纳入怀中，又道:“好了，可以散了，你们都下去吧。”

“你们是什么人?”林渺居然发现在暗河中有一条小船，想来也是这几个人划过来的。

远离了那万载玄冰，这两个人似乎感觉好多了，虽然在地下河中依然很冷，却非不可抗拒的，只是此刻他们手脚麻木已经难以行动，一时半刻根本就无法行动。

“我们是洞庭四鬼，我是二鬼何杰，这是我四弟肖忆，谢谢大侠救了我兄弟二人一命，只不知大侠如何称呼?”那两人说话也显得连贯多了。

“哦，在下林渺，你们是怎么跑到这里来找宝藏的?又怎能找到这条暗河?”林渺讶问道，他对洞庭四鬼倒不是很熟悉，不过，却知道这四个人武功应该不弱，否则根本就支持不到去打开玄门，只怕还没到玄门之外便已僵毙。

“我们四兄弟在无意之中获得一份藏宝图，后被人追杀了十余日，终按图找到了云梦泽之中，在这云梦泽之中寻找了十多日，才碰巧找到了通向这暗河之路，于是便驾小船进来了。谁知这四月的天气，这里居然仍会如此奇寒，若非恩公，只怕我们兄弟也只有死于那里了!”肖忆黯然道。

“现在是四月?”林渺吃了一惊，讶异地问道。

“不错，我们兄弟入云梦时是四月初八，躲了十几天，今天应该是四月二十一了。”何杰道。

林渺不由得傻眼了，他本是三月初十入云梦的，到这玄门时已是初十晚，可是现在如果是四月二十一的话，那他岂不是在那玄洞之中待了一个多月？

“不可能，你们在说谎！”林渺冷冷厉喝道。

肖忆和何杰吃了一惊，不明所以地愕然道：“没有啊，现在真的是四月二十一！”

林渺目光如炬，这黑暗的河道居然在他眼中一览无余，看肖忆和何杰的表情并不像是在说谎，不由得愕然，自语道：“不可能啊，难道我一坐竟坐了四十天？这，这怎么可能？”

林渺不由得摸摸肚皮，有些微凉，但却毫无饥饿之意，如果说真过了四十余日，他未食未饮，怎么会仍一点感觉都没有？仿佛只是经历了一个多时辰而已，这确不能不让他惊讶和不解。

何杰和肖忆也愕然地望着林渺，不知林渺在说些什么，但他们只觉得眼前这个年轻人有着一股奇异的气质，更让他们惊讶的却是其出入于这极寒之处好像若无其事，突然之间，何杰似乎想到了什么，不由得惊问道：“大侠便是枭城城主林渺？”

肖忆顿时也想起了近来江湖之中将林渺传得沸沸扬扬，刚才那一冻，差点都让他糊涂了，经何杰一提才记起。

“不错，在下正是枭城城主林渺。好了，我们也该离开这个鬼地方了。”林渺望了望这黑暗的暗河一眼道。不过，很快他便发现了异样，上次他来这里的时候只能跟着感觉找路，但这次他一眼便可看清数十丈外河壁之上的石头，还有那些他曾走过的脚印，这怎不让他讶异？

在他曾走过的脚印上已经结了青苔，这让林渺可以肯定，肖忆与何杰并没有说谎，他在这里确实已经待了很长一段时间了，也便是说他在玄境之中那仿佛是一个时辰的事，现实之中已过了一个多月。也可能是因为他身子贴着那块玄冰，生机在刹那间凝固，所以体内的能量并未消耗，而他又在玄境之中吸纳了无穷的生机，这才使其肉身保持了活力。当然，这让林渺有些不解，说出去也不会有人相信，因为他自己都不相信，一切都只像是做了一场梦。

这条暗河并不只有一个出口，但两个出口相距并不远，其中一个可容小船进入，竟是一个小溶洞。

这条暗河的河水本来是可以注满整个河谷的，但因中间冰封，所以强有力的水源断绝，只有靠玄潭之中的暗流来支撑河中的流水，这便使得河水半满未满，水面距暗河之顶尚有五六尺之高，低一些的地方也有四尺，是以，若乘小舟行于其中并无问题。

林渺却有些奇怪，怎么会让洞庭四鬼拿到一份藏宝图？据秦复说这只有他秦家后人或大秦皇族的后裔才知道的秘密，难道说世间另外还有一份地图存在？

事实上，许多问题都让人不解，首先是玄门之秘，这究竟是当年西楚霸王所建或是大秦的藏宝秘址，还是在很早很早以前轩辕黄帝所筑呢？

玄门究竟是藏宝之所还是专门为封闭蚩尤的异域呢？那似梦非梦的感觉使林渺感到困惑。有些问题本身就是一个谜，把答案追溯得太远，往往会失去其真实性。

乍见阳光，林渺长长地吁了口气。自他跳入玄潭的那一刻，便担心自己再也不能看到阳光，呼吸到新鲜空气，现在他终于可以放心了，重生的感觉极妙。

“你们两人必须修养一段日子，冻伤才能够恢复，这种地方能不来最好别涉足！”林渺望了何杰和肖忆一眼，淡淡地道。

何杰和肖忆的脸都有些浮肿，便连手也微肿。看上去，人都变了样，他们不由得都心中骇然。他们从没想到，寒冷也可以要人命，比之烈火似乎还要可怕。

“我兄弟二人孑然一身，如果城主不弃，不若便让我们跟随城主一起北上吧？”何杰向肖忆望了一眼，突然单膝跪地，肃然道。

“哦，你们要跟我一起北上吗？”林渺讶异地问。

“不错，城主救我兄弟之命，无以为报，唯有以身相随，为城主效犬马之劳，望城主不弃！”肖忆也肃然道。

“我兄弟几人，虽在江湖之中并无名头，但自信水下尚有一绝，相信城主定能用得上我兄弟！”何杰自信地道。

“哦？”林渺打量了两人一眼，觉得这两人还确有些意思，一开始便在此毛遂自荐，看来他不收下也不行了。

“如果是这样，那往后你们便跟着我吧，他日若有成，自不会薄待二位！”林渺欣然道。

“谢城主！”何杰和肖忆喜道。

“都是这破羊皮地图害了我大哥和三哥，我们把这害人的东西毁掉算了！”肖忆似乎又想到了死于冰河中的大鬼和三鬼，恨意大起道。

“此乃不祥之物，毁之也罢！”

“让我看看！”林渺接过那一卷羊皮，瞟了一眼，果见上面绘着一些山水的形状，但只有一个地方标明了地点，那便是江陵，标记之处四周的山河画得很清楚，仔细看看，那被红线圈起之地，在左上角还专门放大了地形，看上去与自己此刻立身之处至少有四分相似。

“这绘图之人的手工还真不错，至少对这一带的山川地理很熟悉。不过，这张羊皮最多只有数十年的时间，而这线图的色泽尚鲜明，应该只是在一年内所画，而玄门宝藏乃两百年前的事，这地图分明有所不实！”林渺淡淡地道。

肖忆和何杰接过羊皮，再看，脸色顿变，撕下羊皮一角放入嘴中细嚼了一下，一时呆住了。林渺的分析绝没有错，这羊皮最多只是二十年的年龄，也便是说这张地图最早也只是这二十年之内绘成的，可是他们当时并没有想到这一点，像是鬼迷心窍了一般。

林渺沉思了一下，道：“这东西留着吧，也许还有意想不到的作用……咦——”

说到这里，林渺鼻子触动了一下，他竟嗅到了一股浓浓的血腥味。

“我们龙头并不想与众位江湖朋友为难，但如果诸位不肯给面子的话，那我冷心月便不客气了！”

“冷心月，你不觉得太过分了吗？玄门宝藏又不是你游龙军的，你们凭什么不让我们寻找？”

“这里是云梦泽，这片云梦泽乃是我游龙军的发源之地，可谓是圣地，何来什么玄门宝藏？若你们执意要进入我们的圣地，便是欺我游龙军无人，我们自然不客气!”冷心月冷冷地道。

“哼，云梦泽方圆何止千里？这些都是你们游龙军的发源地吗？别人怕你游龙军，我叶晴可不吃这一套!”

“这位想必是红叶山庄的少庄主叶晴了，我冷心月与令尊应可算是颇有交情，再怎么说你也是我的晚辈，你如此言语，岂不是太目无尊长了?”冷心月冷声道。

“我怎么就从没听先父说过有你这样一位朋友?”叶晴反驳道。

“你知不知道都没关系，如果你客气而来，我可以看在你父亲的面子之上带你游我游龙军圣地，但如果你是为宝藏而来，那便与他们一样！我们的圣地是不可以让外人随便进入的!”冷心月断然道。

林渺讶异地打量了一下四周，他还是第一次知道张霸的游龙军是以这里为发源地的。

这是一片坡谷，四处都是高矮不一的灌木和杂草，在野花和乱石之间横七竖八地躺着数十具尸体，血腥和花香并存。

第六十五章　魔门阴谋

谷中是集在一起的江湖中人，而在谷四周则是百余名手执强弓硬弩的游龙军，弩箭全都对准了谷中之人，冷心月立于谷口的一方巨石之上，身侧则是四名游龙军的高手。

冷心月对林渺来说，并不陌生，对于各路义军的主要人物，林渺都熟记于心，这是他必须做的。

冷心月在南郡颇有名气，与秦丰的军师段玉并称云梦双邪。

“你游龙军想独吞这笔宝藏是吗？还要问一下我江陵军！”一个冷冷的声音自谷口传了过来。

众人的目光不由得全都将目光投向谷口，只听一阵蹄声疾响，一队人马迅速自谷口抢占住一些极重要的方位，人人手执强弩，也不下两百人。

让林渺感到有趣的是，这些强弩当中居然有十张天机弩。

肖忆不由得把藏宝图拿出来又看了一遍，讶异道：“没有藏宝图，他们怎么可能找到这里来呢?”

“你错了，他们定是每个人都有藏宝图!”林渺悠然一笑，淡淡地道。

“这是有人故意设下的阴谋!”何杰顿悟。

林渺点了点头，却在思索，这究竟是怎么回事？是什么人设下此圈套？而且对这地点知道得如此清楚呢？尽管他告诉肖忆这里没什么藏宝，但他却很清楚，这里确实是玄门藏宝所在地。如果这是某人故意设下的阴谋，那这人定然知道宝藏之秘，更知里面的宝藏已经搬空，否则的话，谁也不会傻得让这么多的财宝与天下人分享!

“秦雄!”冷心月的眸子中闪过一丝杀机，冷冷地道。

“冷军师还识得故人，那再好不过了，云梦泽是你游龙军的发源地，也与我江陵军有些联系，所以，这宝藏也有我江陵军的一份！”秦雄朗声笑道。

“你江陵军是欺人太甚！”冷心月道。

“是是非非，天下人自有公道，这乱石坡本就是云梦泽中无主之地，你能说是乐游龙军的圣地，我为什么不能来插上一手？只怕你们游龙军在今日之前根本就不知道这地方叫乱石坡吧？”秦雄不屑地道。

冷心月脸一红，倒是被秦雄说中了事实。

“哦，原来这里根本就不是你们的什么发源地，你们游龙军这样做也太过分了，上古宝藏本就是天下人之宝，人人有份，你们却想独吞！”有人忿然道。

“这就是江湖生存的至理，胜者王，败者寇，弱肉强食的道理，只是有些可悲的是，你们还没有见到宝藏便已经死伤遍野，血溅云梦，这也太让人心寒了！”一个平和而苍迈的声音自谷顶飘来。

众人不由得将目光投向谷顶，立刻有人叫道：“鲁南大侠！华山隐者！”

江湖之中没听说过这两个名头的人并不多，这两人在正道之中的身份极高，也可算是一派宗师，尤其是华山隐者，乃是眼下正道第一人松鹤道长的至交好友。

“原来是华山隐者和鲁南大侠驾到，真是失敬！”秦雄忙客气地道。

“冷某见过二位，没想到二位也对宝藏有兴趣！”冷心月不冷不热地道。

“二位客气了，我们只是适逢其会，只是见各位武林同道为这尚未见面的宝藏自相残杀，实是心伤，所以才赶来一看，对于宝藏倒不是太感兴趣！”鲁南大侠道。

“不是太感兴趣，那便是还有兴趣了！”有人起哄道。

“当然是有兴趣，谁不想见识一下西楚霸王所留下的东西是些什么？但是并不想因此而血洒云梦，不过依我看，此事之中必有蹊跷，难道诸位没有发现吗？”华山隐者淡淡地道，但声音却清晰地传入众人的耳鼓之中。

“隐者认为有何蹊跷之处？”立刻有人质问。

华山隐者自怀中掏出了一块羊皮，又伸手接过鲁南大侠递来的一块羊皮，高高举起道："我与张贤弟每个人都得到了一份藏宝图，所画之图一模一样，我想，在场的诸位也拥有这样的藏宝图吧？"

"啊……"华山隐者的话是一石击起千层浪，立刻有人自怀中掏出一块羊皮，再扫视众人，惊觉几乎每一路人马手中都有这所谓的藏宝图，不由得全都傻眼了，即使是冷心月和秦雄也都面面相觑。

"怎么会这样？"叶晴神色有些难看地道。

"很简单，这之中肯定有人制造了这起阴谋，唯一的目的，便是要让我们各路武林同道相互残杀！"华山隐者悠然道。

冷心月和秦雄打了个手势，让众属下收起弩箭，事情发展到这个份上了，他们也都是明理之人，知道若再这样僵持下去也不会有什么好结果。

林渺倒有些意外，看来这藏宝图之事在江湖之中已经引起了极大的反响，否则怎会惊动这么多人？还使这么多人都赶到云梦泽之中？他心中隐隐估到究竟是谁在制造这起事件，而知道这里是藏宝地而且宝藏都搬空了的人只有四个。

第一个便是搬走这里宝藏的人，第二个则是林渺自己，第三个是秦复，然后便是齐万寿。

秦复制造这起阴谋的可能性不大，因为他似乎没有必要如此，至于齐万寿似乎也没什么必要，这对他好像并没有好处。那么制造这次事故的人唯有那搬走宝藏的人了，但究竟是谁搬走了宝藏呢？又为什么要在那洞壁之上留下那错乱的半部《霸王诀》呢？又为什么要让江湖中人相互残杀呢？

"这是不是一个骗局？大家可以先找到所谓的宝藏一看便知，在这里如此争持，只会伤了彼此的和气。大家人多好办事，不若分头去找，看看那地方究竟在何处。"鲁南大侠道。

"对，大家分头找找看！"立刻有人应和着。

"不用找了，我知道那洞口在哪里！"林渺大步自山岩后行了出来道，洞庭二鬼也跟在后面走了出来。

众人不由得全都移过目光，但认识林渺的人似乎只有华山隐者一人。

"哦，这位不是林城主吗？真是幸会！"华山隐者当日随松鹤一起到枭城受过林渺款待，而在德州之外也有一面之缘，所以一眼便认出了林渺，遥遥拱手道。

“真是人生何处不相逢，在这里居然能与前辈相遇，也算是幸事了。”林渺忙还礼道。

谷中众人惊讶，他们根本就不识得林渺，但却有人认出了何杰与肖忆。不过，他们对华山隐者居然对林渺如此客气感到意外，以林渺的年龄，似乎有些不相称。

鲁南大侠张宽也有些意外，不过林渺也客气地向他行了一礼，自我介绍道：“晚辈林渺，见过鲁南大侠!”

“林渺……”立刻有人小声议论起来，虽然林渺不过是一个小小的枭城城主，但是却在江湖之中造成了极大的震动，外加小刀六故意为其制造声势，而使得林渺的名字极为响亮，是以林渺一报上名就立刻引起了众人的议论。

“原来是名动北方的枭城林城主，真是幸会!”鲁南大侠道。

林渺淡淡一笑，拿出肖忆手中的那张地图，道：“这地图我也有一份，而且我已经找到了那里，刚才正是自里面出来。正如华山隐者前辈所猜，一无所获，却让两位同伴命丧其中!”

“不错，我们刚自里面出来，我大哥和三哥不幸身亡，所以，我劝大家还是不要进去为妙!”肖忆出言道。

“哦，两位可是洞庭四鬼的老二和老四?”秦雄认出两人的身份，不由得问道。

“不错，正是我们兄弟二人!”何杰应了声。

“敢问你们另外两位兄弟是如何身亡的?”秦雄问道。

“说来大家也难以置信，我大哥和三弟是冻死于其中，那里根本就只是一条地下冰河!”何杰道。

“哈哈……”叶晴突然大笑。

“你笑什么?”何杰怒问道。

“我笑你的话，这里可是南方，而且又近入夏，水暖花开，在这里能冻死人，大家不觉得这很好笑吗？要骗人也编个像样一点的谎言!”叶晴不屑地道。

听到这里，立刻也有人跟着叶晴一起笑了起来，确实是没有人相信何杰的话。

华山隐者和鲁南大侠老成持重，并没有发笑，但他们也很难相信何杰的话。是以，都将目光投向了林渺。

林渺冷冷地哼了一声，山谷之中顿时一片沉寂，每个人的心头犹如被巨杵敲击了一下，笑声顿止，但又不由得骇然。

“他说的都是真的，如果有谁不信可以亲自去试试，在那边地下河中有我们刚乘坐的一条小船，我祝愿那位仁兄能安然归返！”林渺冷冷地道。

每个人都面面相觑，林渺的话中有一股让人不能不信的气势，一时之间倒将谷中诸人给震住了。

“另外，我要提醒诸位，在进入地下河之前，最好将身上的血腥味清洗掉，即使身上有哪怕是很小一点尚在出血的伤口者也不要轻易进入那条地下河，否则到时出了事，可别怪我没有提醒诸位！”林渺又补充道。

何杰和肖忆也微感惊愕，这一点他们也有些不明白，有一点血腥都不行，这又是为什么？

“这是为什么呢？”华山隐者也感到很奇怪。

“是呀，这是为什么呢……？”立刻有人好奇地附和道。

林渺见是华山隐者开口相询，也不好不答，道：“因为在那条地下暗河的水中有一种极奇怪的东西，似蛇非蛇，其对血腥极为敏感，若有一丝血腥，便很可能会受到那东西的攻击，所以身上有伤者最好别以身相试！”

“哦，居然有这样的东西！”冷心月也有些讶异。

“云梦泽之中奇物异事多不胜数，若大家把这里当成了家里一般随意的话，可能发生的变故会是你做梦都不会想到的！”林渺不置可否地道。

“空口无凭，我们自己去看看不就知道了，说这么多废话干什么？”叶晴不耐烦地道。

“阁下是红叶山庄的少庄主吗？”林渺反问。

“不错！”叶晴神情倨傲地道。

林渺不屑地笑着摇了摇头，道：“阁下如此无耐心，心性浮躁，实让人叹息！”

“哈哈哈……”谷中众人听林渺这番话不由得都哄然而笑，颇有些幸灾乐祸之感，而叶晴已气得七窍生烟，面红如猪肝。

“林渺，你敢辱骂我？”叶晴怒叱。

“骂你又如何？红叶山庄的脸都被你丢尽了！”何杰见叶晴对林渺这般无礼，他似也明白林渺话中之意，是以叱道。

“杀了他！”叶晴向身边红叶山庄的十余名弟子喝了一声。

那十余人也大为恼怒，迅速攻向林渺。

“哎，叶少庄主何以伤了和气？”鲁南大侠忙掠上前阻在中间劝道。

“张大侠这是干什么？”叶晴愤然问道。

“都同为武林中人，怨家宜解不宜结，何必为这点小事而大伤和气？也太不值得了。”张宽劝道。

“不错，我看少庄主给老夫几分薄面，今日就此打住吧！”华山隐者也道。

叶晴大恨，有鲁南大侠和华山隐者这两位武林前辈说话，他自然不敢不给面子。他恼的是，这两人居然都向着林渺，只好狠狠地瞪了林渺一眼。

一干武林人士见这两位正道举足轻重的人物对林渺都这么维护，不禁对这个年轻人刮目相看，想到江湖中盛传的林渺在初得枭城之时，便有松鹤为首的一干白道人物为其捧场，看来这些并不假，便是冷心月和秦雄都有点嫉妒。

“那好，请林城主为我们带路，我们就去看个究竟吧！”冷心月道。

“诸位不准备貂裘吗？”林渺反问道。

“我想应该用不着！”冷心月不屑地道，他根本不相信在云梦泽之中会有如此极寒之处。

“那好，诸位请跟我来，如若冷得受不了，再回头也不迟！”林渺淡漠地道。

“你们再去河边抬几只小船来！”秦雄吩咐道，他们到这里皆是乘船而至，这里距沔水也并不是太远。

江陵军搬来了两只小船，再加上洞庭四鬼的那一只小船，三只船载着林渺、张宽、华山隐者，及几路人马的头领共十余人点着火把深入暗河之中。

在火把的光亮之中，林渺不由得重新打量着这暗河的洞壁，河水极为清澈，但是在火把的光亮之下呈黑绿色，无法看到底部，只隐隐绰绰地知道这水中有许多活物，并不能看得太真切。不过，众人很自然地想到林渺所说的那似蛇非蛇的怪物。

“灭掉火把！”林渺突地轻喝道。

“为什么?”叶晴不服气地道。

“哗……”叶晴话音刚落，便见一物破水而出，如一截粗树根般，缠住了他身边那执火把的人。

“啊……”那人在措手不及的情况下竟被那突然破水之物卷入水中。

“救我……啊……”那人一句话还没喊完，便发出一声凄长的惨叫。

火把顿灭，叶晴脸都白了，他看得很清楚，那如粗树根一般的东西是一条若长满了虱子的蛇，黑而粗的鳞皮在那一闪的火光之中闪着异常诡异的色彩。

“快走，这里有好重的血腥！”林渺急忙道。

众人顿时也嗅到了，都知道血腥是因为刚才落水之人。

船上众人哪还敢再点火把?他们都看到了刚才那一幕，人人都感到身上传来一阵阵寒意，如临大敌。

“那是什么东西?”有人在黑暗之中惊问道。

“不知道，好像是大蛇，好恶心的东西！”叶晴身边的一人似乎想吐，轻声回答道。

“最好不要吐出你肚子里的东西，少说话为妙，那东西攻击明亮的东西，也许它们还有听觉，大家小心防备！”林渺提醒道。

众人吓得立刻噤声，只好在黑暗之中迅速把船驱离此地。

“对了，不要用桨，以手借这洞顶或洞侧壁行船，这样也许会少点危险！”林渺又提醒道。

众人顿悟，明白林渺的意思，全都照做。叶晴也再不敢反驳了，他心中尚有余悸，一个不好，让他葬身此地可就得不偿失了。

暗河之中极为阴冷，而在快到冰河附近之时，更是奇寒彻骨，这使得众人不由得不相信林渺的话。

这种寒意仿佛是透自骨子里的，连运功抵御都似乎无法阻止寒意的入侵。

“好邪门的寒气！”鲁南大侠难以置信地道。

“这只是开始，如果谁撑不住不要硬撑，这种奇寒只会让你骨血坏死，伤人于无形。当你发现不妙时，已经迟了。”林渺提醒道。

甫见冰河，除见过者外的所有人都大感惊奇，他们怎也没有料到，在南方也会见到冰河！整条冰河像是一条极为深邃的冰窖，散发着温润而柔和的光亮，每个人都呆住了，像是置身于梦中一般。

船被冰渣卡住无法再前进，有人却开始牙关打战，身子发抖，这里的寒气根本就超乎了他们的想象，功力稍弱者已经难以支撑。

“有兴趣、能够撑得住的，可以跟我上去看看，其他人便留在这里，也可以分出一条船返回地面。”林渺道。

没有人再反驳林渺的意见，虽然每个人都有这种好奇，但是却没有人敢拿自己的性命开玩笑。

“你们上去吧，我……我们不去了！”有人开口道，但声音都有些走样了。

“我们在船上等城主！”肖忆和何杰尝过那种滋味，他们可再也不想去尝试。

叶晴犹豫不决，他虽然是红叶山庄的少庄主，但功力却并不太深厚，撑到这里已是勉为其难了，要是让他再继续硬撑下去，他也不敢拿自己的生命作赌注。

“我们去看看吧！”冷心月和秦雄功力极深，尚能够支撑。

“那好，余者可以在此相候，也可以驾一条小船先出去。我们走吧！”林渺操起一支火把，闪身如蝙蝠一般破空划过十数丈的空间，落在坚冰的实地之上。

船上之人骇然，在那淡淡的光影之中，林渺身法之快几让他们以为是错觉，这十数丈的空间竟一闪而过，有若飞鸟。

此刻叶晴倒有些庆幸未曾真的与林渺翻脸，否则，只怕就是倾他身边所有的力量都不是林渺的对手，看来此人的武功比传闻之中更深不可测。

鲁南大侠和华山隐者诸人也为之讶异，他们也绝没办法做到这般利落，林渺给他们的感觉也有些高深莫测了。

“这里是实地，可以落脚。”

能够跟上林渺的只有五人：秦雄、冷心月、鲁南大侠和华山隐者，另外一人似乎并没有人知道其来历，一直都没有说话。余者皆在船上，另有数人受不了这里的奇寒，驱船返出暗河。

林渺点亮火把，整个冰河顿时泛起一层瑰丽至极的光彩，火把的光亮经过冰面不断地折射，使得冰河四壁有如置放着百万颗明珠，闪烁着无与伦比的光华。

“哇……”包括林渺在内，所有人都为之惊呆了，这四面都是厚达数丈的冰层，晶莹剔透却又像镜子一般，一支火把的光亮顿被扩大了千万倍，那华光使得整个河道之中镀上了一层圣洁而凄迷的色彩。

“世间竟有如此妙境，此次也不算是虚行了！”华山隐者惊叹道。

林渺也是第一次在这里面点起火把，亦未料到，在火光相映之下，这里居然会有如此奇妙的一番韵味。

“这里确实很美，只不过这里可不是人人都能前来的，更不是人能够长住之地！”林渺吸了口寒气道。

林渺的话自然被人接受，尽管他们功力极为深厚，但是却不像林渺那奇异的体质，面对这透骨的奇寒，也有些受不了。

“快走吧，这里太冷，不能耽误太久！”秦雄道。

“啊，那是什么？”冷心月突地惊呼了一声，众人目光望去，只见冰壁之中一道影子晃动着迅速向众人攻到。

“轰……”冷心月急速出手，但他并未击中那幻影，反而击中了秦雄。

“你——”秦雄怒喝声中，却发现又有一道影子攻来，忙出手相抗。

“当……”秦雄与鲁南大侠同时暴退，竟是他们对击了一招。

“砰……”冷心月也受了一击，却是那沉默未语之人，一时之间冰墙四处幻影重重，那几人竟乱成一团。

华山隐者竟向林渺狂攻而至，招式凌厉。

“前辈!”林渺吃了一惊，他还没能弄明白是怎么回事时，华山隐者的掌势已封锁了他所有的方位，无奈之下，只好单手相抗。

“轰……”华山隐者与林渺掌劲相触，竟倒跌而出，在冰面上滑出数丈之远。

林渺吃了一惊，目光扫过之处，却见冰面折射出无数人影，同时向他攻来，这些人影略有点模糊，但却招式分明。林渺疾退，却发现四面八方都是人影，骇然之下林渺顿时明白，迅速灭去火把。

冰洞之中顿暗，所有的人影俱灭，那瑰丽无比的光彩也立时消失。

正交手的冷心月诸人也全都停止了手中的动作，似乎明白了什么。

“你居然暗算我!”秦雄狠狠地指着冷心月，似欲再斗一场，他受那一击看来伤势不轻。

“我不是有意的!”冷心月忙解释道。

“我想这定是误会，这里面太诡异，刚才因为火光所以生出了许多幻象!”林渺插嘴道，他迅速扶起华山隐者，不好意思地问道：“前辈没事吧？我刚才一时失手!”

华山隐者老脸通红地道：“没事，城主的功力好深厚!”

林渺不好意思地笑了笑，道：“这地方太过古怪，大家小心，刚才大家一走动立刻便有幻象生出，定是因为火把的原因，大家绝不可用火!”

“这是什么鸟地方，居然这么古怪!”秦雄气恨地骂道。

“鬼才知道！既然大家要看个究竟，那就继续深入吧！还不知道会发生什么怪事呢?”林渺不置可否地道。

远处船上之人将这一切都看得清清楚楚，他们也看到了那满冰河的幻影，不由得也皆骇然，庆幸自己没有上去。

六人立刻变得小心谨慎起来，这里面的怪事让他们受不了，看上去似乎平静至极，可是处处暗藏着杀机。他们真难以置信，在南方会有这样一个地方存在。

行不多久，秦雄支撑不住，他本就已经受伤，是以只好半途退去。在几人看见那玄门之时，连冷心月和鲁南大侠也受不了。

“那就是玄门了！”冷心月大喜道。

众人也都精神大振，林渺却不置可否地笑道：“只怕那里没有你们想象得那么好！”

众人不由得苦笑，虽然他们已经知道这可能是个骗局，但仍禁不住想着这玄门的存在，此刻便是受不了也不想放弃一看究竟的心思，或许这便是人的劣根所在。

“我打开过，那只是一个空空的冰室，几具尸体的坟墓！”林渺见几人行速渐缓，显然是都快到了强弩之末，肌肉都快僵硬了，所以才无法展开身法，这短短的一段路程却显得极漫长。

林渺也感到有些好笑，自己为什么要这么关心这些人？这些人的生与死并不关他的事，他根本就没有必要做这些，只不过他觉得那制造阴谋之人太阴险毒辣，搬走了宝藏却还要让江湖中人自相残杀，这才使他产生了破坏这些人行动的念头。

沔水近日往来船只极为频繁，玄门宝藏使得整个沔水都热闹起来，各路江湖人物聚于竟陵，再租船入云梦，而在一路上，有些人为了争夺自以为独一无二的藏宝图而血腥厮杀。

是以，近日来，竟陵和沔水边的城镇之中杀戮纷起，天天都有各种不同身份的人死于凶杀之中。

南阳和南郡两地的气氛也都变得有些怪，好像百姓和难民们也都知道这玄门宝藏的秘密一般。

“姜先生认为我们不应该去碰碰运气？”刑风有些不太甘心地反问道。

“我不觉得有什么运气好碰的，事情闹得这么沸沸扬扬，其中必有蹊跷，如果真有宝藏，我们根本就不必去云梦泽，在那荒无人烟之处，有金子也买不到东西！”姜万宝淡然一笑道。

“姜先生是说，他们必会自水路运出来？”刑风眼睛一亮，问道。

姜万宝点了点头道：“若真是玄门宝藏，必有极多金银珠宝，在云梦泽之中最好的办法就是自水路运出。此次前去云梦之人多是乘船而下，陆路无路可通，且得宝之人绝不敢将宝藏再转移到云梦泽的某处收藏。他们绝不想让这么多入云梦的人捡了便宜，因此他们必会急急将金银运走，而出云梦便只有沔水上下两头和去江陵之路，只要我们在这三处广布眼线，根本就没有必要去云梦泽中与他们拼死拼活！”

“姜先生所言极是，以我们的力量，想在云梦泽内与天下群雄相争，尚有不足，但是如果我们认准了目标，在他们几败俱伤的情况之下突然出手，那成功的可能性就要大多了！”贾复赞同道。

顿了顿，贾复又道：“不过，据我所知，这藏宝图并不只有一份，至少有三份，或者是更多，这便不能不让人奇怪了，为什么会有这么多藏宝图呢？玄门宝藏乃是最为神秘的宝藏，就算有几份藏宝图也不可能在同一时间一起出现呀，这些藏宝图同时出现江湖，难道只是一种巧合吗？我看这其中定然有诈！”

“不错，贾先生分析得有理，这也是我找龙头来的原因。我们不能也如这群武林人士一般盲目，主公叫我们韬光养晦，我们便在一边静观其变，甚至可以在这之中赚点意外钱财，他们要船，我们卖船，他们要兵刃，我们就卖兵刃，更可以卖点防蛇虫之类的药，只要我们让他们觉得这些东西需要，保证他们会不惜钱财装备自己。因此，竟陵这段日子也可算是发财之地，我在一个多月前就得到了消息，所以抢先购下了竟陵附近的大部分大小船只，现在卖的都已经差不多了，不过生意仍火爆，缺些人手，请龙头再调一百兄弟来助我吧！”姜万宝道。

刑风不由得笑道：“先生真是十足的生意人，竟想到别人没想到的东西，真让我刑风佩服！”

“谈到做生意，姜先生真是财神，便连一个月前开的棺材铺生意也好得不能再好了，只让人眼红，甚至让一旁的几家店都转行做了棺材铺！”陈通感叹地道。

贾复诸人听了，不由得皆大笑起来，连姜万宝也为之莞尔，道：“生意之道，最有眼光的，还是我们的东家萧六！”

“姜先生谦虚了！先生的眼光也不输给我们东家，否则东家怎会如此放心将南方的生意交给先生打理?”贾复笑道。

姜万宝不置可否地笑了笑，岔开话题道：“眼下刘玄对我们看得很紧，我们偷离小长安集，又抽走了春陵和宜丘的制造基地，他必是暴跳如雷，侦骑四出!”

“这一切都是他逼的，他不仁，我们自然不义!”刑风狠声道。

“依我看，刘玄还不敢这般明目张胆地对付我们，他虽称帝，但根基未稳，刘寅、王常与我们素有交情，而且对他称帝极不满，如果他敢胡作非为的话，只会引起众将不满，那时，刘寅甚至废而重立，所以，刘玄还不至于傻得自己亲自动手!”贾复断定道。

“这只是因为我们搬到了竟陵，刘玄调走王常、刘寅和刘秀的目的很明显，我们到了竟陵他自然奈何不了我们。当然，却必须提防他们的破坏！所以，我把所有的炼兵作坊都转入暗处，制造和买卖分作两地。另外，我希望贾先生以另外的身份出面做生意，至少刘玄尚不知你已是我们的人，行事可能会方便得多!”姜万宝道。

“我以另外的身份出面?”贾复讶异反问。

“不错，刘玄在南方的势力只会越来越大，所以我们行事也会越难。因此，我们必须全部转入暗处，才能够保证我们有足够的机会积累金银，北方现在正需要钱，所以我们的生意绝不能停!”姜万宝道。

“要是这玄门宝藏真的存在就好了!”刑风感叹道。

“不过即使存在，或许也轮不到我们，别忘了这里的义军就有数支，比我们力量强大的比比皆是，得到了宝藏如何运走也会是一个很严重的问题。因此，这种东西我们还是不要太在意!”姜万宝道。

“姜先生教训得是，不过，主公应该在云梦泽之中，我们必须派人去打探他的下落!”刑风又道。

“铁头和鲁青已去了，龙头你再派一些弟兄去看看，主公自樊崇手中逃出定是去云梦死亡沼泽了，只是我们根本就不知道死亡沼泽在哪里!”姜万宝也忧心忡忡地道。

“吉人自有天相，连樊崇都奈何不了主公，相信主公一定不会有事的！”贾复安慰诸人道。

林渺对这几人的固执有些恼火。这几人如走马观花般地看了一下那空空的冰室，便再也无力支撑，若不是在林渺扶持之下退了出来，似乎是必死无疑。

他本以为这几人会知难而退，但这几人却似乎不怕死，返回船上之时，包括华山隐者在内都冻得瑟瑟发抖，林渺也故作发抖的样子，他并不想让别人感到他根本就不惧此地的奇寒。

几人急急忙忙地顺黑暗河道向外赶，里面实在太冷，让他们几若患了一场大病。不过在回程之中，有人还提议去多买几件貂皮裘衣，穿上之后再进去看个究竟，这让林渺哭笑不得，倒是冷心月和秦雄诸人不说半句，他们似乎仍沉浸于寒气之中没能清醒过来，直至快到出口之处，他们才微微松了口气，这里已经不再太冷。

“刚才真是多谢林城主出手相助，否则，只怕我们是回不来了！”鲁南大侠长长地松了口气道。

“想不到在南方居然会有如此奇境，真是奇迹！”华山隐者由衷地道。

“更想不到的是林城主年纪如此之轻，却拥有如此深厚的功力，真让人羡慕！”冷心月略为嫉羡地道。

林渺不置可否地笑了笑道：“冷军师过奖了，只是林某皮粗肉糙，稍稍耐寒而已！”

冷心月也笑了笑，他竟对眼前这年轻人没来由地感到一种潜在的威胁，道：“如此年轻便能名动北方，他日城主之成就定不可限量！”

“但愿冷军师能够言中，我也希望自己的成就不可限量！”说到这里，林渺淡淡一笑，又道：“只怕我没有这个命！”

“林城主说哪里话，何用如此谦虚？以老夫看来，城主宅心仁厚，爱民如子，又才德兼备，他日自然是成就无可限量！”华山隐者诚恳地道。

“那就先收下前辈的祝愿了，就冲前辈这句话，林渺也要做出点名堂来！”林渺笑道。

众人也不由得跟着笑了，冷心月和秦雄心中生出一丝妒意，至少，到目前为止，还没有哪一支义军真正地受到白道各门各派的明确支持，但是林渺居然受到这般优待，但他们又不能不承认林渺确实有些高深莫测。

叶晴诸人几乎是迫不及待地冲出暗河，他们实在是受不了这种阴湿寒冷又处处危机的鬼地方，巴不得早早地见到阳光。

其他几人也同样有着急切的心情。

“嗖嗖……”一阵弦响过处，叶晴与那几名窜出暗河的人又惨叫着跌落而下。

华山隐者忙伸手接住叶晴，惊问道：“怎么回事？”

叶晴惨哼了一声，摇头道：“不知道！”他也根本就没有看清是怎么回事。

有三人落入暗河之时已经气绝，连中数箭之多，且箭锋皆透体而过。

“好强的弓！”冷心月抽了口凉气道。

“是天机弩！”秦雄看了一眼，断然道。他对天机弩的威力并不陌生，因为江陵军便装备了这种东西。

林渺也为之讶异，这出口怎会有人偷袭？那会是谁呢？在外面有近百游龙军，还有百余江陵军，另尚有一些武林人士，大家都知道暗河中出来的可能是自己人，那谁还敢乱放箭而不担心伤了自己人呢？

“外面的人听着，是自己人！”秦雄以为放箭的人是他的江陵军，不由得出言高喊。不过，暗河那出口之外根本就没有人应声，像是根本没有人存在一般。

秦雄不由得愕然色变，呼道：“展青！”他一连呼了七八声，还是没有人回应，几乎把他气得吐血。

“怎么回事？看来秦将军的人已经走了！”冷心月不由得略带揶揄地道。

“哼！”秦雄愤然提刀便要出去。

“秦将军稍安勿躁，外面也不知道发生了什么事情，先等一会儿再上去也不迟。”鲁南大侠也感到事情极为蹊跷，不禁提醒道。

秦雄自不是鲁莽之人，其身为秦丰的堂弟，在江陵军中可算是举足轻重的人物，并不是因为其武功和特殊的身份，也是因为此人绝不是头脑简单之辈。

“游龙二将可在！”冷心月扬声高喝，他也感到有些古怪，江陵军不可能走得一个不剩，没有秦雄的命令，这些人自然不敢擅离，可是江陵军居然没人答秦雄的话，这确实让他感到有些不对劲。

“看来你的人也睡着了。”秦雄见冷心月叫了半天没人应，也没好气地挖苦道。

“你……”

“二位何用如此？看来外面确实发生了变故，多半是敌非友，我们叫也没用！”林渺打断两人的话道。

“怎么可能这样？我们在谷中留有数百人，谁有能力将他们全部杀光？”冷心月并不死心地道。

“你错了，世上没有不可能的事，只有想不到的事！”林渺说到这里突地叫了声：“不好！”

众人顺着林渺的目光望去，借那并不十分明亮的天光，只见暗河之中黑影浮动，而船边已是一片黑色。

“怪蛇！”叶晴吃惊地低呼了一声。

“是血腥把它们引来了，这下可有点麻烦！”林渺道。

“我们必须赶快上去！”华山隐者眉头一皱，他也心头直发毛，只见那河水之中一道道黑浪激来，不问可知是极大的水下怪蛇。他也不知道这些东西有没有毒，但只看这数之不尽的东西，自然心中直起疙瘩。

“我不信区区几支箭能够难得住我们！”鲁南大侠沉声道，说话间，振臂如冲天之鹤般掠出那有如天井般的出口。

“叮，叮……”一阵金铁交鸣之声响起，箭乱如雨，纷洒而下。

“我也来了！”华山隐者一掌护身，也冲出暗洞，冷心月和秦雄自然不甘落后。

林渺淡淡地注视着身边那沉默寡言之人，悠然笑了笑道：“兄弟不上去吗？”

那人眸子里闪过一丝讶色，轻瞥了林渺一眼，反问道：“为什么你不上去？”

“因为我在看着你！”林渺神情木然，不冷不热地道。

“看着我什么?”那人警惕地望了林渺一眼，冷冷问道。

“你的面具在冰窖奇寒之下已经收缩了，难道你没有发现吗?”林渺淡然道。

那人一惊，手不自觉地向脸上摸了一下，但旋即便知上当。

“小心!”肖忆惊呼，那人竟在他伸手摸脸的同时出剑，剑法之快只让肖忆骇然。

叶晴也是用剑的，但是在那人出剑之时，他的心都凉了，他根本就不知道那人是怎么拔剑、出剑的，只觉得青鸿一闪，剑便已没入了林渺的身体。

叶晴再惊，因为他发现林渺竟出现在他身边，哪曾受过伤?那人的剑只不过刺在一个虚影之上。

剑快，林渺的身法更快，那人觉得剑刺空的当儿，便已感到幽风袭体，骇然回剑，身上的黑袍拂起，似在自己与林渺之间拉开了一道黑屏，让所有人的视线都变得空无。

“裂……”黑屏穿破，那人的剑如破水的灵蛇，准确无比地扎向林渺的心脏。在错乱之际，角度拿捏得准确至极，更以黑屏风挡住了林渺拂出的指风。

“叮……”剑如击石般轻鸣一下，凝于虚空，在林渺的两指之间稳如磐石。

“裂……”黑屏在剑身凝固的刹那爆散，化成漫天飞舞的黑蝴蝶，搅得众人视线一片模糊。

“铮……”那人抽身，竟自被林渺所夹之剑中再闪出一柄窄而细的剑，穿过飞舞的碎布，以快绝的速度透过林渺的衣衫。

肖忆和叶晴不由得惊呼，他们从没见过比这更诡异的剑，快得让他们难以想象。

“叮……”但这一剑依然未刺中林渺，只是在林渺弹出的手指上撞了一下，那窄剑便滑向一旁。

“砰……”在那人尚没能回剑之时，林渺的掌已化拳沉沉地击在那人的胸膛之上。

那人惨哼一声，喷出一口鲜血，身子跌向河水之中，但林渺已准确地抓住了他的足踝。

“是你!”林渺伸手撕下那人的面具，不由得惊怒地叫了一声。

“报军师，萧老板求见!”崔启正在看各部的文书之际，有护卫相报道。

“哦，快快有请!”崔启忙起身迎出门外。

小刀六大步走入厅中，这里的人对小刀六都不陌生，谁不知道此人是城主的密友？因此，在枭城之中，小刀六可算是人人尊敬了。当然，这也是因为小刀六为枭城的发展出了大力，更将枭城的商路通向了中原各处，在短短的几个月之中，小刀六已成了枭城最大的商贾，更在信都赫赫有名。

今日的枭城，比四月前的枭城完全是两样，有信都强有力的支持，而且又有铜马军的优民政策和优商政策，使得枭城之中商业风行，几成了北方物资的小型集散之地，百姓安居乐业，似乎并不因战火而发生骚乱，一片太平。

王校军与枭城有约，并不敢相犯，而且这数月来，林渺的踪迹全无，王校军半点消息都探不到，这也使得他们不敢轻举妄动。

枭城更将自己的生意做得红红火火，私盐粮草、酒、铁之物，通过各种渠道和手段，在枭城之外带动了枭城的经济。

小刀六加上欧阳振羽，确实可以创下一些意外，不过枭城的经济仍显得有些紧张，因为这数月来，每天都有许多人慕名来投，在军力不断壮大之下，自然需要更多的资金支持，所幸，这些日子枭城又招贤纳能，着实添了许多得力的人才，这使得枭城治理得井井有条，内外皆有人打理。

“萧老板什么时候到枭城的，怎不与我说一声？”崔启欣然道。

“军师日理万机，怎可随便打扰？有事我自然会找你，没事你还是留些心思去管好这座城，安顿好枭城内外的子民吧!”小刀六笑道。

崔启不由得笑了，问道：“那萧老板这次前来又有何事呢？”

“城主还没有消息传回来吗？”小刀六吸了口气，问道。

崔启摇了摇头，他心中也有些急，林渺这一出去便是两个月毫无音讯，确实让他心中有点不安，道："我已经派人去打听城主的消息了！"

小刀六皱了皱眉道："外面有谣言，军师可曾听过？"

"说城主只身前往云梦泽是吗？"崔启反问道。

"不错，这谣言你以为可信否？"小刀六问道。

"难道萧老板会相信？"崔启也反问道。

"我不相信！"小刀六吸了口气道。

"那就是，我也不相信！"崔启也笑了笑道。

小刀六与崔启对视了一眼，道："这谣言是从邯郸传出来的，料来是王郎弄的鬼，他造此谣言显然是在动摇人心，不知军师有何对策？"

"我已对军中宣称，城主将于六月初六百日闭关期满，到时候将会出关！"崔启吸了口凉气道。

"六月初六百日闭关期？"小刀六神色微变，反问道。顿了顿，又神色微有些难看地道："要是万一到时候城主仍不能回来呢？"

"我已经派人四处打探城主的下落，相信到时候定可找回他！"崔启道。

"你对谣言不敢肯定？"小刀六逼视着崔启，冷冷地问道。

崔启一震，望了小刀六一眼，吸了口气道："但我们必须稳定军心！"

"万一四十天后仍找不到城主呢？"小刀六逼问道："到时候你又如何向将士们交代？"

"到时我可以让人替代一下，城主的易容之术极为高妙，我也可以找一个……"

"军师此计太失策了！"小刀六气恼道。

"萧老板何以要这样说？"崔启问道。

"你身为军师，所说之话所行之事，便是代替了城主，如果万一你的计划被识破，那必会将事情弄糟，不知军师可有与主簿和功曹商量呢？"小刀六责问道。

崔启微有不悦道："我正想跟他们说！"

小刀六神色有些难看地望了崔启一眼，淡淡地道："城主在临行之前是怎样叮嘱大家的?”

崔启默然，手指却在把玩着案上的茶杯，并没与小刀六的目光对视。

“听说军师暗中已经训练了模仿城主说话声音和动作的人，是吗?”小刀六不经意地问道。

崔启神色顿变，手中的茶杯啪地一下坠落地上。

“砰，砰……”厅内的门窗霎时全都封闭，帘幕屏风轰然分开，数道人影向小刀六若风一般扑至。

“真是冤家路窄，想不到我们居然会在这里相见!”林渺深深地吸了口气，淡笑道。他确实有些意外，眼前之人正是当日与铁忆联手的三位魔门圣使之一。

“要杀便杀!”那人冷冷地道。

“外面是不是你们天魔门的人？这是不是天魔门设下的阴谋?”林渺揪着那人冷冷地问道。

“是又如何？不是又如何?”那人脸上闪过一丝漠然之色。

林渺暗怒，叶晴诸人也都骇然，惊怒道：“原来是你们这些魔孽在捣乱，我先杀了你!”

林渺不由得瞪了叶晴一眼，叶晴顿时不敢再出声，仿佛是被林渺的威势所慑，这一刻他才知道林渺的武功与他根本就不是同一个档次，在那魔门圣使那般可怕的剑势之下，林渺却依然轻松败敌。

“哗……”众人相视之时，水面突地破开，几条老树根般的东西破水而出。

“小心!”何杰呼了一声，手中之刀迅速划出。

“噗……”刀身正斩中那袭向叶晴的东西，但却发出一声闷响，如同斩在枯木之上。

“哗……”那中刀之物横跌入河水之中，激起三尺巨浪，小船一阵晃悠。

“砰砰……”那魔门圣使一声惨哼，林渺居然拿他当兵刃，横扫而过，将那冲出水面的水怪全都震飞。

那些水中怪蛇皮肉极为坚厚，这硬碰硬，几乎把那魔门圣使的骨头都撞碎了。

“好玩!”林渺不由得笑了。

“你杀了我吧!”那魔门圣使惨哼着道。

“为什么要杀你?”林渺冷哼，说着向何杰道：“你们几个把叶少庄主带出去!”

“轰……”正说话间，林渺脚下的小船突然爆开，一物竟自船底直窜而上，粗若水桶，横绞之际，小船已化成碎木。

林渺吃了一惊，身形迅速弹起，却见一无鳞之物破水而出，小眼尖头，有若巨蛇，但体表仿佛是粘有一层涎状之物，若胎膜一般，张大的嘴巴，露出尖利的牙齿。

叶晴和何杰诸人不由得骇了一跳，这东西之丑陋比蛇更甚，而来势之猛只一触船身便将之毁去，可见其力量之大。再看其冲天之势，破出水面足有五丈高。

“看你的了!”林渺冷笑一声，将魔圣使的身子横拖，击向那张开的血盆大口。

“啊……”魔门圣使尖叫一声，差点没有吓得昏死过去，这比杀了他还让他恐怖，他简直不敢想象以自己的身子去喂那怪物的后果是什么。

“砰……”就在魔门圣使脑袋便要塞入怪物之口时，林渺的手臂轻轻一振，手中的躯体略滑，正击在那怪物的下腭之上。

那怪物发出婴儿般的低嘶，身子轰然击落水中，林渺则借力拖着魔门圣使的身子破空而出。

何杰诸人哪敢再犹豫，飞速冲出暗河，而便在他们冲出暗河的一刹那，几颗木桶般粗大的巨头一齐涌出水面，将他们的小船覆于巨大的身体之下，小船顿时碎裂，沉入河水之中。河水如沸，其中头尾翻腾，只让他们脊背一阵飕飕发寒。

甫一冲出暗河，何杰诸人也不由得呆住了，华山隐者诸人靠背而立，四面环伺着近百弓箭手，只不过箭矢已停。

林渺一手倒提着魔门圣使，那人竟已晕死过去，在林渺的手中，他似乎连一根手指都动弹不了。

“他是谁?”冷心月惊觉林渺手中所提之人并不是刚才与他同入暗河者，不由问道。

“天魔门的圣使!”林渺淡淡地笑了笑，目光扫了一下四周，笑道：“诸位应该是天魔门的朋友吧?”

“阁下好眼力，但阁下却眼生得紧！你是何人?”一人冷笑道。

“瞎了你的狗眼，连我们城主也不识!”肖忆叱骂道。

“这位想必是洞庭小鬼吧，口气这么大，我吴新什么人没见过?也敢在我面前如此大呼小叫!”那人冷冷道。

“你就是被驱出五毒盟的叛徒吴新?”鲁南大侠顿时似乎记起了什么，斥问道。

“鲁南大侠记性真差，到这个时候才记起我这位老朋友，不过没关系，我们宗主很喜欢你这种记性差的人才，只要你愿意，天魔门很欢迎你的加入!”吴新朗声笑道。

“提防他使毒!”华山隐者知道对方的身份之后，立刻惊觉，提醒诸人道。

“哈哈……”吴新一阵大笑道：“华山隐者已是后知后觉了，这片谷地之中的空中早就散有无色无味的毒粉，这些本是沾在那些箭上的，你们在击落那些羽箭之时，在震荡之中，这些毒粉自然散飘于虚空之中，想来也快到时候了!”

众人皆惊，华山隐者忙运气暗查，顿时神色大变，鲁南大侠及冷心月诸人也同样如此。

肖忆诸人想要闭住呼吸也迟了，不运气还好，一运气立刻感到头脑一阵昏眩，天旋地转之下顿跪倒在地。

林渺见众人昏昏欲倒，顿知吴新所说并不假，心中不由得暗骇，这吴新确实很狡猾，居然将毒附在箭矢之上，真正的杀机不是箭，而是箭上的毒，而他似乎算准这些人都是高手，能轻易将箭矢挡开。

华山隐者诸人自不会料到真正的杀机是藏在箭上的，在毫无防备之下，不自觉地吸入了毒粉，这才中招。

“哈哈哈……”吴新大笑道：“五毒盟的毒将会在我的手中发扬光大，你们只好认命了。不过，我不会杀你们的，因为还用得着你们！”

林渺此刻自然明白，何以那些义军战士会无声无息地消失，在五毒盟的毒物之下，这些自不是什么不可能的事。当华山隐者倒下之时，他也跟着倒下了。

“果然是做贼心虚！”小刀六冷笑之际，厅中地面突地爆裂，横于厅中的案儿爆成碎片，直射向那扑向小刀六的身影。

小刀六身形暴退。

“砰砰……”一连串劲爆声中，那几条扑出的身影又跌了回去，厅内空中一条人影在飞洒的碎木之中悠然落下。

白发，白须，猥琐，如一只白毛猿猴，目光阴冷而锋锐，立于地上像是一截枯木，正是无名氏。

“哗，哗……”厅外的窗子突地裂开，一张张弩机伸入厅内，窗外人影绰动。

崔启色变，这突然出现的老头竟然在刹那间破除了他身边六大高手对小刀六的攻击，而且是自地下蹦出，这不禁使他想起了一个人，骇然色变道：“天下第一遁归鸿迹！”

无名氏的眸子里闪过一丝厉芒，一闪即逝。

“哗……”大厅的大门被推开，朱右和梁秀成及郑志大步行入，向小刀六行了一礼道：“萧老板受惊了！”

小刀六淡淡一笑道：“并没什么。”

那六名崔启的亲卫被无名氏逼退，立刻护在崔启的身边。

“军师，你很让大家失望！”梁秀成有些遗憾和无奈地道。

“梁秀成，我不知道你在说什么，难道你们想反吗？城主不在，便这样对我吗？”崔启怒叱道。

朱右浅笑道：“军师如果还想演戏的话，我也乐意奉陪，只是我希望军师不要有损我枭城的利益，不要伤害到无辜的百姓！”

“我不明白你说什么，你们帮一个外人来对付我，这是什么意思？”崔启怒道。

“萧老板绝不是外人，谁是外人谁心里有数，城主待军师不薄，军师却密谋夺枭城兵权，我郑志第一个不答应！”郑志沉声道。

崔启神色数变，目光向窗外那些待松弦而发的弓弩手一眼，随即又落在梁秀成和郑志身上，突地大笑起来，厉声道：“城主待我不薄？那范龙头对你薄吗？你们何以不思报仇，却反而为虎作伥呢？”

“崔启！识时务者为俊杰，成王败寇，虽范沧海对我不薄，但我郑志也绝不是见异思迁、口是心非之辈，城主之大义和才能让我郑志心服口服，如此明主若不知相投，我郑志算是有眼无珠了！”郑志叱道。

“林渺确实是个人才，我崔启也心服，但他却是个短命的人，他已经死在了云梦泽，难道我们还要奉一个死人为主吗？”崔启冷冷问道。

“你放屁！以城主之武功智慧，怎会出事？这只不过是王郎制造的谣言而已，你身为军师也在此蛊惑军心，罪该当斩！如果你肯悔过，说不定念在城主的仁慈之上，今日还可免你一死，否则——死！”梁秀成气恼地大骂道。

“哈哈……”崔启大笑道：“在军中，论地位和资历，我身为军师，城主之下便数我！你们谁有资格杀我？你们杀我便是以下犯上之罪，又如何向林渺交代？”

“他们不可以杀你，但我可以！”无名氏冷冷地道。

“你……”崔启的瞳孔开始收缩，他感到来自无名氏身上强烈的杀机，心便自然揪紧道：“你便是当年杀手盟苍穹十三邪之首天下第一遁归鸿迹？”

“天下之间已经没有天下第一遁，没有十三邪和杀手盟，也没有归鸿迹，我就是我！”无名氏冷漠地道。

“哼，你不过是个外人，想在这里杀我，还要问问他们！”崔启显出一丝惧色，他已隐隐猜到眼前之人很可能便是当年杀手盟十三邪之中最可怕的杀手归鸿迹。此人之武功和杀人手段都让人防不胜防，几乎没有完不成任务的时候，也是当年邪派高手第二人，除邪神之外最可怕的邪派人物，被其所杀的人最主要的特点就是骨肉分离，干干净净。

朱右和郑志也吃了一惊，但他们并没有说什么，因为无名氏乃是小刀六的师父兼影子护卫。

“这里你才是外人，你当认识这是什么！”小刀六冷冷地笑了笑，自怀取出一物道。

“城主令牌！”崔启吃惊地呼了声。

“看来你还没忘记这件东西，见令如见城主，持令者对任何人都可先斩而后奏！城主早就知道你与王郎的关系，是以，让猴七手密切注意你的一切行动，包括你与王郎通了几封信，那信鸽是什么颜色的羽毛都一清二楚，你还有何话可说？”小刀六冷冷地质问道。

崔启的神色有若死灰，他确没料到会是这样一个结局，林渺虽已经不在邯郸，但却能将事情安排得这般周密，他本以为天衣无缝的计划却变得如在别人眼皮下捉迷藏。

“你可以死心了，李度、尤新根本就不会前来助你，关于你的一切，他们已经写好交到主簿大人那里了，现在你所有的罪证都在主簿大人的手中，只待城主回来听候发落！”梁秀成冷冷地道。

崔启一时如遭雷击，连最后一点希望也灭了。

第六十六章　霸威初展

"我要杀了这小子！"吴新救醒了那魔门圣使，但他醒来第一句话却说得咬牙切齿。

"杜月兄何必跟一个死人一般见识？这小子的用途不小，若就这样杀了他，不是太可惜了吗？"吴新不由得笑劝道。

"不杀这小子，我难泄心头之恨！"圣使杜月气恨地道。

"也不急于一时，这小子是左护法要的人，晏坛主也要，可算是奇货了，何况此子在北方也颇有神通，要是能为本宗所……"

"吴坛主不是想将这小子纳入本宗吧？"杜月冷冷问道。

吴新哈哈一笑道："这只是说说而已，他害死了青月坛游坛主，更屡屡破坏我天魔门的好事，死一百次也是有余了，不过暂时圣使却不能够动他！"

"为什么？"杜月冷冷问道。

"因为我答应过少主暂时不可以伤害他！"吴新吸了口气道。

杜月神色顿变，凝视了吴新一眼，冷冷地问道："你知不知道，如果他不死，会坏了我们许多的事，甚至有可能让左护法暴露身份，如果真这样的话，这个责任谁承担得起？"

"但他是少主最好的朋友！"

"那你眼里还有宗主吗？"杜月冷冷问道。

"所以，我才要将他交给宗主亲自处理！"吴新深深吸了口气，又道："圣使该不是想因一时之气而去惹怒少主吧？你知道，宗主好不容易找回少主，对其的宠爱无以复加，你我谁也惹不起少主！”

杜月不语，他知道吴新所惧怕的是什么，也明白吴新所说的极有道理。

“那你准备怎样处理那些江湖人物?”杜月吸了口气问道。

“那些人可有可无，太多会是累赘，还是依照往日的惯例，用来试试我的毒好了！”吴新冷酷地道。

杜月心中泛起一丝寒意，道：“这样恐怕有些太过残忍，若将那些人全部毒死，只怕江湖中人对本宗的仇恨会更深！”

“圣使的心何时这么软了？谁知道是我圣门所为？只会怪罪到五毒盟的头上，上次在淯水畔，不知是谁把那些大小船只和证据烧毁了，否则，定要五毒盟好看！这次我定要五毒盟背上这口黑锅，哼！吴山月呀吴山月，看是你厉害还是我狠毒！”吴新杀意逼人地道。

杜月冷冷地望了吴新一眼，陡然之间，他觉得这个人似乎有些疯狂。尽管他也杀人不眨眼，但是用数百人的生命来试验自己的药物，这确实让人心寒。一次杀人数百，即使是他也难以接受。

“我们也该启程了，这里将会越来越热闹，等着好戏上演就是。你不去底舱看一下你的老朋友吗?”吴新感到杜月的目光有些怪，他似乎并不想与杜月发生矛盾。顿了顿，又提醒道：“我不想让那些人留下，也是因为不想让他们扰乱我们的计划，如果人人都知道了这是一个圈套，谁还会来夺这什么莫须有的宝藏？难道你不想看着他们自相残杀的丑态吗?”

杜月想想也确实是如此，如果让那些人去宣扬了今日的结果，自然就再难将世人骗来云梦泽，难以削弱江湖各门各派的势力。如此一来，趁机扩充魔门的计划便无法实施。

“你把他关在底舱?”杜月吸了口气，问道。

“不错！”吴新道。

“这个人绝不简单，可不能大意，其心智和武功超卓，不要给他有可趁之机！”杜月道。

“圣使大可放心，他中了我七日瘴，我不给他解药，七日之内绝不会醒来！”吴新自信地笑了笑道。

杜月不置可否地扫了舱外的云梦泽一眼，尽管他对吴新的毒极为相信，但是对吴新那种有点过分的自信不怎么欣赏，想了想道：“那些人便交给坛主处置吧，我去看看老朋友，最好还是给他加些铁镣。今日的他，似乎比往日更可怕多了，希望不要再出什么乱子！”

吴新有些不满，杜月这话表明是不太相信他的毒。不过，他并不想为这件事与杜月相争。

杜月身上有伤，在暗河之中，被林渺伤得颇重。而最让他恨的却是林渺居然拿他去击打那水怪，他亲身体会那自水底怪蛇口中喷出的恶臭，那种感觉真让他想一死了之。不过，林渺却没有拿他去喂那怪蛇，只是用他的脑袋去撞击怪蛇硕大的脑袋，那沉重的震荡使他立刻昏死。是以，他对林渺几乎是恨之入骨，如果不是吴新相阻，他定要将林渺剐上千万刀。

不过，杜月对林渺的变化也感受极深。当日他第一次与林渺交手时，虽然单打独斗他并不能胜林渺，但两人的差距并不太远，而林渺的功力也不像今日这般深厚。这些日子来，他勤修苦练，更受到宗主亲自指点，武功也是突飞猛进，与数月前也上升了一个档次，可是今日在林渺的手中竟然不过走了数招而已，而且，林渺根本就没有拔出上次仗以取胜的龙腾刀，这不能不让他吃惊，而且林渺的气劲怪异至极，虚无缥缈又无所不在，他连一点挣扎的余地都没有。

这几个月之中，难道林渺的变化竟有如此之大？这让杜月吃惊。不过，他庆幸自己没死，只要自己没死，那任何事情都是有可能发生的。是以，他来找林渺，哪怕只是踹他几脚也可稍稍解恨。

走入底舱，杜月不由得呆住了。

底舱之中，横七竖八倒着的都是魔门弟子的尸体，而连林渺诸人的影子都没见到。

“怎么会这样？”一名魔门弟子抽了口凉气道。

“还不去告诉你们坛主！”杜月脸色铁青，林渺还是跑了，他几乎有这种预感，预感这一切的发生。他觉得今日的林渺确实已是极不简单了，又怎可能如此轻易地被吴新所制呢?

"待会儿宣布军师身体欠安而暂不理城务，此事宜待城主回来作决定，绝不可让王校军知道。另外，此次参与行动者，必须让其保密!"朱右沉声叮嘱道。

众人皆知，城主不在，却发生了这般大事，若处理不好，只会使军心和民心不稳，后果将不堪设想。

"对其余党该如何处理?"梁秀成问道。

"全部抓起来秘密看守，对外只有宣称是调职和派遣重任。"朱右道。

"这个我立刻去办!"郑志沉声道。

"这里的事情就交由各位处理了，我尚要去办我的事!"小刀六欠身道。

"劳驾萧老板了，你不在枭城多住数日吗?"朱右客气地问道。

"时间就是银子，我不是一个浪费银子的人，还是去早点准备我的生意好了，近日将有一大批三河良马要运入关内，我不出面是不行的!"小刀六笑道。

"时间就是银子? 萧老板真会说话!"梁秀成也笑了笑道。

"不知道可有用得着我们的地方?"朱右客气地问道。

"用得着我会说，到时候，我会挑一百匹良马给枭城，你派人来接收就是。对你们来说，最要紧的是枭城之事，城主回来时，希望你们能给他一个惊喜!"小刀六爽然道。

"听说萧老板训练了一批精锐战士，真想到时候见识一下!"梁秀成道。

"这个消息最好就只有你们几个人知道，知道的人多了并不是一件好事!"小刀六神色一整，肃然道。

"是!"梁秀成吃了一惊，暗怪自己多嘴，他明白这也算是一个秘密，小刀六将这一切都进行得极为隐秘。

"不过，你们知道无所谓，过几天，我可能会将淘汰的一些人送到梁功曹的手下，你们再进行编制整合，我相信这些被淘汰的人，也绝对是极为善战的精锐！”小刀六缓了口气道。

“哦，萧老板可能会淘汰多少人？”朱右问道。

“一千余人，这些人的背景都不会有问题，我都调查过，多为猎户出生，也有的是塞上马贼，但与中原各路义军不会有任何来往，所以大可放心任用！”

“如此说来，这些人应该也多是身经百战的战士了？”朱右问道。

“可以这么说！不过，我不需要这么多人，我只选择其中最精锐的那部分！”小刀六自信地道。

朱右和梁秀成面面相觑，不知道小刀六所要求的最精锐又将达到一个什么样的标准。不过，小刀六的行事总是有些高深莫测，他不说，外人自然也无法猜到。何况，这些人是由塞上沈家和小刀六挑选的心腹高手所训练出来的。

塞上沈家长年与塞外马贼及匈奴打交道，对大漠之中的一切了若指掌，更对匈奴和马贼的作战方式极为清楚，同时又武功超卓，而小刀六亲自挑选的高手则对这些人全面超强训练，再自信都军中挑出几名作战经验绝对丰富的老将将这支人马整合。因此，这群人几乎是全能的作战劲旅。

当然，这一切也正是小刀六所想要的。朱右明白小刀六的意图，因为他确确实实是林渺的亲信，小刀六对其也极信任，另外也因其掌管内外情报，对许多人身份背景的调查他也着手过，但这仅只是他与小刀六之间的秘密，并不必要太多的人知道。

小刀六望了两人一眼，悠然大笑着转身而去，他身边的“影子”无名氏也紧随而动。

朱右并不担心小刀六的安全，因为小刀六身边除了无名氏这样的高手之外，另外还有名动江湖的苏氏兄弟及十数名亲卫。

朱右见过苏氏兄弟，他不知道苏氏兄弟怎会成为小刀六的护卫，但却知道这两人都是江湖之中的一流高手。不过，他们甘心为小刀六所用，其剑术在江湖中也独树一帜。只是，朱右从未见过小刀六出手，这使他对小刀六更感到有些高深莫测，就如林渺给他的感觉一样。

林渺居然在离枭城之前就已经猜到了枭城可能发生的变故，将一切都安排得如此细致妥当，甚至对崔启早就未卜先知，可是林渺仍将崔启置于高位，甚至是统领全军，这不能不让人费解，若是万一出了什么差错，岂不是让枭城的基业毁于一旦？

梁秀成就无法明白林渺的安排，但是他却很相信林渺的能力。

朱右隐隐猜到一些什么，那便是林渺如此安排的用意。因为他知道崔启是有野心的，一个极富野心之人绝不会甘于人下，是以林渺将其置于高位后，便离去。

崔启在没有林渺的日子里自然以主人自居，更会大意。在这种情况下，他根本就不用联合外人来对付枭城，而只会让人在枭城之外除掉林渺。只要林渺一去，他便成了铜马军的主人，那他自然不会将属于自己的力量告诉外人。因此，虽然他与王郎勾结，但对于枭城之内的重大秘密绝不会轻易外泄，这也是为自己成为枭城之主留一条后路。但如果崔启不是除林渺外枭城最有地位的人，那么崔启必会设法勾结外人来对付枭城之中的人，那时说不得只好出卖枭城重要情报以换取外敌支持了，那样反而会对枭城造成更大的伤害。

林渺在离城之前便叮嘱众人“韬光养晦”，是以，虽然崔启名为军师，但实际上林渺已经下令不准动兵。因此，崔启胡乱调动枭城之兵也不是易事，更重要的是林渺事先在枭城中设下了制约崔启的人，而这一点崔启根本就不知道。当崔启发现情况不对时，便已经是事发受制之际。因此，崔启空有兵权，却根本就不能发挥任何作用，因为一切都突然得让他措手不及。

这一切，也正是林渺所需要的和所设想的布局。是以，朱右不能不佩服林渺的先见之明和手段，也对他感到高深莫测，只是他不明白林渺何以在这种时候离城而去，又为何过了两月尚不归呢？

“林渺究竟在干什么？又在哪里呢？”朱右有些怀念起林渺来，不过，他知道，林渺归返之日，可能便是风云乍起之时，而他，正期待这一天的来临！

吴新知道林渺不见了的时候，他们的大船竟开始向水中沉去，这一惊确实非同小可。

舱船破裂，大量的河水涌入船舱之中，而江陵军的大船竟然升起了大帆向河心驶去。

吴新几乎给气炸了肺，林渺凿沉他的船，却开走江陵军的船，摆明着是不让他追，他本来准备将这一干人等全部毒毙！

“这小子真狡猾，绝不可让他跑了！”杜月有些气急败坏地呼道。

“江陵军可以走，却还有游龙军！”吴新望了望脚下所处的大船，这是游龙军的船，他还没来得及在船上下毒，便被杜月唤住。

天魔门的大船将沉，那群水手急忙向岸上跑。这大船并没有启动，因为吴新还有事情没有办完。

“白虎五将听令，立刻乘舟上江陵军的船，勿必将那小子留住！”吴新沉声吩咐道。

白虎五将乃是白虎坛的一流高手，更是跟了吴新多年的战将，只听吴新一开口，便立刻明白其意，立刻领人乘小舟向大船赶去。

那大船只升了帆却无人操桨，是以船速并不快，由此可见，江陵军的战士并没有醒来，也可以说船上之人很少，根本就无操桨之力。

“我觉得有些不对劲！”杜月突地插嘴道。

“圣使觉得有何不对劲之处？”吴新反问道。

“林渺一定不在那条船上！”杜月想了想道。

“林渺不在那条船上？难道他还敢找上我这条船？”吴新不以为然地道。

杜月冷哼了一声，他看不起吴新这自以为是、狂傲自大的样子。在魔门数坛之中，唯白虎坛让他看不惯。

“坛主已经小看了林渺一次，这个人绝不会是坛主想象的那么简单！”杜月吸了口气，肃然道。

吴新神色微变，望了杜月一眼，不屑地道：“圣使是吃过亏，这才长他人志气，灭自己威风了，即使那小子不在那船上，我也会让他逃不出我的五指山！”

杜月微怒，吴新摆明着在挖苦他。不过，他也无话可说，他确实是在林渺手底下受了伤，与林渺交手数次，他好像总处于下风，当然，魔门五大坛与本宗之间本来就存在着勾心斗角，他虽为宗主身边的近卫，但是却受五大坛所妒。

“那我就等着坛主的好消息了！”杜月漠然道。

吴新目光向河面和岸边扫了一下，傲然不可一世的样子，抑或这只是故意做给杜月看的。

“其实，也没什么好等的，结果马上便会出现！”一个冷冷的声音自船尾飘来。

“林渺！”杜月骇然转身，林渺已如幽灵一般出现在船尾。

吴新也悠然转身，冷冷地笑了，诡诡地望着林渺，阴笑了声道：“果然有胆子，居然还敢回来！”

“这并不是一件很麻烦的事，想着想着也便来了！”林渺耸了耸肩，淡漠地笑了笑道。

“找死！”船上几名魔门弟子迅速自不同的方位攻出，他们也为林渺的胆量吃惊，居然敢只身来犯。

林渺嘴角挑出一丝淡漠的杀意，眼神之中略有一点怜悯，但他依然信步行向吴新。

刀与剑在空中结成一张网，而林渺仿佛成了网中的鱼。

当然，林渺不是鱼，再好的网，再奇的网，也网不住林渺的脚步和杀机。

林渺的手如拈花一般在空中画了一道弧，如抛掷的绣球，又似是在驱蚊赶蝇。

手出手没，剑网顿失，刀与剑不再执于每个人的手中，而是卷在林渺飘然的衣袖之中。

所有人都大为错愕，包括那攻出的八名魔门弟子。他们没弄清怎么回事，所以错愕，但在错愕之时，又突然发现自己的兵刃没入了自己的身体。

刀与剑，依然是绝杀的兵刃，只不过是杀了它们的主人。出手者是林渺，而错愕的仍是那些没弄清怎么失去兵刃的人。

这有些可悲，生也糊涂，死依然糊涂，林渺并没有给他们聪明的机会。他们遇上林渺，似乎有些不幸，但又无可逃避，或许这就是宿命！

林渺的脚步依然没有停，自八具缓缓倒下的尸体间悠然而过，像是穿过许多飘落的花瓣，他没有眨一下眼睛。

林渺没有眨眼睛，但杜月和吴新却眨了眼睛。他们看着林渺杀人，看着那些人悠然倒下，但是他们并没有看见林渺隐于袖中的手，没能认出这是哪门哪派的招法。

“嚓嚓……”魔门弟子迅速赶上甲板，拦在林渺与吴新之间，团团围住林渺，他们似乎并没有看到林渺刚才杀人的手段。

林渺的脚步微顿，傲立于甲板中心，但目光却越过那群围住他的魔门弟子，落在吴新的脸上。

吴新感到脸上有些发烫，林渺的目光热辣辣的，仿佛是一块烧热的铁，落在哪里，哪里便热。但在四道目光相对之时，吴新却感到一阵寒意，从未有过的寒意打心底升起。

吴新想到了杜月的话，或许他真的太小看林渺了，抑或他有些高估了自己的力量。

“精彩，精彩！”吴新强笑着鼓掌，借笑容和动作以掩饰内心的惊讶，以及那不自然的表情。

“精彩的地方还在后面，只要你愿意看，很快就能够上演！”林渺冷冷地道，脸上的表情有些邪。

“有戏好看，怎会不看？只不过，我觉得应该提醒你一下，我并没有与你为敌的意思，相反，我们应该是朋友！”吴新淡漠地笑了笑道。

“我不觉得我们可能会成为朋友！”林渺不屑地笑了笑道。

“有人让我不要杀你，因为他并不希望你死，所以不想你与我们为敌!”吴新吸了口气道。

“那个人是谁?”林渺反问。

“是你的朋友，也是我们的朋友!”

“我的朋友也是你的朋友?”林渺笑了，笑罢方道：“即使是这样，但我们仍不是朋友!”

“你会让他很为难!”吴新又道。

“如果他是我的朋友，那他应该尊重我的抉择，而不应该为难我。每个人都有自己的路，但我会尊重他的选择，他也无法左右我的思想，因此，我们仍是敌人!”林渺淡漠地道。

“没有缓和的余地?”吴新反问道。

“没有，除非你让那些在淯水畔被你杀死的无辜之人再活过来!”林渺肯定地道。

“原来那天烧船的人是你!”吴新恍然，顿时大恼，狠声道。

“不错，正是我！我不想看到更多的无辜受害，你这种人并不适合留在这个世上!”林渺冷漠而肯定地道。

“你别敬酒不吃吃罚酒!”吴新怒道。

“敬酒罚酒我都不吃，只吃自己买的酒，你准备受死就是!”林渺眸子里杀机暴闪。

吴新再不犹豫，怒喝道：“杀!”

刘寅忿然，刘玄居然出手对付同仁行，这使他气愤至极！他当着众臣之面质问刘玄，刘玄却支支吾吾并不能给他一个很好的答复，若不是王凤和朱鲔诸人相斥，他定然会大骂刘玄。

刘寅并不管刘玄此刻是不是更始帝，他只觉得刘玄不该如此做。

同仁行怎么说也曾为更始军立过大功，但却遭到这般不公平的对待，刘寅心中极窝火。当然，这还是因为同仁行与他兄弟刘秀的关系，及当初他对同仁行的承诺。不过，刘玄并不敢反驳，这使得刘寅也不好意思做得太过分，至少，刘玄似乎有知错的倾向，而眼下的局势最重要的还是夺下宛城。

刘寅绝不会因同仁行的事与刘玄翻脸，这对大局绝对没有任何好处。他绝不是一个不识大体的人，在发过火之后，立刻组织对宛城的包围。

宛城之中粮草日渐耗尽，数次冲出城外欲护送人出城求救兵，但却始终无法突破刘寅所布下的天罗地网。

刘寅的布置，几乎让宛城之内有绝望之感，不仅送不出求援之人，还连折数将，只吓得宛城闭门不敢再擅出。

刘寅大军总是好整以暇，并不骂城，也不攻城，看上去静悄悄的，但却使宛城内外的任何通讯皆绝，城外想向城中通风报信也是不可能。

王凤和刘玄诸人也不能不佩服刘寅的调度，是以，宛城之事全由刘寅一手策划，而此时颍川方面，刘秀和王常也传来捷报，再次击败严尤和陈茂，逼其败回洛阳。但让人忧虑的却是洛阳大军的结集基本上已完毕，王邑已经在调动大军准备大举南征。

想到那百万大军的威势，刘玄和王凤诸人也都寝食难安，这将是他们可能面对的最为艰难的一战，成败在此一举。

当然，从装备和形势上来看，更始军处于绝对的劣势，如果到时不能攻下宛城，几乎是有败无胜之局。试想百万大军南下，那种威势谁人能挡？只如秋风扫落叶一般，遇城摧城，遇镇没镇。因此，尽管刘寅在大殿之上当着群臣怒叱刘玄，刘玄也不敢反驳，更不敢得罪刘寅。在军中，他绝不可以得罪刘寅，至少在大敌未曾解决的情况之下是如此。

吴新知道，林渺杀他之意已决，如果他依然记着少主的叮嘱的话，那么死的人很可能就会是他自己。在权衡之下，他已经放弃了要活着的林渺的念头。

吴新的命令一出，四面的魔门弟子立如狼虎般扑上。这些魔门弟子也都是经过特别训练的，所取之方位，所动之速度，皆是极为默契，相互之间的配合和协调，毫无破绽可寻。

林渺没动，只是眸子里闪过一丝淡淡的笑意，有点邪，还有点不屑，似乎面对的并不是一群要命的魔门杀手，而是一堆垃圾。

杜月的手心没来由地冒出冷汗，他看到了林渺的眼神，竟像是看着一层朦胧的雾，而又止不住让自己极力在那迷雾之中追寻更深的内涵。于是，他便深深地陷入了林渺的眼眶之中，心也止不住地打战，恍惚间有若钻入了另一层虚空。

杜月第一次发现林渺的眼神有着一种奇异的魔力，让人无可抗拒！直觉告诉他，这群魔门战士的攻击只会是徒劳。

吴新却有与杜月不同的心情，他并没有看林渺的表情，只是在欣赏这群魔门战士那完美的阵式和攻击，即使是武功高出他们十倍者，想要冲破这联击的奇阵也绝不是一件容易的事，而林渺又岂能例外？

阵将合，刀与剑蔽野遮空，让阳光黯然失色，而林渺依然如绽放的百花之中的一颗孤松，傲然肃立，连眨一下眼睛都不曾。

吴新想冷笑，但在他的嘴角刚牵出一丝笑意之时，便听到了一声爆响。

暴响声中，甲板如被强力的气流冲击了一般，炸裂而开，木片以惊涛之势以林渺为中心向四面冲击而去。

“轰……砰……”一串零乱而细碎的爆响声中，那群魔门战士的阵形不攻自破，每个人的步法更是东倒西歪，如在巨涛之巅的小鱼，行动已无法自主。

而林渺的脚步在这个时候已悠然而动，依然如闲庭信步，不疾不徐地自那零乱不堪的阵形之中走出，他身侧勉强聚力攻击的魔门战士如纸鸢一般带着惨号跌落河中。

林渺像是根本就没有出手，只是肩头以优雅的频率晃动着，目光也一移未移地罩定了吴新。

吴新的笑容变得僵硬，在左眼边凝着几道皱纹，深深的，像是盛满了惊诧和骇异。这一刻，他真真切切地感受到了惧意，这是来自林渺，来自那冷漠而悠远、深邃不可揣度的眼神。

杜月的心反而变得平静，一切的结果并没有超出他的感觉，只是在他的意料中，林渺的可怕仍让他很意外。

杜月可以清楚地感受到，今日的林渺已经不再是昔日的林渺，自内到外，完完全全地脱胎换骨了，深沉冷静，沉稳如山，一举一动都给人以无限力量的幻想，这是真正的高手。但究竟是什么让林渺蜕变成今日的样子，杜月无法猜测，也无须猜测。

“吴新，你死定了！”林渺以极冷的口吻道。

吴新禁不住打了个寒战，林渺的话语之中似有种无可抗拒的力量，这让他不能自已地心头发冷。

“呀……”那群魔门弟子迅速回过神来，又自后方追袭而至。

“不知死活！”林渺冷哼了一声，悠然转身，信手而动，竟有一道凄艳的亮彩划出，若惊鸿，若闪电，以无可匹御之势横过虚空。

林渺终于出刀了，杜月和吴新都张大了眼睛，他们看见了林渺的刀，但却不知道来自何方，没入何处。

刀，无首无尾，仿佛根本就只是一种幻觉，因为林渺在乍一回身之际，又悠然扭头再次对视着吴新，刚才仿佛只是回眸一笑，但他身后的十余名魔门战士却以一种奇异的姿态定格于甲板之上，每个人的眸子里都有着同样的神情——惊惧！

是的，那是惊惧，淋漓尽致地表现在这群魔门弟子的眸子里，但是他们已经不可能再换成其它的表情，因为在他们的眉心多了一个红色的“十”字。

那一串细密的血珠渗出与林渺转身回头的频率几乎一样，难分先后。

那是林渺刀的杰作，但是林渺的刀好像自始至终都不曾动过，一直都在背后的鞘中。

这柄刀曾被吴新得到，可是这一刻仍是出现在林渺的身上。

“好刀法！”吴新笑了，笑得有些勉强，不过，他说的话却很由衷，林渺的刀法确实快得无可挑剔。

“这对你来说，却并不是一件好事！”林渺也笑了，悠然而沉郁。

“那还要看看结果才能下定论！”吴新不置可否地道。

“你的毒对我根本就无效，除非你的刀比我的刀更快，那样你才能不死！”林渺淡漠地道。

“你对自己太自信了！”吴新不屑地道。

“你大可以随意施为，至少在我杀死你之前，你有这个权利！”林渺反驳道。

吴新的脸色变得有些难看，林渺确实很自信，自信得让他有些心虚。

“噗噗……”那十几具尸体迎风倒下，更为林渺的话平添了几分感染力。

剩下的魔门弟子都傻眼了，一个个愣在当场，不敢出手，他们没见过比林渺更快更诡的刀。

杜月一直以自己的剑快为傲，但这一刻他也心寒了，林渺的刀确实快得让他自叹弗如。不过，他本来就不是林渺的对手，即使林渺的刀不是这么快！

“你准备好了，我要出刀了！”林渺悠然而立，距吴新两丈，目光如刀般罩定其面容。

杜月的心跟着紧缩，他在吴新之侧，已然感到一股极为锋锐的杀机如寒潮般漫至，使他身侧的每一寸空间都如充斥着坚冰。

恍惚间，杜月竟想到了那玄门的冰河，心中禁不住暗骇，脚步横移。

林渺没有阻止杜月的退开，对于这个伤者，他或许并没怎么在意，但是吴新却不同。

吴新不同只是因为他浑身是毒，更制造了淯水之畔的惨剧。是以，林渺绝不会让这样的人活在世上。

魔门弟子竟全都不敢插手，偌大的战船，仿佛只剩下林渺与吴新在对峙，余者尽成旁观之人。

吴新竟自心底升起了一丝惧意，这是他成名后很少有过的感觉。

“你害怕了？”林渺以一种极为淡漠的语调说出了四个字，四个让吴新色变的字。

就在这时，林渺笑了，笑容泛起的同时，他的刀挥出也像泛起的笑容一般突然，一般让人惑然。

吴新没有读懂林渺的笑，但他却看清了林渺的刀，像是飘忽的幽灵一般，一刹间便弥漫了每一寸空间，裂了空气，破了虚空。

在刀锋亮起之时，吴新的身上爆起一团彩雾，罩住了来势快捷的林渺。而他的身子微退，他料定林渺会退，料定林渺不敢近入他的毒雾范围内。

在浓浓的彩雾爆起之时，刀光暗了，林渺的身影也掩于其中，仿佛突然与刀一起消失，在吴新的眼前只有一团美丽却极为诡异的雾气。

“小心！”杜月低呼，声音被吴新捕捉到时正是他心感迷茫的时候。

吴新之所以感到迷茫，是觉得自己散出的毒雾虽然浓重，但并不能完全挡住人的视线，更不能让人隐身其中。可是林渺与刀，却消失其中，这使他有些迷茫。

“嗤……”吴新心神乍分之时，只觉胸前一凉，却惊觉林渺的刀已不知自什么方位落至他的前胸。

吴新疾移，但他的速度似乎要比林渺慢上半拍。

林渺的手自那彩雾之中伸出，然后是整个人，当吴新发现林渺整个人都自彩雾之中出现之时，刀已经没入了他的体内。

吴新发出一声长长的惨号，那散出的彩雾在他惨号之际也罩住了他。

林渺竟毫发无损地自毒雾之中穿过，这很出吴新的意料之外。这是一个吴新以为绝不可能出现的情况。

“你不该对自己的毒太自信！”林渺冷冷地道，同时他拔出了手中的刀，在一股血柱喷洒而出之时，吴新“呵”了几声，随即轰然倒下。

林渺居然丝毫不惧那剧毒的雾瘴，吴新的自以为是和大意要了自己的命。他并不是一个无能之人，如果不用毒，或可撑上片刻，但很遗憾的是他用上了毒。

当一个人对自己的某一特长特别自信时，他便会产生依赖心理，而这种依赖往往能使强项变成弱项，变成致命的缺口，而吴新便是。

林渺只用一刀便了结了吴新，这确实让人惊讶和意外，简直让人有些难以相信这是事实。但这的确是事实，吴新在那彩雾之下迅速变化，很快便发出了一股极为难闻的恶臭，只让人恶心欲呕。

林渺悠然拭去刀上的血迹，走出那粉雾所罩的空间，像没事人一样环视了众魔门弟子一眼，随即又落在杜月身上，淡淡地道："我不杀你，你并非十恶不赦之人。我并没有要与魔门为敌的意思，但却对任何滥杀无辜者绝不客气！"

杜月有些惊讶，冷冷地道："你不杀我，如果我伤好了，会来找你报仇的！"

"那是你的事，如果你有本事，我不在乎，不过，那时我也会杀了你！"林渺满不在乎地道。

"好，我也会先放你一次，我不喜欢欠别人的人情！"杜月冷硬地道。

"带着你的人快滚吧！"林渺说完，纵身跃入河中。

白虎五将赶到那艘大帆船之上，却并没有找到要找的人。在那只船上，实际上本就只有何杰与肖忆两人，当白虎五将领人赶上时，二人便立刻跳水而去。是以，那群人所得到的只不过是艘空船，连半个人影都没有。

白虎五将惊觉这一切之时，吴新已死于林渺的刀下，想回救也是不及。而在他们返程之时，林渺已踏着一块木板，破浪而至。

林渺之威似乎锐不可挡，在杜月的眼中，林渺与数月之前确实如同完全变了个人似的，可怕得让他有些不知所措。

林渺居然不杀自己，这使杜月对林渺的心情也极为复杂。林渺弃他而不杀，他不知是该感激还是该恨，不过，他在那一刻却发觉这个年轻人有些与众不同，确有种外人无法道明的魅力。

杜月知道，白虎坛五虎将也不会有什么好结果。不过，他知道了一点，林渺是不惧剧毒的，至少那吴新烂掉了而林渺却毫无损伤。

吴新是个可怜的人，一生自负自己的用毒之术，到后来却是在自己的剧毒之下骨化形消。正如林渺所说，他太自信自己的毒了，以至于依赖毒物比依赖武功更多。在毒功不断进步的情况下，武功却也相应地生疏了，一旦遇上了林渺这种根本就不惧毒物的人，他便只有自食其果了。

杜月何尝不知，吴新的武功比他绝对只高不低，能够列入魔门五大坛主之一并非侥幸。在五毒盟之中，能够胜过吴新的，便只有盟主吴山月和左护法代青。是以，吴新能得魔门重用，当然也是因为魔门需要这样的用毒高手，只可惜，吴新遇上了林渺。

林渺如一只翔于水面的鸥鸟，以优美至极的姿态闯入魔门弟子的阵形之中，那些小船在林渺的脚下、刀下都破得一塌糊涂。这些魔门弟子想以弩箭攻击，但林渺只是在他们的船阵中间穿行，若是失了准头，只会射杀自己人，而且林渺的速度极快，想瞄好准头也不是一件容易的事。

让五虎将气恨的却是林渺根本就不与他们正面交手，而只是毁船，所过之处，船便开始渗水。

林渺的用心显而易见，不过，他们拿林渺也没办法，如果林渺要避开这几人的阻击，还不是一件难事。

在片刻之间，这些小船已经毁了个七七八八，林渺不再纠缠，直掠上先前被洞庭两鬼启动的大船之上，何杰和肖忆的身影又出现在那艘大船上。

杜月惑然之时，身后却传来了一个冷肃的声音：“你们也该下船了！”

杜月扭头，不知何时冷心月和鲁南大侠等人已经立于船头，还有那一群手执强弩的游龙军战士。

杜月知道，只要对方一句话，他们便立刻会被射成刺猬。不过，他也明白，这是因为林渺放过他们不杀，否则这些人在背后施以暗箭，他们休想有一个活口。

“我们走！”杜月的脸色有些难看，向那群魔门弟子喝了声，他必须离开，没有任何选择的余地。游龙军自动给杜月诸人让开一条通道，但那些弩箭的指向依然没有丝毫偏离这些人的要害部位。

杜月很坦然地行下大船，那群魔门弟子却很紧张，但直到他们下船良久，船上的弩箭并未松弦。

冷心月并没有杀这些人的意思，尽管这些人杀了不少游龙军战士，但既然林渺放过了这些人，他们也自不能再追究。如果不是林渺杀了吴新，他们绝不敢正面与这些人冲突。五毒盟人的武功或许并不足以吓人，但五毒盟的毒却足以让人心惊，而林渺却杀了吴新！

冷心月有些感激林渺，这个人有点特别，不过，与传闻之中似乎并没有什么差别。在以前，他并不相信传闻中的林渺会有那么厉害，但在亲眼见识到后，才知道这个年轻人确实不简单，只略施小计便将吴新的人手分散，然后再各个击破，他倒真希望不会与这样的人为敌。

杜月才上船，泊在岸边的小船竟全都向林渺所在的大船靠去，竟是秦丰和江陵军战士。片刻间，岸边连半只船也没有，那艘属于魔门的大船却已沉入了河底，另外两艘大船和一些小船要么被毁，要么便被江陵军和那些武林人士给驾走了。

白虎坛五虎将拼命游上岸，望着渐渐行远的林渺大驾，怒吼："林渺，我们绝不会放过你的！"

林渺却在船头暴出一阵大笑，回应道："你们去好好地收拾宝藏吧，到时候扎些木筏就可以运走很多金银了。"

白虎坛的五虎将差点没被气昏，可是此刻又有什么办法，人家已经到了河心，这满河之水使他们根本就无法追赶。何况，便是能够追上去，又怎胜得过林渺这群人呢？他们唯有在岸上破口大骂了，但回应他们的却只有大笑之声。

寻宝之人依然络绎不绝，便是林渺想劝也劝不了，尤其是许多死心眼之人，根本就不相信他们的话，他们的脑子已经被宝藏和那绝世奇学的诱惑给冲昏了。在他们没有亲眼见到这一切时，怎么也不会死心。

也有人有些相信鲁南大侠等人的话，但却觉得这样会有很多热闹可看，去凑凑热闹也不错，心中同时存在着一丝侥幸。

林渺用了两天多时间就到了竟陵，他不想再劝，而是把那些藏宝图拿去皮匠店里，叫他们画出两百张来，然后在码头和大街上让人叫卖，二两银子一张，且是大明大白叫嚷着："玄门藏宝图，货真价实，二两银子可换来盖世武功秘笈和十辈子都花不完的财富……"

林渺故意让那些小贩叫喊得神乎其神，一副煞有介事的样子。

这一招确实是极为有效，那些身揣藏宝图寻宝之人都为之愕然，也都过来看看是什么东西，但看过之后，皆脸色大变，迅速掏出自己怀中费尽千辛万苦才得到的藏宝图一对照，竟然分毫不差。一时之间，这些人如遭雷击一般，有些人当场大笑，就信手毁去了自己的藏宝图。当他们发现自己不择手段所得来的藏宝图只要二两银子就可以买到一张的时候，心中所受的打击确实是难以形容的，便像是老天跟他们开了一个玩笑一般。

不过，一开始的时候倒还真有人买，到后来，大街小巷的人都知道了这些藏宝图要多少有多少，随便都可以买到，不用任何人解释他们便开始怀疑这些藏宝图的真实性了，那些武林人物则是大大地泄气了。

冷心月和鲁南大侠诸人不由得也感到好笑，但却不能不承认林渺这一招很绝。如此一来，到过竟陵的武林人物谁还会去寻什么藏宝？那不成了傻瓜白痴了！

游龙军充当街头卖藏宝图的角色，鲁南大侠也亲眼看到那些买图人的那种失望和痛心的表情，他也觉得好笑，虽然林渺这一招也太绝了点，但却是最好解决问题的方式。有驻在竟陵附近的游龙军支持，迅速在竟陵城内外闹翻了天，而且消息很快传了出去，于是更多的武林人物赶来竟陵证实这一切。

没有亲眼见到这一切，这些武林人物又怎肯死心？要知道，他们为得到藏宝图确实是费尽心机，甚至不惜出卖朋友或杀人劫掠，而且为研究手中的地图，更是花了许多时间和精力。如果这藏宝图只要二两银子就可以买到，那他们岂不是要大哭一场？遗憾的是这些人来到竟陵之后，唯一的希望也给破灭了。

于是，竟陵的酒楼等各种生意都红火起来了，借酒发泄的人太多，失望的人便会到酒楼中猛灌，或是到青楼，在温柔乡中调节自己的心情。

姜万宝这几日却极乐，竟陵的热闹比他预料都要好，居然有人在街头和码头买卖藏宝图。他本以为这下子会断了那些寻宝人的念头，使竟陵恢复清静，那他在竟陵临时抢购的一些生意将会成为败笔，谁知这样一来，不仅竟陵武林人物不减，还有猛增之势，而且这些人以竟陵为终点，在这里大肆挥霍，发泄情绪，这使得姜万宝临时低价或租或购来的产业生意红火至极，是以，他自然高兴。

当然，姜万宝明白这些只是一时的，在生意最红火之时，他便要将生意转手了，这是硬道理，否则的话，他唯有一直将产业屯在这儿。姜万宝自然不会做这样的傻事，同时，他也明白那所谓的藏宝确实不过是个骗局，而这大卖藏宝图的人则是在与设下此骗局的人作对。如此一来，到竟陵的武林人士便再也不会去云梦泽寻宝了，他们只会让满心的失望在竟陵发泄出来。那设下此阴谋的人，也只好希望落空了。

姜万宝在竟陵城中细查了一下那印制藏宝图的皮店，但却无法查知这些东西是谁让他们印的，而卖这些藏宝图的人也都是一些小商贩，不过与游龙军有些联系。这样看来，这件事情与游龙军必有所关联。只是他也不好再去查游龙军的事，尽管游龙军也想与他合作。

林渺在竟陵也绝没有白待，这几天之中，他倒是也结识了不少的江湖人物，往日他虽然四处闯荡，闯下了不小的名头，但对江湖的了解却是所知有限，甚至对真正江湖之事并不太了解。尽管他自小生活在三教九流聚集之地，但那天和街与武林却有着天差地别的不同。

这几日，他却是真真切切地知道了武林，知道了江湖，更对往日的厉害关系知道得更加清楚，更能准确地定位自己在武林之中的角色。

当然，这些日子来，竟陵武林人物往来如梭，各种形形色色的人都能见到，各种事情都可能遇上，又有鲁南大侠、华山隐者及洞庭二鬼为其讲述武林之事，自然让林渺更能把握眼下武林的形势。

让林渺心喜的却是，在竟陵多日，竟有不少豪杰愿意跟随他北去，更得鲁南大侠和华山隐者的支持。

鲁南大侠和华山隐者当然不会依附林渺，但却给林渺引见了一些武林人物，更表示大力支持林渺的枭城军，这使林渺的声威大振。

同时，华山隐者和鲁南大侠对林渺的武功感到极为惊讶。

华山隐者对林渺的感受尤深，因为他曾两次遇到林渺，但此刻林渺给他的感觉犹如深潭之水，无可揣度，整个人的气质也似乎发生了根本性的改变，他不明白这两个多月来在林渺身上发生了些什么，不过，他庆幸的是，林渺不是坏人，以其善待百姓的仁慈，武功好只会对百姓有利。

尽管华山隐者并不怎么涉足俗事，但却并不是不关心天下大事和百姓的疾苦。林渺能将一座小小的枭城治理得那样子，他确实对林渺极有好感，如此年轻便有如此能力，而此刻又拥有如此武功和才智，这使华山隐者极乐意相助林渺。

林渺还找到了季步，知其一直在河畔等了三日，忽惊见死亡沼泽之中那一幕幕恐怖之景，才骇然离开死亡沼泽。他没想到林渺居然能够回来，确实是极为欣喜。

季步在竟陵渔民之中极有声望，因此，为林渺帮忙不少，而姜万宝也是季步为之联系的。

姜万宝知道林渺居然在竟陵，这下可乐坏了，立刻飞鸽传书小刀六，告之林渺的消息，同时将近日来的情况禀明林渺。

姜万宝行事确实极为缜密，融入到竟陵各行业之中，其身份根本就没有人怀疑。而大量的资金则以寿通海的银票形式运到北方兑现，这使得运作起来方便安全多了，根本就不用担心匪人劫银之类的事，至于如何将这些银子转化成物资，那便是枭城和小刀六的事了。

在南方的生意全都转入暗处，即使是绿林军想查也不是一件容易的事。尽管南方诸军有随刘玄之意，但在各自的地盘仍然执行着各自的政策，诸如秦丰和张霸之流，他们绝不会轻易服人。不过，他们答应，只要刘玄攻下洛阳之后，必会依附，但谁都知道秦丰并不看好刘玄和王邑大军之战。如果刘玄不能破王莽大军的主力得洛阳，那依附此人也没有半点意义。因此，秦丰和张霸并不怎么响应刘玄的号召，而各行其是。

秦丰和张霸皆是一方霸主，刘玄暂时仍不敢对其如何，而姜万宝便在这些地方巧妙地动作，与南方的诸蛮交易，将南蛮之地的东西运至中原，又将中原之物远运南岭之外，更将自己的兵刃远销，另外大肆买卖盐粮之物。这乱世之中，实力才是说话的根本，王法已经不再有什么作用，只要能给地方官一些好处，他们也只会睁一只眼闭一只眼，这使得姜万宝的生意极为顺畅，越做越大，财源也便滚滚而至。

再说，许多生意都不是由姜万宝亲自打点，大多交于手下的人物与当地合作的豪强出面，其隐蔽性更强。这些当地的豪强自然明白姜万宝所拥有的力量不小，并不敢要什么花样，至少到目前为止，姜万宝所操持的南方生意仍极为稳健，即使是有些小小的不愉快，也会很快平复。在姜万宝的身边拥有一群人才，集思广益，比之诸如游龙军中的客卿们更有效许多。

当然，林渺并不会在竟陵住太久，因为五月端阳就要到了，所有的武林人物都想去看一看中原继武林皇帝、邪神和崆峒上任掌门之后的第一高手与贵霜国最具声威的高手之决战，这确实是沉寂了十余年的武林一大盛事，是以没有人愿意错过武当山一战，即使是在王莽百万大军聚结南下的情况之下。

武林人有武林人的嗜好，那玄门宝藏的风波似乎在无声之中平息，虽然许多人都在恨那给武林诸派及三教九流的人物开这个大玩笑的人，但却没有多少人能够真的敢怎样，因为传闻这乃是江湖之中这些年来最大的一股潜流，“天魔门”的计划。

尽管天魔门行事诡秘，但是却并没有多少人不知道天魔门的可怕。是以，当许多人知道这又是天魔门的一个玩笑时，只好将愤怒憋在心里不敢言语。

竟陵也很快由热闹变得冷清，那些藏宝图倒也卖出了不少，有些人只想拿来记住这个江湖的闹剧，记住这屈辱的典故。

谷城，基本上已经不再属于朝廷。当地豪强闻刘玄称帝复汉室江山，立刻杀城守自称将军，只待刘玄招安立刻响应。

刘玄并没有时间来招安谷城的杜维大将军，因为他将面对有史以来的最强敌人，王莽的百万大军！在这种紧张的时刻，他根本没有心思去考虑其他的任何事情，自然暂时不能对谷城等地招安，而是一门心思放在这次将临的大敌之上。

谷城，距武当山极近的要塞，因其坐落在沔水之畔，南河在谷城汇入沔水，而形成了航运极畅通之地，通汉中、宛城也都极方便，更是汉中与宛城水路的集歇之所。

谷城热闹并不因王莽大军南下而消减，反而更是繁荣，其景有若十数日前的竟陵。只是来到谷城的人少了竟陵的那份悲喜情绪，来此者，多是为了看热闹，谁不想看松鹤与阿姆度的决战，谁便是武林中的傻子。

当年武林皇帝在七破皇城之后悄然而去，再无声息，有人说是与人暗决于泰山绝顶，有人认为那秘密与武皇决战的人是邪神，也有人说是另有其人，但不管是什么人，一个可以与武皇刘正决斗的人便绝对对整个武林有吸引力，这是绝不可否认的。任何武林人物都以未能目睹武皇当年决战的英姿和七破皇城的气魄而遗憾，今日又岂会再错过一场可能会是继武皇之后最经典的决战？

人们期待这一刻的到来，期待去感受那种高手决斗的快感，所以皆聚于谷城。

谷城摆出了大盘赌输赢，松鹤与阿姆度的开盘比是十比一。

几乎所有人都认为松鹤道长赢的可能性会大一些，因为人们都知道松鹤是中土除当年武林皇帝之外的第一高手，而那个所谓的阿姆度只不过是贵霜国的一个使臣而已，虽传闻中说很厉害，却很少有人见识过。是以，大多数人认为松鹤道长赢定了，便是十赔一的赔率，仍没几人买阿姆度赢。

当然，并没有多少人希望阿姆度赢，这并不只是两大高手的对决，也是中土与异邦之间的决斗，尽管江湖人并不团结，但每个人至少仍然对中土有着极强的荣辱感。

此刻离端阳节仅两日时间，是以，谷城之中所聚的江湖人物极多。

这本是商旅往来之地，在战乱的日子里也不会很清静，反而更是热闹。

哪里有热闹，哪里便会有姜万宝的生意，这是一个极擅把握先机的人，有着抓住商机的特殊能力，就像其能够在两月前就嗅到竟陵的气息一样。在他知道阿姆度要与松鹤道长决斗之时，便看中了谷城这个可以利用之地。

林渺依然活着的消息几乎让迟昭平喜极而泣，尽管在姬漠然的星象之中已测到了这个可能，但是当真正得到这个消息之时，她仍是无法不让自己的心情激动如潮。

这些日子来，她的心一直都在悬着，悬在未知之中，本不信鬼神的她，在这些日子里居然拜起神鬼来，她知道自己对这个男人的感情已经很深很深，只有生离死别才能真正感受到爱一个人是那般滋味，那般深刻。

一个女人，所需要的并不只是荣耀，顶天立地不让须眉，更需要一个爱自己的人支持，让自己的心有所依托。

让林渺走入心中只是不经意的，也可以算是一个意外，但爱情本身就是意外，当它来的时候没有人可以阻止，更不会有任何先兆。不过，不可否认的是，爱情可以左右人的情绪，甚至影响一个人的发展。

黄河帮便是这样，黄河帮全力支持林渺，迟昭平愿意将自己的事业与林渺紧紧联系在一起，因为她爱林渺。当然，林渺也极受黄河帮的欢迎，就因为此人确有过人之处，有让人心惊的才华，这之中也有迟昭平爱屋及乌的成分在其中。

黄河帮乃是迟家的，迟昭平的选择便是他们的选择。

黄河帮看好林渺的另一个原因也是因为信都军对他们的全力支持，有信都军的支持，许多事情都能够改变。

这些日子来，黄河帮还造出了属于自己的战船，白才诸人功不可没，这些加入了鲁公船设计的新船种，有着无比灵动的便捷，速度更不是普通船只所能相比的。不过，到目前为止仍只造出了两艘这般的船，只是拿来做做实验，下一步便是要大量装备这一切了。

迟昭平对枭城军的好，让高平和获索都很是嫉妒。不过，他们也无可奈何，阻止不了迟昭平的念头和做法，在彼此的忌讳之下没有人敢先得罪黄河帮，至少，在黄河帮不曾与他们正式反目之前是这样。

王郎起兵的步伐似乎与洛阳大军出发是同步，在洛阳集结了百万大军的情况之下，王郎并不敢轻举妄动，若王邑掉头横扫河北，结果便很难预料了。是以，王邑不动，王郎也不敢轻惹这百万雄师。但是王邑百万大军一南发，王郎便不再有什么顾忌，料王邑不可能再回头来对付他邯郸军，那么此时便正是他起兵的最好时机。

王郎得李育、刘林和张参这三人的鼎力支持，大造符瑞，称己为哀帝子避于江湖，因其在赵魏两地的声望和财力，顿时一呼百应，太行诸寨也纷纷依附，加上早先王郎暗中招兵买马所得的人，其兵力仅在数日间便突破两万，声势之高，绝不低于早就称雄的尤来。

王郎起事，高湖军也加以声援，整个赵境顿完全在王郎控制之下，州府之类的官员不起半点制约作用，或者干脆便打起王郎的旗号背叛朝廷。

河北烽火狼烟早已将王莽的权力烧得半点不存，州郡的兵马纷纷割据一方，不听朝廷号令，诸如信都任光、渔阳彭宠，天高皇帝远，王莽对此只能徒呼奈何。

河北的形势也显得更为奇妙，义军与义军之间突然变得有些微妙，首先是巨鹿的马适求。

马适求的义军力量并不强大，但一向都不欣赏王郎，而巨鹿距邯郸极近，王郎的强大首先影响的便是他，张参下帖要马适求与之合兵，也即是，王郎最先欲吞并的可能便是马适求的义军。

在北方，唯有以大鱼吃小鱼的形式不断壮大，方能在短时间内真正强大起来。没有北方的统一，休想能够越过黄河统一中原，这是肯定的，因此，义军与义军之间，因野心勃勃的王郎的出现而变得微妙。

马适求自然明白王郎的意思，所谓的联合便是交出他的兵权或是成为王郎的部下。

马适求并不在乎做谁的部下，他的一切本就是一步步攀爬而上的。当年他不过是太行山盗贼群中的一个小角色，但是这些年他凭着自己的努力一步步地在太行群盗之中站了起来，他的首领换了一个又一个，但他仍然活着，越活越硬朗，在第五位首领再次战亡之后，他便成了那群盗贼的首领，而后不断地吞并一路路贼寇，终于有一天他并不想只局限于太行山，于是领人攻城掠地杀出了山林，便成了如今巨鹿的主宰。

这一切来得没有一丝侥幸，一切都是血和血的游戏，而今要他向一个他向来瞧不起的人低头，绝不会答应！

在马适求眼中，王郎只不过是一个投机取巧之辈，只会要些阴谋诡计施暗刀的人物，他看不惯王郎，而两人之间的关系也一向不太和睦，这也是王郎何以找到高湖军牵制他的原因。是以，一开始马适求便拒绝了张参的相邀，摆明了立场。

王郎自然极恼火，双方立刻陷入了剑拔弩张的尴尬之境，但他却明白马适求也是块难啃的骨头，这个人是一步一个脚印，一生经历数百战，绝不怕战斗，而这些年经营巨鹿也极花了心思。所以，想攻下巨鹿胜马适求，绝不可轻举妄动，这一点王郎极清楚，但他很自信，马适求绝不会是他的对手。

第六十七章　谷城风云

任光也是最为高兴之人，林渺无恙的消息给他注入了一股兴奋的力量，也使他平添了几分斗志。之所以当初把枭城交给林渺，是因为他一开始便欣赏林渺，而林渺对枭城的治理让他这位出身官宦之家的人也佩服不已。他真的很难相信林渺真的是一个混混出身，试问一个普通的混混何来这般能力？

当然，把枭城交给林渺，也是为谢林渺保住了他这太守之位，如果不是林渺盗走圣旨和金牌令信，那他根本就不可能坐上太守之位，是以，他是由衷地感谢这位兄弟。

任光并不是一个有太大野心的人，但却绝对是一个能体恤百姓疾苦的好太守。他并不太喜欢兵戎相见，这也是他安守信都而不太张扬的原因，尽管他也明白这样也并不是办法，在这乱世之中，你不犯人，人也会犯你，只是，他仍下不了狠心让信都百姓跟着受苦，这也是耿纯所说的任光的最大缺点，就像他父亲任雄一样，是略有保守却极为稳重的人物。而林渺则似乎并没有这个缺点，他擅攻却不好杀，是以能够得枭城不费力，更是大败王校军却只自乱其军，并将两千降卒送还，声名远播于外。

事实上，一个小小的枭城城主并没什么了不起，即使是以巧计夺下了枭城也不足以名动天下，但归还王校军两千降卒而换回一个郑志，这才是真正被人乐道的，也让天下英雄刮目相看。谁都知道林渺爱才惜才，善待百姓，于是许多人不惜远道慕名前往枭城相投，这使得小小的枭城却是藏龙卧虎，人才济济，百姓也极愿在枭城所护的范围之中生活，商贩更是乐于纳税。

数月来，枭城成了福地，信都及塞外往来枭城的商贩络绎不绝，东通渤海，南抵楚越之地。当然，这与枭城一力主张商运也有极大的关系。

谁都知道，要支持一支大军便要有足够的金银，枭城军并不想用信都的军饷，所以要自力更生。而这数月来的成效极为显著，大批物资和金银在枭城流通，各种买卖都能给枭城带来财富。

欧阳振羽、小刀六、海高望，这三人几乎是枭城的财星，对外的生意红火至极，对内的税收也是井井有条。城内的建设已不用再由枭城军方财政投入，当地的豪强和百姓乐得自愿出力。

枭城内外已没有什么大的问题，只需执行林渺所说的一切，韬光养晦。

城外形成了不少村落，虽无大集市，但这些地方也都已算是枭城的子民，枭城在这些地方也驻扎了一些兵马，并在村落之外筑起了一座座堡垒，外可拒敌，内可屯兵，似乎在一时之间将枭城的城池向外扩移了十余里地。

这些村落保垒也是百姓聚居之地，是以百姓自然愿意出力，而且分布极为有序，据于各要道之口，在堡垒与枭城之间形成了一大块安全而空闲的土地，有大批的人在此植桑耕荒种地。

在防御方面有朱右的主意，外有林渺的远见，枭城的外围做得极好。

相邻的王校军对枭城这块肥肉是又爱又恨，只是他们根本就无法探到枭城的虚实，而对林渺神鬼莫测的战术极畏惧。是以，并不敢轻举妄动，也不想这么快违背誓约，倒是大枪的义军对枭城不怎么客气。

大枪义军似乎也嗅到了来自枭城的威胁，对枭城的铁矿封锁得极紧，甚至是故意抬高价钱，这让小刀六极恼，如果不是林渺有吩咐要韬光养晦，他真想直捣大枪义军的老巢，杀它个落花流水，不过他也明白，大枪义军绝不是好对付的。对于打仗，小刀六并不怎么在行，更不敢意气用事。

所幸，小刀六早就预料到今日，他信了东郭子元的话，早早的就看中了渔阳的铁矿，而不会使自己的生意陷入死角，但他对大枪义军的生意也全部封锁，所制造的兵刃绝不会有半只落在大枪军的手中，这使得大枪与枭城关系极坏。

小刀六大力支持马适求，通过信都对马适求居于巨鹿的义军大力援助，甚至是免费赠送一千张天机弩。因为马适求是在与王郎对峙之中，能够让王郎头痛也是小刀六和枭城最乐意见到的，而另外一个原因则是马适求比较倾向于信都，与信都军有些交情，这一次枭城军无私地支援他，使得马适求与枭城关系也极为密切。

枭城自然也想在北方结成同盟，以壮大自己的力量和声势，而林渺重现的消息也给枭城将领吃了一颗很有力的定心丸。这两三月来都没有林渺的一点消息，确让人有些担心，而枭城派出去的探子也无法探到一点有关林渺的消息，于是许多人便去云梦泽探消息。不过，此刻众人有些安心了，只是让人去请林渺归返枭城处理城中之事。

谷城掌权者乃是当地豪强之首文冲明，往来谷城也皆要收费，部下有战将八员，兵力两千，俨然已成了谷城的土皇帝了。

文冲明年近四旬，三代富商，家资极厚，是以能在谷城一呼百应，此刻他便是等刘玄打完仗，封他为官了，对于响应汉室的复兴倒是极为积极。

沔水边，驻扎了文冲明大量的部下，对近日武林人物大量涌入谷城，似乎有所防范。

当然，武林人物并不喜这种场面，甚至不太理睬文冲明，不过作为谷城统帅的文冲明自身也绝对是个高手，他也明白武林人物并不太好得罪。

林渺也到了谷城，不过，却只是一个人静静地坐在观江楼的窗边悠然地品着酒。

他喜欢一个人静静地想着问题，许多事情都让他有些头大。今日的他所考虑的问题不再那么单纯，也不能单纯，自云梦泽出来，他便觉得有许多事情要想。自玄境之中回到人世，他知道自己重生了，过去的一切如浮云掠影般上演于脑海，他要想的问题太多，包括记起过去的每一个细节之类的。

发生的许多事情，便像是一场梦，林渺知道这一切不是梦，可是梦与现实似乎没什么分别，或是无法真的去下个定义将之完整地区分开来，这让人有些无奈。

生活，只是梦的延续，就如那玄境与现实仅仅隔着一层玄冰而已。天地是无限大的，但在这无限的另一层仍有一个无限，人的生命却有限，以有限的生命去追求无限的天机，似乎很虚渺，但在这个世间却有那么多痴人总要不断地寻索，不断地为之浪费时间……

林渺不由得自顾笑了起来，徒然之间，他觉得世人的可悲可叹，又仿佛彻悟了一点什么。

也许并不是彻悟，因为林渺淡笑的同时悠然转身，在他的桌前安静地立着两个人，像是两尊木雕。

林渺悠然放下酒杯，将心自窗外的景色之中调整过来，只是淡淡地打量了一下眼前的两人，笑了笑问道："两位要喝酒吗？"

"你是林渺？"那两人脸色冷得可怕，像是生铁铸出的表情中没有半点多余的情绪。

"你们要找林渺？"林渺不答反问。

"不错！"两人沉声道。

"你们找他可是想和他喝酒？"林渺眯着眼睛，像是醉了。

"不是！"

林渺又笑了，仿佛对眼前这铁塔般的人很有兴趣，淡淡地反问道："杀他？"

"你猜对了，你就是林渺？"那两人的目光极为犀利，冷漠地道。

"如果你们要确认的话，将会是两位的悲哀，只不知你们是什么人？"林渺漫不经心地问道。

"你可以猜到我们的来历！"两人应了声。

"魔门？"林渺淡淡地冒出两个字。

那两人的脸色波动了一下，像是林渺一语而中，眸子里顿暴两道杀机，就在他们即将出手的时候，倏感背后一股更强的杀机漫了过来。

那两人不由得讶异转身，在他们身后并排立着三人，人人神情冷峻，目光如刀。

"你们也是杀来林渺的？"那两人有些惊讶地向那三人问道。

林渺不由得笑了，端起酒杯一饮而尽，有些怜悯地道："他们是来杀你们二位的！"

"杀我们？为什么？"

"因为你们要杀我！"林渺起身整了整衣衫，淡淡地道："这里有点闹，就交给你们了，我要出去走走！"

"主公请放心！"那三人向林渺恭敬地行了一礼道。

林渺又笑了，那两名魔门杀手这才顿悟，神色微变之时林渺已悠然而去。他们想阻，但却无法摆脱那三人杀气的笼罩，根本就没有向林渺出手的机会。他们确没想到，林渺身边居然有这样的高手，而他们事先一点也没有探查到，这让他们骇然。

"吁……"几匹快马迅速停在观江楼的门口，数道人影自马背之上疾速翻落，迎上正自楼上悠然而下的林渺。

"阁下可是枭城林城主？"一人来到林渺身前客气地问道。

林渺微感惊讶，道："不错，正是在下！"

"哦，在下陈忠，乃文将军的部下，奉将军之令请林城主能赏脸一叙。"那人迅速说明来意。

"哦，是陈将军？"林渺又一惊，他听说过陈忠乃是文冲明部下的勇将之一，却没想到文冲明居然知道自己的下落，这使他确感意外。

"不敢！"陈忠客气地道。

"林某初到贵地，没先去拜会文将军还劳烦陈将军前来相请，真是过意不去！"林渺笑道。

"林城主说哪里话，只要你肯赏脸，我们已经很高兴了！"陈忠客气得有些不像是江湖中人，倒像一位绅士。

林渺笑了，心中却在思忖文冲明请他有何事，不由淡淡地道："那陈将军请带路吧！"

"请！"陈忠立刻让人牵来一匹健马，客气地道。

"请！"林渺也客气地还了一礼，倒是对这客气的人颇有好感，至少客气话听着让人觉得舒服。

谷城的守卫并不是很森严，因为人手尚不是太多，要对这样一座城进行如何森严的封锁是一件极难的事。

驰于马上，林渺曾很仔细地打量过城中的环境。

将军府，便在谷城的中心，并不是文冲明自己的家，而是上任城守的府第。

将军府倒也很气派，华丽而高雅，雕梁画栋，可以看出昔日的城守确实是个极奢侈的人，也难怪谷城的百姓会欢迎文冲明杀城守。

文冲明也并不是一个习惯节俭的人，其生为富家子弟，自然不舍得浪费这么好的城守府。是以，他便自己搬入其中。

将军府的人似乎早知林渺要来，卫士肃立两旁，手持枪戟，倒也有几分肃杀。

林渺驱马而过，直到陈忠下马他才悠然下马，文冲明已闻报相传。

林渺有点恼火，陈忠那般客气，而这个文冲明却似乎很傲，自己到来居然只让人相传而不亲自来迎，怎么说自己也是一城之主，更是铜马义军的首领，地位和身份在江湖之中至少要比文冲明这个自封的将军要高上一等。但既来之则安之，他自没必要去计较这些。

大殿之上，文冲明坐得很安稳，仿佛并没有因林渺的到来而有任何表示，只是面上露出一丝怪怪的笑容。

林渺的目光过处，微有些吃惊，他居然发现晏侏和玉面郎君也坐在大殿之中。

晏侏和玉面郎君见了林渺，露出一丝阴笑，像是看一只落入陷阱之中的野兽一般。

林渺目光投向文冲明，淡淡地道："文将军请在下前来，连椅子也未备一张吗?"

文冲明有些意外，林渺居然首先向他发出责问，其气势并未因孤身一人而消减。

"哦，你们还愣着干吗？还不给林城主准备座位?"文冲明终是生意场上的滑头，见林渺并不怯场，也不敢怠慢，毕竟，到目前为止，仍知道林渺不好惹，否则怎会如此年轻便能名动江湖？

林渺冷冷地瞟了晏侏和玉面郎君一眼，又望了望那名护卫摆在玉面郎君之下的椅子，冷然道："我不太喜欢坐在客人的下首，你把椅子换个位置！"

林渺此言一出，文冲明和晏侏脸色皆变，林渺不仅直接而且狂傲得让他们意外。

林渺无惧地对视着文冲明，那护卫有些不知所措地向文冲明投以求援的眼神。

"你就将椅子摆在上首吧。"文冲明只觉得林渺的目光像冰一样冷，眸子之中仿佛有一个无限深邃的空洞，让他也有点心寒，只好依照林渺的吩咐。

陈忠也有些意外，但却为林渺的豪气所慑，同时也感应到厅内那有些不太寻常的气氛。

林渺毫不客气地坐于客席上首，却把晏侏和玉面郎君气坏了。不过他并不在意，自看到晏侏和玉面郎君那一刻起，便已知道今日的事情可能并不是想象的那么简单，是以他根本就不必在意自己的言行。既然这文冲明并不怎么看得起他，他也便要让别人知道他林渺绝不是好惹的！

林渺确实是狂得可以，坐定后，便开门见山地反问道："不知文将军请我来又是所为何事？"

"久闻林城主少年英杰，今日惊闻至谷城，我急欲一睹城主之威仪，是以才贸然让人相请，今日一见果然是名不虚传！"文冲明对林渺这反客为主的作风略有惊异，朗然一笑掩去殿中不和的气氛道。

"我想文将军是过奖了！"林渺不置可否地笑了笑，目光又投向晏侏，故作不识地问道："这几位也是文将军的人吗？何不介绍一下？"

文冲明一怔，目光有些怪怪地投向晏侏。

晏侏冷笑一声道："林城主真是贵人多忘事，连故人也视而不见，我晏侏今日才算是领教了！"

"哦，阁下便是燕子楼的总管晏先生，林某有眼不识泰山了，我们曾经见过吗？"林渺不冷不热地反问道。

晏侏一怔，倒被林渺问住了，他与林渺相对的时候，林渺并没有看到他的人，只是与他的目光有过一次交结，事实上并不曾真的相见。当然，他对林渺则是看得比较清楚，是以，林渺这样一问倒把他问住了。

“自然是见过，只是林城主太贵人多忘事罢了！”玉面郎君插嘴道。

“或许吧，不过阁下这张面孔我倒是很熟悉，可能是晏总管为人处事太低调了，所以没有阁下给我留下的印象深刻，真没想到竟在此地与阁下又再相见了，不知是幸还是不幸呢？”林渺不无奚落地笑着反问道。

玉面郎君和晏侏的脸上都闪过一丝怒色，却被文冲明打断了话头：“林城主此来谷城也是因为后天武当山天柱峰一战吗？”

“自然是！我想谷城之中大部分的武林人物都是此目的！”林渺并不否认，淡然道。

“林城主日理万机，难道对这等武林闲事也有兴趣？”

“这位是？”林渺望了刚才问话之人一眼，反问道。

“哦，在下武城东！”那人应了声。

“哦，原来是文将军的军师武先生，失敬！”顿了一下，林渺又接道：“善治者勿用己亲劳而安治，治人之物非人而是法纪。是以，有明确法纪，有可信之助手，我在与不在，枭城都可以民心安定，繁荣昌盛，就像文将军有你这种人才为其打理一切，他便是离开谷城数月也可坦然安心一般！”

武城东神色间泛起一丝欣然，林渺最后一句话可真是恰到好处地捧了他一把，是以他对林渺的印象大改，而林渺所陈述的道理也确很实在。

“昔日闻林城主治理有方，使四方百姓难民趋之若鹜，颇有疑惑，今闻城主此番话语，只让人茅塞顿开，确为非凡之语，难怪城主能如此安心地远游！”文冲明也笑了笑道。

“我看文将军将谷城治理得也非常好嘛！”林渺不置可否地道。

文冲明并不推却地笑了笑，似乎是受之无愧，不过很快将话题一转，淡淡地问道：“听说林城主与玄帝有点不愉快，不知可有此事？”

“哦，哪位玄帝？”林渺心道：“果然没安好心，既然你想扯上正题，我也无所谓！”

殿中除林渺之外，众人的脸色都变了，林渺的问话是摆明着不承认刘玄的地位，这对于文冲明这群等着受封的人来说，确实有些不敬。

林渺却若无其事，好像并没有看到殿中诸人的脸色一般。

“哦，原来林城主连刘玄大元帅在寅阳登基之事也不知道啊!”武城东出言打破尴尬道。

“哦，是他吗？我记不起来与他有什么不愉快，也许有吧，文将军问这个问题又是何意？是想做和事佬吗？林渺并不介意!”林渺淡然一笑，满不在乎地道。

文冲明脸上显出一丝不自然，道：“如果林城主以为可以的话，我倒是愿意替城主在玄帝面前做个说客，只要城主保证以后不干涉玄帝之事，愿意与玄帝共复大汉江山，我保证城主将来必定前途无量!”

林渺听罢不由得放声大笑，良久方歇，悠然反问道：“这是刘玄让你这样说的吗？”

文冲明神色大变，林渺却又道：“如果他真能善待百姓，治理好天下，我林渺又岂会不识大义？但如果他心胸狭窄，屁大的事便如此大张旗鼓，岂不是让人笑话？你可以告诉他，如果有一天他能平中原，我虽身在北方，也会率众相迎，否则各安天命!”

“玄帝乃是刘室正统，此刻人心所向，难道林城主还有何疑问？”文冲明冷问道。

“天下刘室正统又何其之多，人心所向是因乱中思定，乱世中人心所向又算什么，要是太平盛世能让人心所向那才是可贵的。至于刘玄是不是真的人心所向，或只是一群功利者借机造势却很难说，所以，文将军的提议我心领了!”林渺义正词严地道。

文冲明和殿中诸人也都怔了怔，林渺的词锋确实很利，语气也坚决得让人有些气馁。

“如果林城主真要如此决定，那我只能感到很遗憾!”文冲明无可奈何地道。

林渺冷冷一笑，目光悠然落到大殿的屏风之后，随即又将目光再次落到脸色急变的文冲明的身上，淡淡地道：“文将军手中茶杯最好拿稳一些。心理承受能力是锻炼出来的，此次王邑百万大军压境，即使刘玄是刘室正统，但在这个世道是讲究实力的，太早下注只会自食恶果，甚至是血本无归！”

文冲明的脸色一变再变，端着手中的茶杯不知是放下好呢，还是继续端着，林渺几句话竟将他的心说乱了。而事实也确是如此，谁能相信绿林军能够阻挡王邑的百万精兵呢？如果刘玄在这一场仗之中一败涂地，他还能捞到什么好处呢？

“好了，林某还有事待办，只能先行告辞了，如果有机会欢迎文将军前去枭城信都做客。我想，我们也是有合作的可能的！”林渺说完施了一礼，起身便走。

文冲明不语，他的目光也落向了那堵屏风，并没有看出什么破绽。但他知道，林渺已洞悉了他的一切安排，所以他不语。

文冲明绝不笨，什么样的后果，他都考虑过，知道如果摔碎手中的杯子，自己会得到怎样的后果。

林渺的话意给文冲明有些暗示，那便是说，他所要对付的不仅是林渺，更是信都军，甚至还有黄河帮与天虎寨这些力量。

文冲明很清楚自己眼下的力量，以他的实力比之天虎寨尚有不及，而林渺与刘秀等人交好他并不是不清楚，那时他所承受的压力将是很多方面的。

“将军！”玉面郎君见林渺大步而去，不由得急了，呼道。

文冲明像是什么也没听到一般，将茶杯缓缓地放到桌子上，长长地吸了口气，目光有些冷峻，但并没有望向林渺的背影。

“林渺，你站住！”晏侏绝不想看着林渺便这样离去，难得林渺今日是孑然一身，而文冲明的临时改变计划，这使他极为恼火，是以在文冲明不理玉面郎君的话时，他再也按捺不住，离席追出。

林渺已步出了大殿，在大院中悠然转身，斜瞟了晏侏一眼，冷冷问道：“晏总管有何指教？”

“你劫走了本楼的人货，难道想一点表示也没有便这样走吗？”晏侏冷冷问道。

林渺“哦”了一声，浅笑道：“那不是我干的，想必你找错人了！”

“那你杀了瘸子和商戚又如何解释?”玉面郎君也赶了出来，冷冷质问道。

“江湖之中，杀人总是免不了的，我不杀人，自有人杀我。无须解释，那两人确实是我所杀!”林渺并不否认地道。

“杀人偿命，欠债还钱，今日你休想离开!”玉面郎君狠声道。

林渺不由得笑了，目光盯注着玉面郎君，笑得很怪，只让玉面郎君感到心头直发毛。

“这是个很有趣的道理，这两人的死也是因为偿命，如果你们想让我给他们偿命的话，只要有足够的本事，我并不反对!”林渺自信地道，目光在一刹间变得极为深邃，更像具有无穷的穿透力，直透入玉面郎君的心底。

玉面郎君不由得打了个寒战，林渺的眼神让他战栗。

文冲明并没有赶出大殿之外，似乎他已经没兴趣去在乎殿外可能会发生的一切，没有人知道他此刻心中在想些什么。

殿外的院中，只有文冲明麾下的战士及林渺和晏侏。

那些战士有些惊讶地望着眼前的三人，似乎感到一股寒潮漫向整个院落，这初夏的天气一下子仿佛置于深秋之中，让人无法适应。

寒气愈来愈盛，林渺本身便像是一块奇异的冰体，让人无所适从，包括晏侏和玉面郎君。

林渺变了，玉面郎君的感受尤为深切。

晏侏心中也蒙上了一层阴影，他竟感觉不到林渺的气机是自何而来，仿佛四面的每一寸空间之中都存在着那足以束缚人神志的杀机和压力。

“你们根本就不是我的对手，如果真要为他们报仇的话，我并不反对。今天，我并不想杀人，至少，在这块地方我不想杀死你们，也不想过问你们的事情，但如果你们执意要与我为难，我也只好不客气了!”林渺悠然道。

“哼，没有试过怎会知道?你不要太自以为是了!”晏侏冷哼了一声。

林渺不屑地笑了笑，并不再搭理晏侏，只是再一次转身向大门外行去，在迈步的同时，淡漠地道:“我看到了你们心中的畏惧!”

晏侏本来欲趁势而攻，但林渺这句话如一记闷棍般，使他愣住了，脸色数变，竟然迟疑了，但心中更是狂怒，林渺居然如此小视他！

玉面郎君眸子里闪过一丝浓浓的杀机，手一扬之间，点点莹光若幻影般没入林渺的衣衫之内。

晏侏和玉面郎君大喜之时，却发现林渺一只手缓缓地自背后抽了出来。

林渺并未转身，只是将那只自后背衣衫内抽出的手悠然举起，在五指之间竟夹着几枚亮晶晶的长针。

玉面郎君和晏侏骇然色变，如遭雷殛，尤其是玉面郎君，刚才的兴奋和欣喜一扫而空，取而代之的是惊惧。

“我说过，在这里我不想杀人，如果换一个地方的话，你们今日死定了！你们是这里的客人，我也是这里的客人，一个人的容忍是有限的，希望你们不要傻得再做出不知天高地厚的挑衅！”林渺语气冷得可怕。

玉面郎君不由打了个寒战，他感到林渺语气之中那不可抗拒的力量，那是一种独特的杀机。

晏侏未语，他没有见到林渺的手怎会在身后，但林渺的手确实是做到了，自背后以悠然之态抽回，像是拂落一粒尘埃。

玉面郎君也一样，他的龙须针向以诡秘莫测、防不胜防著称，可是林渺居然只是以背对着他，根本未作势便将他的暗器收于手中，这怎不让他骇然？他做梦也没想到林渺竟以这样的方式破去他这绝杀的暗器。他无法想象，今日的林渺究竟可怕到了一个怎样的程度。

林渺松手，那些亮晶晶的针洒落一地，他这才再次缓步向大门外行去。

“林城主好走，文某不送了，今日城主之情，文某定铭记于心！”文冲明在殿中似乎已知道了外面所发生的一切，扬声道。

林渺不由得笑了，文冲明终不是傻子，要让他去赌刘玄胜王邑的百万大军，也没有把握。是以，文冲明只好选择不这么早对付林渺，因为没有人想在没有得到任何好处之前便惹上一身麻烦，包括文冲明。

晏侏也不由得愣了，他知道文冲明是不会出手了，那么便只有靠自己的力量，但是他刚才见识了林渺所露的那一手，竟使他无法提起斗志。

林渺并未回答，头也不回地步出将军府，唯留下晏侏和玉面郎君呆立院中，犹如两截枯萎的木头，望着林渺消失的方向，一时心中不知是何滋味。

林渺驻足，目光投向长街的另一端，他感觉到了一个人的存在。当他目光抵达长街的尽头时，身子不自觉地一震，另一道目光与之相触，在虚空中似乎擦出了一缕火花。

“丘鸠古！”林渺低低地念出三个字，于是他看到长街另一端的那个人笑了。

贵霜国的八段高手丘鸠古，在这个林渺并不想其出现的时候出现了，也许这并不是意外。

长街上的人流似乎都感觉到了异样，脚步变得匆忙，似乎一刹那间这些人的目光便锁定了林渺与丘鸠古，仿佛这两人在突然间成了长街两端屹立了千年的巨大雕像，凸现在世人的眼下，让人感到一种压抑和惊叹。

风，流过长街，初夏的日子，竟微有些凉意，仿佛是那个落叶飘飘的秋末。

林渺屹立如山，丘鸠古却悠然移动着脚，在缩短两人之间的距离之际，两人的目光没有一刻偏移过，紧紧锁在一起的不只是目光，也是那强大的战意和精神力。

林渺没动，却绝没有逃避，如屹立于深海之中的孤礁，沧桑而沉郁，略有一丝淡淡的古典。在他的嘴边，挑着两缕悠然而淡漠的笑意，仿佛超然于这个世界之外。

长街在片刻间变得有些清冷，远远的行人却并不敢步入其中，他们感受到了那暴风雨欲来般沉闷的压力，让人有些喘不过气来。是以，他们让长街陷入了一片若真空般宁静的境界，只有那风仍在舒卷着地上的落叶，在渐行渐近的两人之间掀动着尘埃。

丘鸠古定足，只距林渺五丈，这不算太近，但却足以使两人的精神力串在一起。

“我们终于又相见了！”丘鸠古像是遇上了老朋友一般淡淡地笑着。

“是的，你总喜欢在不该出现的地方出现！”林渺的语气也很平静。

“用你们中土的话说，这叫冤家路窄。”丘鸠古又笑了。

“我们有冤吗？”林渺反问。

“没有，但我们有未完的战斗！”丘鸠古坦然道。

“你一直在这里等我？”林渺反问。

“我知道你定会来这里！”丘鸠古答了声。

林渺笑了，便是他自己也不知自己会来这里，丘鸠古却知他定会来此，这岂不是很好笑？

“你笑什么？”丘鸠古冷冷地问道。

“笑我该笑的东西！”林渺不置可否地应了声，随即又道：“不过，我不知道我们曾有过约战的经历！”

“你们中原人就是喜欢耍诡计，上次你自我的手中逃走，可算是我丘鸠古的奇耻大辱！所以，我一定要与你再战！”丘鸠古有些忿然道。

“我觉得你贵霜人有点死心眼，打不过就逃，此乃天经地义之事，何况你我无怨无仇，为何要分个你死我活之局？”林渺没好气地道。

“这个由你说去，今日，你我一战在所难免！”丘鸠古肃然道。

林渺无可奈何地摇了摇头，道：“如果你执意如此，我也没办法；如果你想抢在你们大使之前出出风头，倒也是个不错的主意，就怕你后天没有机会再看你们大使天柱峰顶的决战了！”

“如果你有这个本事，丘鸠古无话可说！”丘鸠古有些固执地道。

林渺笑容渐敛，只是眼角处挑起一丝冷峻的杀意。

丘鸠古的眼皮微跳动了一下，莫名其妙得让他有些意外，一刹之间，他感到了一股强大至极的杀意如潮水般席卷而至，漫遍了每一寸空间。

长街，风沙骤，似有一股暗流惊起阵阵强风，拂动沙尘，在舒卷之间竟使街旁酒旗布幡猎猎作响。

街边的店主皆骇然闭户，在顷刻间，长街一片死寂，唯有风尘沙末在两人之间旋转，甚至向丘鸠古的面门扑去。

林渺与丘鸠古的目光在那沙尘之中相遇、相缠、绞动，激得沙尘飞扬得更烈。

丘鸠古的眸子里显出一丝讶异，当日在棘阳之时的林渺仿佛并不是今日的林渺，这分别半年多的时间，林渺居然变得让他无法捉摸。

贵霜武士远远相望，站在长街的另一端，但他们却已深深地感受到了来自长街的压力。

在风中，两人依然静立、对峙，任衣衫猎猎疾舞，似欲乘风而飞。

良久，漫长的等待，如经沧海桑田的变化，在沉寂中酝酿着几如死一般的静谧，像是亘古凝于海边等待风化的石头。

丘鸠古的额角竟渗出了点点汗迹，细密而清晰。

林渺依然是平静异常，有若止水，目光却变得异常犀利，仿佛可以洞穿一切，包括丘鸠古的躯体。

等待的人才能够真正体会出那种漫长，那群贵霜武士都快有些不耐烦了，在他们眼里和心中，都极想看到一场精彩而特别的决战，可是立于长街的两人久久不出手，这使他们的心有些焦躁。

“铮……”丘鸠古终于出刀了，他也无法抗拒那种等待的压力，在沉闷的对峙之中，那股纠缠的杀机几乎可以榨干他身上的每一点斗志和力量，他宁可选择战斗而不愿面对这沉闷的战局。

刀光如一道娇丽灿烂的阳光，破开虚空，裂风，击碎沉闷。

五丈的空间仅一步之遥！

或许，在高手与高手之间并不存在距离，刀出，就已经在林渺身前。

林渺的嘴角又挑起了一丝淡然而冷酷的笑意，目光也在刹那间变得深邃而空洞，于是，刀出。

林渺的刀划过一道凄艳的弧迹，卷起层层光华，如雪浪般。

“叮叮……”林渺退，以无与伦比的速度退，但却准确无比地挡住了丘鸠古的每一刀。

街边的酒旗纷裂碎飞，木牌化为碎片，刀气如风暴般绞碎长街之上的一切，包括风！

丘鸠古追，每一步都是紧逼着林渺，瞬间竟斩出数百刀之多，但每一刀都只能斩在林渺的刀上，无论其圆月弯刀如何变幻，仿佛都无法突破林渺的刀网。

第七百二十九刀，林渺记得很清楚，此时他已经退到了长街的尽头。

在丘鸠古击出第七百三十刀之时，林渺竟斜斜地错身而过，同时手中之刀以一个奇诡至极的角度划出，破入丘鸠古的刀势之中。

丘鸠古吃惊，林渺的出击正在他空门处，他唯抽刀回救！

“叮……”金铁交鸣声中，林渺的刀又至，快若惊鸿闪电，厉若疾风迅雨。

“叮叮……”丘鸠古只感到有如暴风骤雨般的刀势自四面逼至，劈向他的每一个方位，他连递出一招的力量都没有。

丘鸠古退，不退不行，除非他想在暴风雨般的刀势之下化成碎末，他不想！所以必须退。

一退一进，似乎将刚才的局面对调了过来，但丘鸠古却并没有刚才的林渺那般神态自若，而是有些狼狈。

长街的天空似乎每处都映着刀光，灿烂得如堆了一街的银子，在光和影之中，两道人影模糊得如刀一般。

金铁交鸣之声，声声惊绝，如空山晨钟，清越之音激荡着每一寸空间，如洪流般注入每个人的心头，忍不住战栗。

没有人知道两人交击了多少招，没有人记得他们一共出了多少刀，连林渺也忘了这一切，信手而出，又信手而收，层层叠叠的杀机掀起气浪，激得满街的尘土飞扬。在碎屑之中他们也似乎忘了长街之外的事，如置身于一个奇怪的梦中浮游。

两个人，都没有招式，只有击与挡。在攻与被攻之间，丘鸠古一直退了百余步，而林渺的攻击仿佛是无穷无尽的，刀中的力量也是无穷无尽的，似乎永远都不知疲倦和劳累，这使他有些气馁。

丘鸠古对林渺的表现极是意外，上次在棘阳之时，林渺虽然多了许多霸气，但却只是如风浪一般，在浪头与浪头之间存在着间歇，破绽极多，而且在气势之上绝不似今日。

今天的林渺，在攻势之中再无狠辣的霸杀之气，如一汪流淌的河水，没有半点断歇，平缓之中流淌着无穷无尽的杀机，气势无时无刻不在包裹着丘鸠古。

在一个时辰之前，丘鸠古绝对有信心战胜林渺。因为他明白，林渺在半年之前与他根本就不是一个档次，那次若不是另外一人同时出手要了个诡计，林渺绝对无法活着离开燕子楼，尽管他知道林渺的潜力无限，但是他绝无法想到，在半年之后，林渺竟可怕到如斯的境界。

丘鸠古的脚步终于缓了一缓，但却在此时暴出一声长啸，另一道惊鸿自他的身后升起。

在林渺再次击出一刀之时，两道光弧以无与伦比的锋锐切开虚空。

林渺微感惊讶，侧身之际，一片衣角已在风中被绞碎。丘鸠古竟又出了一柄刀，两柄圆月弯刀在虚空之中交错，仿佛在刹那之间丘鸠古一化为二，变成了两个丘鸠古，攻势顿时也变得犀利无比。

“将军为何改变主意?”武城东有些意外地望着文冲明问道。

“难道武将军以为我应该杀了他?”文冲明反问道。

武城东笑了笑，道：“也许将军的选择是对的，我并不觉得我们真的就能杀得了他!”

“此人武功深不可测，他既然已经察觉了我们的埋伏，若以他的武功想逃走应该并非难事，我久闻此人极擅易容之术，如果让其逃出了将军府，则会遗祸无穷。何况，此人绝不会只是单身而至，其身后的力量甚至根本不是我们所能抗拒的，因此，我看还是不惹此人为好!”陈忠肃然道。

文冲明的眸子里亮出一丝光芒，他知道陈忠所说的都是事实，淡淡地道：“只看他接下玉面郎君的暗器，便可知其武功之高，我们在座的无一人能办到。晏侏一开始便没有说清此人的力量，险些让我铸成大错。”

“那将军又如何向玄帝解释呢?”武城东有些担心地问道。

“晏侏和玉面郎君只是代表江湖的势力，还不能算是完全代表玄帝，如果他们真能败王邑的百万大军，我们再作解释不迟!”文冲明淡然道。

“只怕这两人愤然而去，会在玄帝面前说我们的坏话!”陈忠仍有余虑。

文冲明不由得笑道：“如果刘玄是这等小气之人，我们附之何益?”

武城东和众将皆颔首称是。

“主公被文冲明请去了？”贾复讶异地问。

“不错，我们解决了那两名魔门杀手之后，便听说主公被文冲明手下的大将陈忠请去了将军府，是以我们才回来告诉贾先生。”

贾复的眉头大皱，他不知文冲明怎会这么快就知道了林渺的下落，而且在这种时候将其请去，这之中究竟有何图谋呢？

文冲明与林渺绝不会有交情，这一点贾复心中是清楚的，他是受姜万宝之托处理谷城之事，另外一件事情便是为林渺的安全安排一切。是以，当林渺独自出去之时，他便暗中差遣高手相随，只是没有料到文冲明竟请去了林渺。

“要不要我们去文冲明府上？眼下在谷城，想要对付主公的人很多，明枪易躲，暗箭难防，只怕文冲明也没安什么好心。”

贾复淡淡地笑了笑道：“文冲明还不敢明目张胆地乱来，主公敢去便必有其道理。你们让铁头和鲁青两位去将军府附近看一下。另外，主公要查的是藏宫的下落，你们便去打听一番，看看藏宫有没有前来谷城！”

那三人点头应声而去。

“洞庭二鬼，你们去准备好船只，随时准备启程离开谷城！”贾复吸了口气道。

肖忆诸人有些惊讶，不明白贾复如此吩咐是何用意，何以在这个时候却要离开谷城？要知后天便是两大高手决斗的日子！但在这里，贾复就像是军师，他的话自然不用怀疑，这也是林渺的命令，一切听从贾复的调度。

两柄圆月弯刀，丘鸠古的真正实力才得以完美的体现。

汗莫沁尔只看得心神俱醉，他从没有见过丘鸠古以两柄圆月弯刀对敌，也知每一位能成为八段高手的人，都有着绝不可轻视的力量和独特的杀招，而这些真正绝杀的力量一般是不轻易面世的，除非你有足够的实力逼其使出。

在贵霜，武士与武士之间的绝杀招式都是秘密，没有人愿意让其挑战者知道自己绝杀之招的存在，只有在必要之时才会给对方致命一击。是以，汗莫沁尔知道，能目睹丘鸠古的杀招确实是难得。

最让汗莫沁尔激动的却是这两大高手的决斗，那种藏于刀中的感觉和意境。他也是用刀者，在观摩这两人的刀势之后，仿佛看到了一丝曙光，看到了自己的未来，在刀与影之间，仿佛有一团无形的火燃烧着他的斗志和激情。

汗莫沁尔曾经与林渺交过手，他对林渺的武功并不陌生，但是今日林渺似乎完全走上了另一条路。刀如行云流水，在虚空之中毫无定势，只有一道道炫丽的弧迹，拖起一缕缕惊艳的亮彩，在丘鸠古的刀气之中纵横无拘。

林渺没有一丝败象，像是在游戏，轻松惬意，自有一种异样的洒脱。

丘鸠古的刀虽然扳回了先机，但依然无法冲破林渺的防护，那本是一张毫无缝隙的网，这连丘鸠古都有些气馁。

不管丘鸠古如何变招，如何加速，但迎接他的，总会是林渺的刀，好像是丘鸠古故意送给林渺一般。

林渺虽然一开始确实退了十余步，但很快便稳住了身子。

两人的身影在长街之上如风之幻灵，飘忽却总是卷着无法平静的风暴，掀起飞扬的尘土碎末，使天地一片嚣乱。

“铮……”一声清悠而凄长的金铁交击声响起，丘鸠古竟不攻而退，在风暴微敛之际，他悠然落至五丈之外，手执双刀肃立，目光有些忿然地望着林渺。

林渺若风中的一粒尘埃，轻旋着，飘然而落，仿佛是立于小荷之尖的蜻蜓，以无比优雅的姿态还刀入鞘。衣袍在风中飘摇旋舞，有种说不出的惬意。身后的发髻散开，在风中散飘于肩，让那略显张扬而俊逸的面庞在黑发之中半隐半现，镀上了一层诡异的色彩。

两人对峙，风暴依然在旋转，两道目光依然紧紧地锁在一起。

丘鸠古听到了自己的呼吸声，有些粗重，并惊觉刀锋之上竟有一些细碎的缺口，手也有些发颤。

这一切都是林渺的杰作，这让丘鸠古有些吃惊，他的刀乃是贵霜国最上乘的兵器。每一个八段武士的兵刃都是由国王所赐，出自最优秀的铸兵大师之手，这也是身为八段武士的荣耀，但是这两柄圆月弯刀竟然被林渺的刀崩出了缺口，这怎能不让丘鸠古吃惊？而更让他恼怒的尚不是这些，而是他与林渺交手如此长的时间，却依然未曾试出其武学深浅，似乎林渺一直都是这般不紧不慢的样子，不管他怎么攻，总不能让林渺手足无措，这使他的心中大感挫伤。

林渺停手，目光依然冷峻而深幽，并没有趁丘鸠古暴退之时抢攻夺得先机。

“你看不起我？”丘鸠古的神色间依然忿然，林渺未尽全力的表现，是对一个武士的污辱！

林渺不置可否地笑了笑，目光更是深邃，仿佛欲穿透丘鸠古的灵魂。

“你的刀法果然精妙绝伦，我只是想知道，什么才是真正的贵霜武学，什么才是真正的圆月弯刀的刀法！”林渺平静地笑了笑道。

“所以，你一直都在任由我进攻而不尽全力？”丘鸠古再次愤然问道。

“如果我不尽全力，你认为我能接下你这些刀招吗？”林渺反问道。

“但你不应该是以这样的形式出手！”

“难道决斗还会有其他的形式？当然，如果你要如此认为，对你并没有什么好处！”林渺悠然一笑道。

“你这是对贵霜武士的污辱，即使是战死，我们也绝不会接受对手的半点怜悯！”丘鸠古怒道。

“如果你真的要这样，我便成全你，也让你见识一下，什么是中原武学，什么是中原刀法吧！”林渺深深地吸了一口气，目光悠然投向天际，淡漠地说了声。

“好强的杀气！”文冲明突地抽动了一下鼻子，自语了声，目光悠然投向窗外。

窗外的天空竟在片刻间显得压抑而沉郁，本来洒泻的阳光全都缩于云后，仿佛有一只无形的巨手正牵动着那片幽暗的云彩，横渡过将军府的上空。

文冲明有些吃惊，他感觉到一股极为强烈的战意如一层泛于空气中的寒潮，悠然滚至，与天空的暗云相接融为一体。

“将军!”门口的护卫也有些惊异。

文冲明却未语，缓步走下帅案来到门外，目光有些骇然地望着虚空中那四方涌动的暗云，如千万匹奔腾于苍穹的战马，朝同一个中心奔趋而去。

“那是哪里?”文冲明惊异地指着暗云堆积之处问道。

“那应是谷城大街!”一名护卫想了想道。

文冲明望着那电光隐显、暗如重铅色的谷城大街上方的天空，吸了口气，自语道:“好强的战意和杀气，那是谷城大街吗?”

长街。

阴云渐敛，沉重的气息使长街有如死域，天空似乎只是在片刻之间完全变了。

越压越低的密云之下，仿佛有一股神奇的力量在旋转，在绞动，然后在林渺的头顶形成了一个深深陷落的漩涡，风暴便在这一刻变得更加狂野。

丘鸠古的额头渗出密密的汗水，他感觉到的不是一股闷气，而是一股来自心底的寒意。他知道，这一切是因为林渺所致。

在林渺漫不经心地对敌之时，丘鸠古有些忿然，可是当林渺真的认真起来，他却有些后悔，半年后的林渺变得让他无法想象，这种天人相合的境界，他自问没有达到，但此时却要面对。

林渺屹立如深海孤礁，在密云电火之下显得苍凉而深沉，黑发飞舞，有如魔神降世。

长街的另一端，汗莫沁尔和众贵霜国的武士也都骇然，他们几乎已经不对丘鸠古抱有信心，刚才丘鸠古就不曾在林渺的刀下占到任何便宜。而此刻，林渺真的认真了起来，这究竟是好事，还是坏事呢?

林渺的目光依然远远地投向虚空，显出一丝惊讶。他的目光并不是投向丘鸠古，神色间似乎是在思索着什么，战意渐渐消失。

丘鸠古也似乎发现了林渺的异样，更感惑然，那浓浓的杀机严严实实地笼罩在长街的虚空之中，电火在无限伸展，使长街的上空显得极为诡异。

突然之间，丘鸠古感觉不到来自林渺身上的杀机和战意，但虚空之中的战意尚在疯涨，这让他不解，也为之骇然。一时之间，他无法明白林渺，无法读懂眼前这个对手，更无法明白这正在急剧变化的天象。

林渺没有再给丘鸠古任何压力，但是丘鸠古的内心却在给自己施加压力，那是无形的，一种连他也不明白的情绪，有困惑，有惊惧，也许还有其它的许多东西。

林渺动了，速度如迅雷，在他动的那一刻，一道电火若光柱般袭向他身边的一座酒楼。

丘鸠古惊，但旋而极度讶异，林渺动，却并不是攻向他，而是向另一侧以极速掠去。

“轰……”那光柱般的电火准确无比地击在那酒楼之上，酒楼在刹那间爆成碎片，化成一道烟尘，在电芒之中升起数团火球冲上虚空。

恍惚之间竟有五道暗影自碎瓦之中腾射而起，伴着升起的火球冲入暗云之中。

那疾速陷落的暗云突地扩张，如一张巨口，将那数团火球和数道人影完全吞没。

所有人皆惊，包括丘鸠古，这一刻他似乎明白了些什么，明白了林渺何以会闪身让开，何以会杀气尽敛，何以有那种种奇怪的表现。

这天人之象并不是来自林渺，而是那伏于酒楼之中的数条人影。

电火直垂而落，大雨顿时倾盆而下，林渺觉得好笑，竟然会有人在这里凑热闹，而且还拥有如此强大的杀机和战意。让他好笑的还有丘鸠古的表情。

林渺很清楚地捕捉到丘鸠古的表情，他知道在半刻之前，丘鸠古一直都将那来自酒楼之中的杀气和战意当成自己，而他一开始便已经觉察到这一切是来自哪里，只是他并不想道破这一切，并不想让丘鸠古的内心轻松。当然，他也想不到在酒楼之中会是些什么人物，天下间这样的高手又有多少呢？他对江湖所知虽不太全面，但却知道江湖之中武功能达到这种境界的人绝不多。

“哗……”那密云如被撕裂了一般，自那卷舒的风暴之中漏出了五道交错的人影。在虚空中，仿佛以一人为轴，变幻着无穷无尽的攻势。

“苦尊者、空尊者、无常尊者……”林渺不由得吃惊地低呼了一声，顿时，他想到这外围的四个人和另外一个被围攻的人的身份了，喃喃地道：“四谛尊者！”

“摄摩腾！”丘鸠古的脸色有些难看地自语道，他也认出了那自酒楼之中破空而出的人。是以，他也忍不住呼了出来。

林渺的目光不由得投向了丘鸠古，丘鸠古的话终于证实了他的猜测，那么那第五个人一定是四谛尊者中的无我尊者了，只是他没想到摄摩腾竟然拥有如斯武功，难怪能劳动四谛尊者一同追入中原。

这五大高手又是何时潜在这酒楼之中的呢？

许多问题让林渺有些困惑，不过，能观看这些异域高手的对决，也确实是一件有意思的事。

丘鸠古也感到自己刚才心中的紧张有些可笑，他居然以为这些天象是来自林渺的气机。不过，他也有些恼怒，如此一来，他想知道林渺的武功底细就难了。或者说，到目前为止，他仍无法知道林渺的武功有多可怕。

丘鸠古有些不甘心，但他隐隐感觉到，林渺的武功已经超越了他，只是他尚不明白为何林渺会不尽全力，难道真如其所说，只是为了看看贵霜武学的精义和贵霜刀法的妙处吗？也许是，也许不是，但——即使林渺知道了贵霜刀法又如何？

四谛尊者联手，却是以一套穿插无间的阵法出击。

摄摩腾犹如长满了千万之手，自无数个方向伸展而出，以一敌四却无丝毫惧色，只搅得风吞云吐，瓢泼大雨在五道人影周围凝成一个巨大的桶，以雨水为壁的空桶，而桶口则是那陷落翻卷的云涡。

天空极诡异，而长街之上的店铺也跟着遭殃，在飓风般的气旋之中，瓦片被掀起，在空中零乱得如惊散的乌鸦。

林渺望着那飘忽于虚空中的人影，他禁不住想起了秦复，秦复的瑜珈功与这几人相比，实在相差甚远。

摄摩腾的身体似乎没有固定的形体，而是可以任意变换的，手与脚、身体的每一个部位，仿佛都不按规律生长。

林渺也跟秦复学过一些瑜珈功，但是这一刻才深深地体会到瑜珈功的深不可测。这来自异域的武学确实是高深莫测，仅看这摄摩腾的武功，便可猜知婆罗门对这个行者的重视并不是没有道理的。

一个身兼数门武学的行者东来中土，没有人知道他想做什么，但是仅凭这一身武功便足以在中原称雄一时了。

一时之间，林渺竟对这个异域的行者大感兴趣起来，至少对方的武功值得自己敬服。以目前的情况看来，林渺知道自己与摄摩腾尚有差距。

汗莫沁尔则是更兴奋，他本以为只有林渺与丘鸠古的决斗可以观看，却没料到又遇到这场更精彩的决斗，尽管只是远观，但他只觉得这一切仿佛是一盏悬于黑暗之中的灯，照亮了他前程的路，让他看清了方向，武学的方向。

丘鸠古的神色数变，他又何尝看不出这纠缠的数条人影个个都是顶级高手！在刹那间，他都有点丧气。他一直极为自负，可是这一次来到中土后才发现，中土的高手是那般多，俯首可拾，这使他本来极为自负的心大受打击。

在贵霜没有武林，没有真正意义的江湖，只有部族与部族，因此，其武学的发展形式与中土极不相同，也无法像中土武学这般，发展得如此健全。

“林渺，我们的一战尚未完！”丘鸠古突地目光投向林渺，高声喝道。

丘鸠古的声音盖过雷音，丝丝缕缕地渗入林渺的耳中，清晰而低沉，使林渺的心神也自摄摩腾那儿收了回来，目光悠然投向丘鸠古。

在无限战意的催逼下，林渺心中顿生无限豪气，洪声道：“既然如此，那就继续吧！”

在林渺的话完之际，丘鸠古便感觉到弥于虚空之中的无尽杀机突然有了方向，如潮水一般向他包裹而来，让他分不清这是林渺的杀机还是摄摩腾的杀机，但在这一刹那，他心中也升起了无限的战意，仿佛天空突然辽阔，地面无限延伸，长街不再是长街，在虚空之间只有林渺与他。

摒弃了一切的外念，甚至浑然忘却了身边的另外一场战斗。

林渺静立，但却已有电火在其顶端盘旋，如笼上了一道光环，而那诡异的电火仿佛又自林渺的眼中透出，重重落在丘鸠古的面目之上，两道心神紧紧地锁在一起。

丘鸠古心中渐渐地映出了林渺的影子，仿佛是一面镜子般映射出周围的一切，包括林渺那缓缓勾起的指尖。

在这奇异的世界之中，一切都似乎融入了另一层空间，唯有静谧的心才能够融入其中。

“哗……”一道电火以无俦之势破开云层，直落在两人目光交错处，刺眼的亮光之中，丘鸠古眨了一下眼睛，抑或是并未眨眼，只是因为有一缕一闪而过的极强之光。

光线一闪，未灭，却更亮，因为林渺出刀了。

林渺出刀，插天接地，让电火顺刀而下，又透过身体连接大地，整个人泛起一层无与伦比的光亮，如灿烂无比的彗星划过天地。

天与地顿时死寂，一切有若静止，但在那道电火划过天空之时，天与地突然分裂成两截，然后塌陷，形成一个巨大的黑洞，吞没世上所有的一切。

丘鸠古骇然出刀，尽管他的心中捕捉到了林渺的一切，但却无法掌握林渺的动态，无法在天象之中确立一切标准。是以，当林渺出刀之时，他竟忘记了自我，也出刀了！但出刀之时，竟感到一阵没来由的虚弱。他也感觉到，内心那静谧无伦的天地在这刀锋之下塌陷、崩溃，使他那高昂的战意里竟融入了一丝怯惧。

林渺出刀，不仅丘鸠古惊，即使是远处观望的所有人都为之骇然，包括汗莫沁尔及那群贵霜武士，还有赶来的武城东和文冲明及许多武林人物。

吸引这些人目光的不再是交错于天空中的摄摩腾，而是林渺那裂天地、分山河的一刀！

这一刀，这一条身影，仿佛在虚空之中，在每个人的心口，都定格成了一种永恒，给人以无限的震撼和惊叹。

“当……当……”两声惊雷般的金铁交鸣之声响过，激荡在每个人的耳鼓心间，让其刹那间只感到一片寂静。

静谧之中，丘鸠古如折翅的孤雁一般斜斜地自空中飘落，手中的两柄圆月弯刀碎成一抹晶莹，自虚空中飘洒而落，如无数的冰粒，凄艳而惨淡。

丘鸠古喷出一大口鲜血，着地后竟又踉跄地撑起了身子。在大雨之中，血水合着雨水顺嘴角安静地淌下。他败了，败在林渺那无可抗拒的一刀下，胸前裂开的皮肉，似乎被刀气挤压得有些糜烂。

第六十八章　雷霆之威

林渺刀负于背上，身子悠然落于一座牌楼的檐角之上，像一只风中飘摇而立的玄鹤，一幕雨雾将其隐于其中，丘鸠古仿佛能够看清林渺那怜悯的眼神。

林渺无语，目光只是平静地盯着落于长街、半趴着昂首上望的丘鸠古身上，没有人知道他在想什么。

“轰……”天空中又炸开一道巨大的闪电。

摄摩腾竟破开了四谛尊者的包围，如流星般划过天际，落向数十丈开外的房舍。

灿烂的电光映亮了摄摩腾的高大背影，也照亮了四谛尊者惊怒的面容。

电火便在四谛尊者的阵形之中炸开，四条人影一分之际，便是摄摩腾逸走之时。

电火的光亮之中，林渺依然静立如故，只是目光微有些讶异地望着摄摩腾消失的方向。

“林渺，你又坏了我们的大事!”空尊者有些气极败坏地向林渺吼了一声，但旋又迅速随另外三位尊者向摄摩腾消失的方向追去。

林渺再次愕然，他尚没明白是怎么回事之时，四谛尊者已消失在那些房舍之间。

“轰……”林渺心神错愕之际，身后的瓦棱突地爆碎而开，无数携着强大杀伤力的瓦片直袭向林渺。

林渺惊觉，顿时骇然，刀光再一次亮起，瓦片如遇热的气囊一般爆成粉末，在刀光之中飞散，化为无形，但林渺却惨哼一声，身子自高檐之下飞跌而落，如陨落的巨石。

在虚空之中，林渺洒下一片血雾，胸前多了一个如火灼般的黑色掌印。

林渺竟极偶然地跌落在丘鸠古的身边，同样是挣扎着撑起了身体。

“哈哈哈……”一阵得意而尖利的大笑在风雨之中响起。

“雷霆威！”林渺牙缝之间迸出一个带血的名字，他终于还是忽略了这个人的存在。

“小子，你终于也有这一天，我雷霆威要杀的人，从来都不曾逃过！你杀我两位兄弟，今日我要用你的人头来祭他们的在天亡魂，我看你今日还有什么办法逃脱我的手心！”雷霆威在雨中狂笑，这些日子来，他一路追杀林渺，可是每每都让林渺侥幸脱逃，而损失了同生共死数十载的好兄弟剑无心，这使他对林渺是恨之入骨。那日在死亡沼泽之中他便完全可以击杀林渺，但是那次只想看林渺死得更惨一些，结果竟侥幸让林渺逃了，这让他有些意外，但他从没有放弃过要杀林渺的念头，他拥有一个超级杀手的固执和韧性。

当日他自死亡沼泽之中逃出后，便四处探听林渺的消息，虽然当日在死亡沼泽之中遭遇那么多恐怖的经历，但他相信林渺不会轻易死去。果然，他在竟陵又得到了林渺的消息，但是在这时，凭杀手敏锐的直觉他可以知道，林渺已不再是昔日的那个林渺了。是以，他一直都在等待一个机会，一个可以对林渺一击致命的机会。

真正的杀手，不会做没有把握的刺杀，是以，便是林渺在与丘鸠古交手之时他都不曾出手，因为那时林渺的心神紧绷，对周围发生的一切都极为敏感，而只有在败丘鸠古后才会松下心神，而摄摩腾的逃离则更分了林渺的神。是以，雷霆威才会一击得手。

林渺轻轻地咳出了一小口血，他的样子还没有丘鸠古狼狈，但其处境反而比丘鸠古更坏。他没想到雷霆威会如此阴魂不散地缠着他，居然跟到了谷城，而且还不择手段击杀他，这让他心中有点苦涩，也有些无奈。不过，他知道自己绝不能放弃战斗，于是，他又缓缓地撑起了身子。

丘鸠古望了林渺一眼，他竟笑了，这么快便看到了林渺步其后尘，这让他意外，但不免有些滑稽，报应也未免来得太快了点。

林渺却没有笑，但对丘鸠古的笑表示理解，是以面上泛出一丝平淡而坚决的表情。他结结实实地挨了雷霆威一掌，尽管因为雷霆威也迫于刀锋而未能全力一击，但至少有七成功力落实，这一击足以重创林渺。

雷霆威有些惊讶，林渺居然还能撑起自己的身体，这对他的掌力仿佛是一种讽刺。

龙腾刀渐渐横于胸前，长街冷风飕飕而动，飘泼大雨自林渺的头顶冲下，顺着发际，淋湿了每一寸肌肤，甚至钻入林渺的眼里，但林渺的眼睛一眨不眨地对视着雷霆威。

雷霆威的笑容顿时僵在面容之上，化成恼怒和惊觉。

林渺身上竟有着让人吃惊的战意，那本来弥于长街未散的战意，仿佛全都在林渺身上集结，这让人无法想象这是一个受了重伤的人，倒像是一个可怕的斗士。

林渺的眸子里有一丝挑衅的神采，傲然而平静，雨水在横起的刀面上激起了层层水雾。

“雷霆威，你永远也击败不了我！你能做的便只有偷鸡摸狗般地偷袭，二十年前你是杀手之王，二十年后你却只是一个可悲的杀手！你应该为你这二十年所做的一切感到可耻！”林渺嘴唇边牵起一丝惨淡的笑容，像绽于坟头的白菊，但那却似是一种夸张的诅咒，使雷霆威的脸色变得苍白和黯淡。

丘鸠古并不知道杀手之王是什么人，他对中土武林了解得并不多，但却知道眼前这个老头身上散发出来的气势，绝对是一个超级高手，甚至比他未曾受创之时更为厉害。也正因为如此，他有些佩服林渺的勇气，在这种时候仍能保持如此平静的心态。

雷霆威的心仿佛被闷棍击中了一般，林渺的话又让他想起了昔年的往事，让他记起了长安城的惨战，结果十二邪死伤仅余五人。他虽号称杀手之王，但在杀手盟之中武功却只能排在第五，可是纵然如此，他在江湖之中又是何等的声望，江湖之人皆闻名色变，可是今日……

也许林渺确实说对了，当年在武皇刘正惊天一击之下，他们十二人全被埋入了地下，在那惊涛骇浪的气劲之中几乎是昏死于泥土内。后来，爬出泥土的便只有五个人，而在他们之中武功最高的水中无二本来是可以不死的，但遗憾的是其适应于水，而对泥土之下的世界有种无法排遣的惊惧，是以气绝。自此之后，幸存的五邪便再也未曾出现过江湖，也心灰意冷，收敛了杀性，武功仿佛在沉寂中渐渐减退……

雷霆威的目光暴亮，冷冷地罩定林渺，深吸了口气道："但今日我必会让你自这个世界上消失，即使我已不是当年的我，但我仍是一个杀手，仍是昔日的杀手之王!"

林渺笑了，依然是那种很惨淡的笑，却略带一丝挑衅和不屑的味道，高昂着头道："那你出手吧，能死在杀手之王雷霆威的手下，我林渺也未曾辱没身份!"

"很好，我雷霆威杀人一辈子，你是我见过最难缠也最有性格的人，我就让你死个痛快!"雷霆威竟有一点欣赏林渺了，说话间，整个人已如一只大鹰般自上而落，双掌卷起一团飞旋的风暴，印向林渺的前胸。

小刀六极满意自己这新成立的一支队伍，这些经过精心挑选出来的战士几乎人人都是全能的，经过了两个月的强化训练，使各人与各人之间、小组与小组之间的行动极为协调。

五百精锐分为十组，这些人本就是独来独往于漠外和山林的好手，经过有组织的训练之后，这些人则足以横行于漠外了。

五百精锐所有装备都是最为精良的，马上步下皆有独到之处，而最让小刀六感到欣慰的却是他自无名氏那里学来的遁地之术，在沙漠中潜行匿迹更有意想不到的妙处，尽管这些人一时根本就无法掌握其精义，但在沙漠之中简单地潜匿行迹却是能做到的。如此一来，沙漠反成了这些战士的福地。这时小刀六才真正觉得组建一支属于自己的护航战士是一个极为正确的决定，这些人不仅可以对付漠外的马贼和敌对部落有效，对内也极为有效，因其可以小组作战，聚散灵活。因此，这可以算是一支多用的战旅。

在第一次运回鲜卑的千匹良马的途中，这一彪人马确实是建威塞外，那些来去自如的马贼与之一触即溃，其强强不过天机弩，而且这群战士之中多是极优秀的猎手或本身也曾是马贼，因此，对马贼的行动极清楚，在沙漠之中伏击、狙击，几无人能敌。

小刀六很满意这些战绩，特为之取名飙风骑，于是飙风骑随着那群逃逸的马贼便传遍了整个塞外。

与鲜卑的第一批交易不只是一千匹战马，更有许多人参、熊胆、貂皮之类的，一入关，这些东西立刻由各种渠道销售而出，根本就没有滞留，尤其是那一千匹良马，更是抢手货。这些来自三河的马儿，几可与西域的大宛名驹相比，是纯种匈奴马的一种，其价格自然是高高在上了。

小刀六此次也亲去北方，看了附近的一些部族和小国，也确实是狠狠地赚了一笔，同时也长了许多见识，当然，这之中沈家自也是功不可没。

小刀六并没有训练战士的经验，但沈家却有，吴汉手下也有极多擅长作战的将领，这才使得飙风骑像是一支全能的战旅。

对于枭城之事，小刀六倒不是很操心，现在的枭城，有朱右和郑志打理，众将归心，又有来自天虎寨的一干亲信，城内防务不会有什么大碍，再加上外有欧阳振羽，另外还有信都军的全力支持，枭城绝不会有什么大的变故，即使是与大枪军不睦，可有王校军在中间作缓冲，以枭城的防卫，大枪军也绝不敢自讨没趣。

枭城只要不主动外攻，战火暂时尚烧不到这边来，南有马适求、信都，北有渔阳，西面王校军不敢轻举妄动，而且其军中的军情对枭城的铜马军来说，根本就不是秘密，朱右实行林渺的内部分化战略，使得王校军中伏下了许多枭城密探。是以，王校军情皆无半点遮隐。

朱右确实是个绝好的人才，最重要的却是对林渺的决策遵行不违，于是想方设法地让自己的人渗入到敌军的核心。以猴七手之滑头，对搜集情报也是极有水准，有这个人相助朱右，倒也让朱右少操很多心。

小刀六放心枭城，是因为以枭城内的人才，支撑那不大的枭城，足够运作得轻轻松松。

现在的枭城，在资金方面不再紧缺，虽不能支持旷日持久的作战，但稳健运作却是绝无问题的。小刀六现在要做的便是给自己积累足够的财富，以备必须之时运作。他本就是一个精打细算之人，又有东郭子元这样一位足智多谋的人相助，许多事情都变得轻松。

在小刀六的身边，的确不乏这般的人才，诸如胡世也是能够独挡一面的人物，只要塞外的货物运回，胡世便立刻可以将之销往异地。

当然，小刀六是不在乎人才多的，而且他也很重视人才，纳贤招能之事从没有忘过。因此，他的队伍越来越大，在渔阳，在信都，在渤海，及上谷诸地都设下分部，以备一切行动在北方的运作。

小刀六在南方的力量大部分逐渐向北方发展，另外在南方也可往南蛮之地发展，在中原之地，因绿林军是刘玄的，一切便只能隐于暗处。不过，所幸的是许多产业并不全是以小刀六的形式去发展的，而是与当地豪强合作，这样的形式本就对这些生意提供了极隐蔽的掩护，即使是刘玄也没办法查知这一切。

这种合营的形式，虽然并不多见，但却可以没什么风险地赚钱。

当然，这种类型的产业如果不是因为遍地开花，倒也赚不了多少钱，但是这种遍地开花的形式对于搜集中原各地的情报却是极为有效的。

飞鸽传书虽然仍然稍慢了一点，也不太稳妥，但却是当时最好的选择，至少也可以收到很多的消息。

朱右知道小刀六拥有这些，于是专门针对这些去训练一些人，飞鸽传来的都是暗语，这些暗语只有专门的人才能看得懂，于是重要的情报即使是落在别人的手中，也不会被人识破。

朱右和猴七手为此还确实花费了一番脑子，但终于还是将这些人训练了出来，于是又分派到各地，他们所负责的任务不同，所用的暗语又不相同。

对于韬光养晦这一策略，朱右是奉行不违的，而在这安定不动刀枪的日子里，能做的便是秘密培养出最为优秀的探子，让人以各种身份混入敌人的阵营之中。

林渺出身市井，对于这种下三流的方式知之甚详，更知道这些虽然是不怎么光彩的行动，但却是最有效的。

乱世之中，只要能胜敌，至于用何手段，是没有人会追究的，成王败寇，这是千古不移的至理。

枭城之所以能够稳步发展，形势大好，是因为城中万众归心，服于林渺的威德，而在林渺的倡导之下，军民同心，基本的对民政策极好，这才能吸引往来的商旅，在这片暂时安宁的乐土之中运作，使之繁荣。

雷霆威汹涌的攻势之中，林渺没有半点惧意，依然横刀如故，如一尊枯朽的木雕。

“嗖嗖……”一簇怒箭，以追风逐月之势，惊起尖锐的厉啸直奔雷霆威。

箭矢之中似杂着一杆隐带风雷之声的长枪，破开虚空，几乎罩住了雷霆威的每一寸身影。

丘鸠古吃了一惊，他是识货之人，这些箭矢的速度之快，比普通箭矢要快上近十倍，只听那锐啸之声便知道这箭矢的穿透力是普通箭矢所无法比拟的，尤其是那一杆化成幻影射向雷霆威的长枪，足以洞石穿墙的力量绝不是弓箭所能发出的。

“啪……”那些箭矢竟穿透了雷霆威的气场，直射雷霆威的面门和身体。

雷霆威也惊于这些箭矢的力道之猛，不过在他收手扫出之时，这些箭矢遇上罡风，也立刻化成碎末，即使沾身也不能造成任何伤害，惟那杆长枪仍带着强大的穿透力落入雷霆威的手中，使他的身形微微顿了一下。

雷霆威的身形微顿，一柄圆月弯刀若风轮般破空而过，在虚空中化成一抹凄艳的弧光射向雷霆威。同时，另外数道人影也自不同的方向狂扑向雷霆威。

一时之间，风雷隐动，长街再次掀起了滔天杀机，激起的风暴席卷而过，那些沉积于雨水之中的渣末再次升起。

街上的雨水也张扬而起，如帘似幕，在杀气之中激飞。

圆月弯刀，一根粗重的大铁桨，一柄泛着寒芒的短钺，另外是一枪一剑。

雷霆威便夹于其中，在风暴之中，仿佛成了一个纳百川的黑洞，强大无伦的气机使他不得不放弃对林渺的杀戮。

林渺的眸子之中泛起了一丝淡淡的笑意，他并不孤独，让他意外的却是，汗莫沁尔居然也出手相助于他。

汗莫沁尔出手相助，这让丘鸠古也有些意外，是以丘鸠古呼了声："汗莫沁尔!"

汗莫沁尔那射出去的圆月弯刀又飞了回来，不过回来之时比他射出之势更疾、更快，他接住了，但却被震得倒退两步，心中不禁骇然。

"你没事吧?"汗莫沁尔退了两步，来到林渺的身前，有些关心地问道。

林渺不由得笑了，摇了摇头道："还死不了!"

"我带你离开这里!"汗莫沁尔认真地道。

"汗莫沁尔，你要干什么?"丘鸠古有些恼怒，汗莫沁尔不帮他，却如此关心他的敌人，这确实让他有些微恼。

"他是我的朋友！我要送他去安全之地!"汗莫沁尔对丘鸠古的话并不是太在意。

"可你是贵霜武士!"丘鸠古冷哼道。

"贵霜武士也有朋友，你败了，所以你心生妒意。"汗莫沁尔毫不退避。

丘鸠古顿时脸都气绿了，却无话可说，他的确败了，而在贵霜武士之中，败者再也不能妨碍胜者的任何事情，直到等你战胜为止。如果依贵霜武士的规矩，汗莫沁尔是林渺的朋友，那丘鸠古便不能阻止汗莫沁尔去帮林渺。

那群贵霜武士也扶起了丘鸠古，但他们对汗莫沁尔的表现并不意外。

事实上，他们也为林渺的武功所折服，崇尚英雄，这是贵霜人的本性，是以他们的宗师便有了除国王之外最为神圣的地位，被国人所共尊。

“我交你这个朋友，不过，有人来了！”林渺望了汗莫沁尔一眼，悠然笑了笑道。

汗莫沁尔扭头一望，只见数骑自长街的一端疾驰而至，顿时明白，林渺并不只是孤身一人前来。

数骑快马在林渺身边人立而起，骑者如飘叶般飘落在林渺的身边。

“主公受惊了！李霸来迟一步！”李霸与数名天虎寨的高手见林渺受伤，皆大吃一惊。

汗莫沁尔有些讶异地望了望林渺，上次与林渺相见之时，林渺不过孤身一人，而今身边竟有如此之多的高手，只看这李霸落马的动作，便知此人也是不可轻忽的。

“汗莫兄，有机会可到枭城找我，随时欢迎你的到来！”林渺没应李霸，而是向汗莫沁尔拱了拱手道。

“一定，后会有期！”汗莫沁尔觉得有些惆怅。

林渺笑了，在李霸的相扶之下，翻身上了马背。

李霸扭头望了望雷霆威以一敌四的战局，却见那四人左支右拙，心中不禁骇然。

“林渺，你别走，老夫必杀你！”雷霆威见眨眼间来了这么多林渺的人，而且林渺欲走，他不由得急了，但是这四人却是极难缠，尤其是那用铁桨的，仿佛有使不完的力气，每次都是狂猛强攻，那沉重的巨型兵刃确实让人有些头大。而另外三人远攻近打，相互之间配合也极密切，一时他倒也无法摆脱这四人。尽管他占着绝对优势，取胜只是时间的问题。

“老乌龟，有缘再相见吧，不过我不会再给你这么好的机会！”林渺有些恨恨地道，说完一打马。

骏马一声低嘶，撒蹄便向长街之外奔去，在林渺的左右，却是李霸等数骑紧紧相护。

汗莫沁尔望着林渺绝尘而去的背影，微微有些发愣，突然之间，他感到林渺陌生而又熟悉，却仿佛是个遥不可及的个体。他一直以林渺为战胜的目标，这半年多来，他的武功不断精进，也挑战过中原许多武林高手，很少有过败绩。可是在这一刻，他觉得自己永远都难以战胜林渺，他们似乎已经不是在同一个层次的人。仅仅七八月的时间，林渺的变化竟是如此之大，而且今天发生的一切都让他很意外。

在这条长街之上，确实发生了太多的事情，先是林渺与丘鸠古并无结果的决斗，后又是摄摩腾和四谛尊者那让天地色变的决斗，再到林渺击败丘鸠古和林渺被雷霆威偷袭身受重伤，只有在这时，汗莫沁尔才知道中原高手实在是多得难以计数，一向自负的他竟有些落寞和涩然，但他身为锁哈达大宗的徒孙，绝不会轻言放弃，流在他体内武士的血液让他暗自决定一定要让自己强大！

场上，面对林渺的脱逃，雷霆威极怒，却也无可奈何。在这长街之上，他并不想太过抛头露面，本来准备一旦杀了林渺，便立刻再退隐江湖，不让太多的人知道他的存在，但眼下杀林渺也是不可能了，更有许多武林人物向这边赶来，他只好突出四人的合围，也没心思先杀这几人解恨，脱身而去。他绝不会放弃自己的信念，尽管他知道，若想再杀林渺绝对是一件极难的事。

如果林渺伤势痊愈之后，他能不能胜过林渺尚是个问题。雷霆威有些不明白，为什么自死亡沼泽之中出来后，林渺的武功会有如此长进，究竟是什么促进了他的武功呢？而林渺又为何去云梦死亡沼泽呢？这之中又藏着什么样的秘密？

雷霆威想到了死亡沼泽之中那万兽分尸的场面，心中便禁不住暗凛，以他这般人物都再也不想走进那片地域。

文冲明和武城东远远地看清了长街上所发生的一切，皆心中充满了惊骇和讶异。在谷城之中竟来了这许多可怕的高手，而林渺以及带来的力量也让文冲明心惊，但让他们感到庆幸的却是没有在将军府对付林渺，否则其后果将不堪设想。

当然，杀手盟的杀手之王雷霆威横空出世，这是一件足以惊动江湖的大事，同时此人更是一个在任何时候都有可能让江湖人闻名色变的杀手，凭其从未有过失手记录这一点来看，就足以让人心惊胆寒。

“看来想杀林渺的人很多！”武城东吸了口气道。

“但我相信没有一个人可以成功！”文冲明很自信地道。

武城东微感惊讶，道：“可是他此刻已经身受重伤，如果晏侏抓住这个机会的话，并不是没有可能，而且雷霆威是何等人物，他要杀的人从未失过手！”

“但刚才他已经失手了一次，在这之前，他也曾失手过数次，你不要太小看了这个年轻人，即使他是重伤之躯，也不会那么好对付，任何小视他的人可能都只会引恨收场！”文冲明不置可否地道。

武城东不语，目光之中却有一缕难明的情绪，淡淡地道：“不管如何，只要林渺不是死在将军府，便不会与我们相干，如果他们喜欢这样的游戏，便让他们玩个够！”

文冲明有些微微异样地望了武城东一眼，并未言语。

冲出长街，奔不过两里路，便迎着林渺的马首飞来一阵箭雨，在箭雨之后，数道人影飞扑向林渺。

正如武城东所说，谷城之中欲杀林渺者多不胜数，而这次出手的人却是晏侏和玉面郎君。

晏侏和玉面郎君绝不会错过这样的机会，长街之上的一切，他们都亲眼目睹，林渺受了重伤，这样的机会的确千载难逢，此刻若不出手，待林渺伤势恢复，就不会再有机会了。因此，他们截在长街之外。

箭矢并不能对人构成什么威胁，这些人护住林渺，剑织成了一堵墙，那些箭矢根本就穿之不进，自然无法危害到林渺。

也许一开始晏侏和玉面郎君便没想过要用这些箭矢解决林渺诸人，那只是一种奢望，所以他们一开始便紧随箭矢之后疾攻而至。

晏侏的剑所过之处，那几匹战马悠然分开，如破竹一般直接攻向林渺。

林渺的眸子里闪过一丝惊讶，晏侏的剑法确实颇有创意，更多了几分霸道，那日在棘阳虽然林渺未与之交手，但感受到了来自此人的威胁。今日亲见，果然比铁忆之辈要高明许多，天虎寨的护卫根本就阻拦不了其攻势。

“当……”李霸堪堪挡住晏侏一剑，却被震得手臂发麻。

“带主公先走！”李霸无惧，对他来说，林渺的生命比他的生命重要多了。

天虎寨之人的确想带林渺走，但却没有人能抽出空闲，皆被玉面郎君与一干魔门弟子给缠住了。

林渺一带马缰，斜窜而过，晏侏的目标是他，而不是李霸，他走了，自然会吸引晏侏的追袭。他知道李霸并不能够阻住晏侏，而雷霆威也会很快追来，是以他必须快速离开此地。

林渺才错开数个马位，晏侏便已震退李霸，如追星逐月般赶到。

林渺只感到背后一阵凉意，晏侏的剑气已透衣而入，触肌极寒，林渺骇然，但此刻以他的力量根本就不足以再与晏侏作战。当然，他自不会坐以待毙，刀锋偏转，凝力一击。

刀锋偏转之际，林渺发现另一道亮光自侧方疾射而至。虽后发，但却先一步插入林渺与晏侏之间。

“叮……”一声极细的金铁交鸣之声响，晏侏的身子在空中倒跌了两个筋斗，而那插入其中之人也倒退两丈，落地之时，身形微晃。

“鲁南大侠！”晏侏声音之中透出一丝讶异和愤怒。

“还请晏总管不要伤了和气，林城主乃张宽的好朋友！”鲁南大侠适时出现，有点突兀，但却让林渺松了口气。

“张大侠，咱们可真是有缘！”林渺欣然道。

“城主别来可好？”

“还没死，幸亏张大侠及时出手，否则就只好来世相会了。”林渺满不在乎地道。

“张宽，我们向来井水不犯河水，请你不要插手我与他的私人恩怨！”

晏佅声色俱厉地道。

“非常对不起，林城主曾救过在下的命，今日能稍还点人情也是不错，如果晏总管定要杀林城主，那便只好先杀了我张宽!”张宽说得很坚决。

晏佅大恨，脸都气白了，狠狠地盯着张宽怒道：“你会为你所做的一切后悔的!”

“在下做事从不后悔，只知道义如何，便如何做!”鲁南大侠张宽肯定地道。

晏佅心中暗急，虽然他并不惧鲁南大侠的武功，但是想在短时间内胜过鲁南大侠的剑也不是一件容易的事。他们的武功只在伯仲之间，这一点他还是清楚的。

张宽名闻鲁南，在江湖之中颇有名望，并不是浪得虚名之辈，交游广阔，在正道之中人气很高，眼下谷城聚集了黑白两道高手，张宽的出现也并不让人感到特别意外，但却是在晏佅最不想有人插手的时候出现，自然气坏了他。

李霸自知不是晏佅的对手，闻出手之人乃是鲁南大侠张宽，顿时也松了口气，立刻出手对付玉面郎君。

玉面郎君的武功与李霸也仅在伯仲之间，两人倒颇有一战。

林渺见场上成僵持之局，此时不走，更待何时？他可不想再让雷霆威追上来，这杀手之王的武功他是深有体会的，以铁头、鲁青等四人的武功并不能真的阻住这杀手之王。

“这里便交给张大侠了，我先走一步!”林渺一拱手，冷冷地瞟了晏佅一眼，打马而去。

鲁南大侠并不在意，他也看出了林渺身上有伤，是以，他并不强留林渺。

晏佅望着林渺远行的背影，眼角边泛起一丝难以察觉的笑意，这才将目光投向鲁南大侠，狠声道：“没想到堂堂鲁南大侠也为一个乳臭未干的小子卖命，真是笑话，只不知他给了你多少银子?”

鲁南大侠并不怒，只是淡漠一笑道：“这不劳总管挂心，人各有志，如果总管认为是这样，那便是这样吧。不过，我还是希望晏总管今日就此作罢，别伤了两家的和气。”

“哼，你张宽拿我的脸去做人情，却要我咽下这口气，你想的倒是很美，废话少说，你出招吧！”晏侏怒哼了一声道。

鲁南大侠不由得摇了摇头，神情顿时变得一片肃穆。

前方阵线疾速退收而回，虽然再次大败了严尤和陈茂，颍川唾手可得，但是刘秀仍不得不下令撤军。

谁敢直迎王邑百万大军的锋芒？谁能阻止王邑大军的脚步？以颍川之外阳关这小城为驻点简直是螳臂挡车，所以刘秀不得不让人先撤军，聚大军于父城、昆阳、定陵、郾城这几城，希望能在兵力相对集中的同时，能增强己方的阻击能力。

这是没有办法中的办法，抑或是说没有更好的策略。

面对那百万大军，谁都没有信心与之对抗，即使是屯兵于昆阳，昆阳城中也不过八九千人，不到万众，相去百倍，这种差距根本就无法想象。即使连王常这身经百战之人也心无着落，在敌尚未至之时，便已人心惶惶，本想向驻守宛城之外的刘寅借兵，但是其兵力也无法作太大的调动，而只是少量的调动根本就不能起到作用，与其如此，倒不如不调兵马。

事实上宛城之外也军心惶惶，若不是刘寅军纪极严，只怕也乱了套，但是依然是紧张得失去了主见。

于是有人提议，将宛城强攻而下，也有人提议与王莽大军决战，还有人想，干脆先退回绿林山，让百万大军空耗下去，待对方无趣而退后再卷土重来，打游击……总之军中意见各一，连刘玄自己也失去了主见。

如果宛城已经被攻下，凭宛城的坚城相守，尚有一战的可能，可是此刻宛城仍是未知数，如果王邑的大军赶来，则可能会是内外受敌，必败无疑，连一点胜望也没有，这怎不叫刘玄为难？

倒是主帅刘寅斗志坚决，绝不松懈，除非是大军已经逼至，否则绝不会轻言放弃。所有的军务全都落在了刘寅的身上，在这种时候，刘玄对刘寅的重视是无以复加的，军中所有的一切基本上已经全由刘寅调度。

刘玄知道，刘寅再怎么说也是刘家之人，绝不可能做出对刘家天下不利的事，而且求胜的决心比任何人都强。但刘寅绝不是盲目者，这一点刘玄和王凤都极清楚。

刘寅绝不闲着，但他并不想王邑大军如此快便赶来，于是在一路上设下了许多扰敌之计，包括断其粮草之类的。

百万大军可非同儿戏，在物资粮草方面绝不可能立刻到位，粮草的运送也是一件极为繁琐的事情，如果能断其粮草，也足以对那百万大军构成威胁。

不过，王邑身边名将众多，必定已在自洛阳南征的路途设置了许多驿站，反正兵多将广，这一路的驿站之中，必驻有大将和足以对付小股义军的兵力。

事实也的确如此，每个驿站分出百分之一的兵力，也有一万人，这一万人又岂是那小股劫粮军所能撼动的？

刘寅知道眼下的形势，也不过只是在尽些人事而已。刘玄既已称帝，便绝不能败了刘家的名声，如果今日一退的话，即使他日重新杀回来，也必是威信尽失，难服天下之众。这次能否保持不败，就要看天意了，甚或是侥幸。

林渺心头突地涌起一股熟悉的感觉，如一层阴云在心头升起。他不由得带住马缰，只感到一阵气喘，胸前如有一股无法遣散的闷气，使他心悸，甚至眼前一阵发黑。

雷霆威那一掌的力道确实让林渺受不了，尽管他已非昔日的林渺，更不是第一次受雷霆威的偷袭，但这杀手之王的掌力依然是强不可测。

林渺毕竟乃血肉之躯，在马背之上一阵颠簸，使强压下的伤势扩散了，是以，这一刻他停在马背之上竟有种抓不稳缰绳的感觉。

战马悠然而止，在通往渡口的路上圈了几步，低低地嘶鸣了几声。而距此五丈之外，便是一个小茶棚。

简陋的茶棚，以几根木柱支撑，干枯的茅草尚散发着雨后潮湿的气息。

林渺的目光落在茶棚之中，有些冷漠，有些肃然，但更多的则是坚定。他心中的阴影依然很浓，恍然间似有点明悟，不由得笑了，扬声向茶棚中淡漠地唤了声："残血，我知道你已经等我很久了，我现在来了！"

林渺的话音一落，茶棚中的人全都将目光投向林渺，有些好奇和惑然，但茶棚之中顿时也陷入了一片沉寂，旋又有人开始小声地议论着什么。

或是对这淋成落汤鸡的林渺有几分意外。

林渺看到了一个戴着深笠的人头抬了一下，随即又伏了下去，悠哉地喝了口茶，但林渺却清楚地看到那人的手轻轻地抖动着，他心中不由得冷哼了一声。

"哗……"当林渺的注意力集中在那头戴深笠之人的身上时，那茶棚之顶蓦地裂开，一道血光从中迸射而出，划出一道凄艳的弧迹直奔林渺。

林渺吃了一惊，他的目光一直注意着茶棚之中，却没料到真正的杀机是来自那茶棚之顶。

血色的弧光中，林渺悠然倒下，如轻泥一般滑下马鞍。

战马一声悲嘶，在血色弧光之中身首异处，林渺的身子却已疾落地面，贴地滚入茶棚之中。

那道血影一击未中，有些意外，剑势稍顿，便再如旋风般向林渺追袭而至。

茶棚中之人惊呼，森然的剑气使他们桌上的壶碗之类爆成碎片，桌裂椅碎。

林渺极为狼狈，残血的攻势快绝，此刻已经重伤的他根本就不可能阻止残血的剑势，尽管他已经不是第一次领教残血的速度和狠辣，只是此刻他根本就没有一战之力，也只有徒呼奈何。

"哗……"桌子裂成两半，残血人如剑，剑也是剑，几无阻碍地直取林渺咽喉。他并不是第一次狙杀林渺，因为林渺每次都破坏了他的好事，所以他对林渺已是恨之入骨。

这一点林渺也知道，正因为他不是第一次与残血交手，所以他能够早早地感应出残血存在的气息，但是这又有什么用呢？

当然，林渺绝不是一个坐以待毙的人，即使是死，也要死出一个样子。他没有死在杀手之王的手中，却要死在这个杀手新秀手中，这有点不值。不过，命运从来都不给人抉择的机会，它只是主宰，主宰一切，包括每一个人的生命。有时候，生命本就是一个玩笑。

“嘶……”一团黑影划过虚空，带着一阵尖利的锐啸掠过林渺的头顶，在血光乍盛的一刹那，没入了血光之中。

“裂……”黑影在血色的弧光中爆成无数碎末，竟是一顶竹笠。

林渺看见了刀光，他认出了竹笠，刀光追在竹笠之后侵入了血弧之中。

“叮……”一声极清脆的金铁交鸣之声响过，血弧爆散，剑与影分离，残血一身血红之衣停于茶棚之外，手持一柄泛着血色的异剑。

那缕刀光也化为虚无，那本来头戴深笠之人倒退着撞碎两张桌子这才站定。

林渺有些意外，这出手救他的人正是刚才握茶碗手有些抖动者，很年轻，一张脸上却充满了与之年龄极不相称的沧桑，握刀的手犹如铁铸，若由炉火煅造之后与刀柄连成了一体。

“我终于找到了你！”那握刀的年轻人望着残血，语气冷得可怕。

残血有些恼怒，但是在对方突然说出这样一句话时，却微感惊讶，冷冷反问道：“你找我？你是谁？”

“戚成功！”那握刀的年轻人咬牙道出了三个字。

“戚成功？”残血的面容之上闪出一丝错愕，但旋又恍然，笑了，反问道：“你是戚延年的儿子？”

“你没有忘记就好！”戚成功深深地吸了口气，身上仿佛燃起了一团仇恨的火焰。

林渺似乎明白了些什么，他在一早便感觉到这个年轻人身上所散发出的仇恨气息，本以为是残血，看来此人仇恨的对象却是残血，他也不由暗自庆幸。尽管他没有听说过戚成功的名字，但是却听说过戚延年，那是在竟陵时听到的，一个不是很熟悉的名字。

“如果你要阻止我杀他的话，那便只好送你去与你那死鬼父亲相见了！”残血冷酷地道。

茶棚中的人顿时走得差不多了，茶棚老板虽然心疼，可是却知道老命要紧，缩于屋中不敢出来，整个茶棚显得极为冷清。

戚成功的脸色极难看，但却未语，刀锋轻轻地颤动着，显示出其内心的极端恨意。

残血不由狂傲地大笑起来，但在他笑声倏起之时，戚成功的刀便划过了虚空。

残血冷哼一声，他出剑的速度似乎比戚成功更快、更狠，加之一身红如火的打扮，使其动时如一团燃烧的血。

“叮叮叮……”两道人影穿插于茶棚之中，刀光、血影及那刺耳的金铁交鸣声使得整个空间变得有些乱。

林渺的目光之中闪过一丝焦灼，尽管他身上有伤，但是对两人交手的动作看得还是极清楚，其眼力之好，并未因伤势而减退。

戚成功并不能胜过残血，在功力和招式上尚逊一筹，他能战成如此，是因为其心中充满了仇恨，仇恨使一个人力量可以得以充分地发挥，他可以不去计较自己的生死，只要能够击杀对方，不惜同归于尽，这也便是残血尚无法击杀对方的的原因。

“铮……”戚成功一声惨哼，手中的刀竟断成两截，而残血的剑也顺势在其前胸划开一道长长的血槽。

戚成功暴退之时，残血趁势而入。他不想再与这个充满仇恨的人纠缠下去，这个人心中的仇恨让他有些害怕，他从不会畏惧对手，但是却无法面对戚成功内心那种难以言喻的恨，所以他要将这个对手除掉。

“呼……”一张桌子如破空陨石般横撞而过，风雷隐啸，仿若整个空间霎时内旋。

残血和戚成功都大吃一惊，残血骇然闪身飞退，他根本就不敢直迎这张桌子的锋芒。

戚成功只是惊于这桌子的冲击力和气势。

"哇……"林渺狂喷出一口鲜血，顿时面白如纸。他几乎耗尽了自己所凝聚的每一点力量，更牵动了胸口的伤势，在甩出桌子之后，再也无法压抑雷霆威种下的伤势，这才大口喷血。

戚成功顿时明白，这桌子乃是刚才显得极为狼狈的年轻人所甩出的，只是对方本已身受重伤，他有些惊讶地望了林渺一眼。

林渺拄刀呕出了一小口鲜血，便虚弱地擦了一下嘴边的血水，反而对着戚成功涩然一笑。

"用我的刀！"林渺说话间跌坐于地，将手中的龙腾抛给戚成功。

戚成功又一怔，龙腾入手，他只感到一种奇异的感觉升入心头，胸前的伤口仿佛也不再疼痛，那冰寒的刀柄，仿佛洗涤了他脑海之中所有的杂念。

"好刀！"戚成功的目光在刀锋上扫了一下，随即又落在林渺的脸上，竟有些关切地问了一句："你没事吧？"

林渺摇了摇头，虚弱地道："我还死不了，此刀名龙腾，乃当年欧冶子所造的唯一一柄刀。这刀，今日便送给你！"

"送给我？"戚成功惊愕问道，他只听说过欧冶子的剑，却从未听说过欧冶子的刀，但知道林渺绝不会说谎，此刀确实像欧冶子所铸，至少是出自名家之手，可是他从没想过一个素昧平生的人会将这样一柄神物如此轻易地送给他。

"不错，送给你，希望你能用它行善除恶，不要辱没此刀，更能以此刀手刃仇人！"林渺肯定地道。

戚成功心中竟有些感动，更是大喜，他没想到今日居然得此利器，确实大感意外。而林渺赠刀，更显得突兀，可是他并不像在说假话，很难想象，如此年轻，却有如此气魄。

"谢了，我必以此刀名扬天下！"戚成功一时之间豪气干云。

残血先是被林渺那一击的气势所震，虽然他退避得快，但尚无法完全避开那股风暴般气劲的袭击，以剑相挡，震得再退五步，手臂发麻。

林渺的反应的确让残血骇然，半年不见，林渺居然功力精进如此之巨，不过再看到林渺连呕血数口，便立刻明白，林渺不过是强弩之末，根本不足为患。而戚成功也受了伤，又能有多大作为？是以，他怔了片刻，立时醒悟，听到戚成功这番话不由得大笑道：“名动江湖？明天你的尸体将名动江湖!”

戚成功神色一冷，伸手疾点胸前流血的伤口，目光之中透出无穷的恨意和战意，冷冷回应道：“我要用你的血祭神刀之锋!”

残血不屑地笑了笑道：“就凭你?”

林渺突地虚弱地插嘴道：“错，还有我!”

“你?”残血更是大笑，不无揶揄地道：“如果你还能动手的话，便捡根棍子拄拄吧!”

戚成功也为林渺的话有些惊讶，其伤势如此严重，他也不相信林渺能帮上忙，于是肃然道：“兄台便在一旁休息好了，这凶徒就交给我吧!”

林渺不置可否地笑了笑，冷冷地道：“我虽然不能动手，但却可以动口，可以看东西。残血，你别以为你的剑术就是冠绝天下，在我眼中，你的剑法破绽百出，虽然你身法够快，只可惜你天生便是一只脚长一只脚短，所以你的重心右虚左实，气贯之时，无法圆通，所以，你最好打点精神!”

林渺的话使戚成功大惊，扭头看残血之时，只见其脸色越变越难看，甚至是有些苍白。林渺每说到其一处弱点，残血便不自觉地配合着动一下，说到最后仿佛身上竟一无是处。

戚成功的目光落在残血的脚上，果见其一脚实一脚虚，便知林渺所言没错，心中对这尚不知姓名、却极度慷慨的年轻人更是敬佩，斗志也大大提升。

“残血，你认命吧!”说话间，戚成功再不给残血自林渺话语之中回过神来的机会，龙腾刀划过一道虚弧，破空而出。

残血毕竟是一名超卓的杀手，迅速回过神来，尽管对林渺的话感到极度震惊，可他的敌人毕竟是戚成功。不过，他的斗志确实受到了极大的打击。

“左下，三门穴；上切尺半，侧退旋风卷叶，抽刀断流，再左半尺……”

林渺在戚成功出刀之后，口中低念。

戚成功竟然相信了林渺，将一切都抛开，按林渺口中所念的方式使出他平时极为熟悉的刀招，而不熟悉的，林渺似乎也明白，以尺寸和穴位相传，让其能找准位置。

残血的剑本来极快，但是戚成功施出林渺所念出的那些怪招，竟似乎将他的招数尽数格挡，有时甚至迫使他只出招一半就不得不收回，打得左支右绌，险象环生。

戚成功则越打越顺手，与林渺之间配合得极为默契，而林渺对龙腾刀的尺寸了解得十分清楚，是以他所说出来的招数让戚成功使得淋漓尽致。

“叮叮……”偶尔刀剑相击，发出清脆而诡异的声响，戚成功放开手脚，仿佛林渺便成了他的脑子，林渺念出的刀招如流水般印在他的心海，而那龙腾刀便仿佛储存了林渺无数的记忆，在握住龙腾刀的那一刻，林渺的许多思想便似乎融入了他的灵魂，这是戚成功所没有想到的，便是林渺也不曾想到这些，但这却是真实的。

残血觉得戚成功变了，在再次出刀的那一刹，他便感觉到了，仿佛这个人身上被灌注了另外一股力量，这是他所不能明白的。

林渺也感觉到了这一切，在他说出一连串的招式之后，感觉到戚成功似乎完全掌握了他的意图，甚至比他所说的反应更快，于是他停止了说话，可是戚成功仿佛知道了他心中所想，每一招都自然利落得正合他意。他似乎明白了一些什么，突然笑了。

在这短短的片刻之间，戚成功的确像是变了一个人，仿佛连流血的伤口都不能影响其半分斗志，刀法越来越犀利，越来越刁钻，让人无从捉摸。

与此同时，残血却是越战越心惊，林渺已经不再在一旁指点，但是戚成功仍然凶狠得让他吃惊。

先前残血与戚成功交手也不下数十招，可是他根本就没有将戚成功放在眼里，可是此刻竟完全不同，他总是险象环生，处处受制。他真不敢相信，有人能在一盏茶时间内使自己的武功精进如此之多。

“残血，想杀我，你永远都不会有机会!”林渺在一旁不时在加油添醋，以言语相激，只让残血恨得牙痒痒，却又无可奈何。

残血根本就没有机会抽身去杀林渺，戚成功咬得太紧了，他也是无能为力，而且，他越是生气便越是险象环生。

“残血，要是想逃你还来得及，不要到时后悔!”说着林渺又笑道：“哦，差点忘了，你本就是一只偷食的狗，咬了一口便开始溜的，开溜是你的老本行，没有人会骂你是老鼠，是乌龟，是丧家犬！其实，我觉得你这样的杀手也够可怜的，就像是一堆盖在金子上的屎，将金子包在心里面，露出臭熏熏的屁股。反正也不怕江湖中人恨，不怕江湖中人骂，不就是一堆屎吗？一堆从肠道里拉出来的渣吗？不过你应该庆幸你是从人的肠子里出来，是堆人渣……!”

林渺是越骂越来劲，越说越畅快，好像已经很多年都没有这么畅快地骂过人了，于是像是水车车水一般，丝毫不间断，而且骂人的词句极别致，很少有重复，他此刻充分地发挥了在天和街所混的日子里学到的资本。

残血只听得两眼放火，他本是一个不轻易动气的人，杀手一贯的冷静在林渺的疯狂叫骂声之中也无法自控，可是他根本就无法让林渺住嘴，这心神一乱，顿时连连中招。

林渺更是得意地大笑，形同火上浇油。

残血一退再退，连退十余步之时竟绊在林渺所乘那匹死去的战马之上，身形一歪。

戚成功绝不会放过这样的大好机会，刀斜出，但在他刀出的那一刹，残血竟扬手洒出一片血色的雾气。

戚成功大惊，骇然而退，但是速度虽快，却仍然不能完全避开，只觉得一股腥腥的气息钻入鼻中，然后便是一阵昏眩。

残血身子再次弹起，却错开戚成功，如一道惊虹般直射向林渺。

林渺才是残血真正的目的，他在这里等待了那么久，便是为了击杀林渺。相对于林渺，戚成功只不过是个可有可无的角色，是一个意外。

戚成功只觉得刀已经很沉重，然后不能自制地倒了下去，脑海中唯一尚存的念头便是：自己中了毒，残血的毒！他仍是有些大意了，也许应该说是这个对手太狡猾。

残血要杀林渺，但他却发现林渺的眸子之中有一缕奇怪的笑意，笑得很怪，很诡异，仿佛是在看一只在蛛网上挣扎的蚊子或苍蝇，还有点怜悯。

残血不懂这笑意背后的意思，他只知道林渺必须死，林渺绝不可能有能力挡开他的这一剑。早已是强弩之末的林渺，在刚才那一击之后，便已经成了废人，他不相信一个废人还能耍出什么花样来。

林渺确实是笑了，有些诡异，残血不知道其中的意思，是因为他根本就没有感觉到另一柄剑的存在。

残血没有感觉到并不代表它不存在。

剑是存在的，存在于残血与林渺之间，在残血的血剑即将触及林渺咽喉的那一刹那，那柄剑便出现了。

出现在最及时的地方，于是残血吃惊、惊退，抑或可以说是不由自主地退，因为那柄突如其来的剑力道太沉、太快，就像一股爆发的气流，冲得残血倒跌五步。

林渺依然是那般笑容，他没有眨一下眼睛，即使是残血的剑到了他咽喉的那一刻。

残血不能不佩服林渺的定力，这让人有些意外，而让他意外的却是这柄突如其来的剑的主人。

“贾复！”残血失声低呼了一声，他居然认识这个坏他好事的人。

来者正是贾复，贾复来得确实很及时，哪怕稍稍迟了半刻的话，林渺也便必死无疑了。

林渺没死，也许这是天意。

残血叫了声，他没再说任何多余的话，而是纵身如影子一般掠走。

残血知道什么时候该出手，什么时候又该开溜，这是作为一个杀手所必备的素质，否则便唯有死。

江湖向来是残酷的，逃避也并不是可耻的，所以，残血一退之后立即逸去。

贾复没有追，他也知道，想追上这个让江湖人闻之色变的杀手并不容易，何况林渺的伤势很严重，更需要有人照看。

“主公!”贾复望着林渺，颇为担心地喊了声。

林渺笑了，道:“无碍，只要稍加调息便不会有大碍，我们快离开此地!”

戚成功醒来时发现自己在船上，头依然有些沉重的痛，他只记得自己中了残血的暗算，至于后来发生的一切，包括他是如何来到这艘船上的，他根本就记不起来。他只是打量了一下四周，却并没有寻找到林渺那受伤的身影。

戚成功努力让自己记起点什么，于是他记起了刀，林渺相赠的刀。他伸手在身旁摸了一下，入手清寒，扭头之时，他看见了一柄刀鞘，鞘中有刀。

是的，是龙腾刀，当时林渺只给了他刀，而不曾给他鞘，但此刻刀与鞘安稳地合在一起，他不由得有些为林渺担心。

船身有点起伏颠簸，但他所在的船舱很安静，可以听到哗哗的流水声。船是在水上行走，随着水涛，起伏有致，恍然之间，他记起自己还不曾问过林渺的名字和身份，禁不住有些好笑。

戚成功想笑，但却不能笑得太厉害，面部的肌肉尚有些麻木，他不知道自己中的是什么毒，但一定很厉害。他没有料到杀手残血除了剑之外，也会用毒，这或许是江湖中的一个秘密。他没死，而且知道了这个秘密，那么下次就会有机会对付这个人。

只要人未死，一切都是有希望的，活着，便需要希望，那样才不至于让生命枯萎。

除了这些之外，戚成功还会记起那些奇迹，比如他奇迹般地杀得残血只有招架之功而无还手之力，他都不知道当时自己怎会有那般汹涌的创意，将那么奇诡的招式信手拈来。就如同着了魔一般，信手而出，又随手收回，每一招都充盈着无限的创意和斗志。

也许，只是因为得到了一柄好刀，一柄真正的好刀，所以戚成功才会有如此的感觉。但他又隐隐觉得有些不对，在龙腾刀中仿佛存在着零碎的、属于林渺的记忆，于是他便顺理成章地顺着林渺的思路击出了那些极富创意的招法，而让残血也毫无还手之力。

他不由得猜测着赠刀者的身份，只看其出手相救之时的那舍命一击，便可知此人如果不是在受伤的时候一定是个极厉害的高手，但是他受伤了，而受伤后能在短短时间内看出残血的缺陷和弱点，说明此人的眼力可怕得让人难以想象，像这样厉害的年轻人江湖之中确实不多，也许绿林军中名头极盛的刘秀有这般厉害，但这个人绝不会是刘秀。

刘秀生在大家世族，其为人修养极深，更是天下闻名的才子，可是此人在谩骂杀手残血之时，那种连珠炮般的大骂，以及那种骂人的架势和能耐，即使是在市井之中也不多见。一个如刘秀般的大家俊杰自然没有这等骂人修为，可是天下之间又有谁能符合这些条件呢?

思来想去戚成功仍无法猜到林渺的身份，而在这个时候，舱帘被掀开了，走进一个驼子，驼子手中提着一个小篮子。

这个驼子的背驼得很厉害，身子弯得像一张弓，垂着双臂，犹如一只猩猩，面目沉冷，略显沧桑，双鬓的发梢稍染霜色。

“醒了?”驼子的声音暗哑，似乎对戚成功的醒转并不意外。

“这是哪里?”戚成功说话之时，才发现吐音有些困难，面部肌肉并不配合。

“船上!”驼子答话很简单。

戚成功有点好笑，驼子回答的还不是废话?他怎会不知道这是在船上?

“那船到了哪儿呢？”戚成功又问。

“水上！”

戚成功有些微恼，又是一句废话，只好改口问道：“是谁救了我？”

“我们主公！”驼子依然是不愠不火，不紧不慢地答了声，然后自手中的篮子内拿出一碗尚冒热气的汤药。

“你们主人是谁？”戚成功微感惊讶地问道。

“你喝了这碗药，好了之后自然会见到他！”驼子并不想正面回答。

戚成功还想说什么，但驼子已经捏开了他的嘴，把那碗冒着热气的汤药灌了下去。

一种辛辣苦涩的味道几乎将戚成功冲得昏眩过去，但他还是把这碗汤药吞了下去，也可以说他别无选择。

药入喉好久，戚成功才回过神来，大口大口地喘着气，有些恼怒地道：“你都是这样让人喝药的吗？”

“只有这样，你才不会将药吐出来！”驼子并不在意地道。

戚成功一时又不知该如何发作，就刚才那药，如果真叫他一勺一勺地喝，他可能真的会吐，这种味道太难入口了。

“这是什么药？”戚成功尚有点愤然地问道。

“疗毒治伤的圣药，你中的毒很厉害！”驼子淡淡地应了声，起身便又走了出去。

“今天是初几了？”戚成功突然记起了什么，抢着问了声。

“五月初五！”驼子的声音自船舱的帘子外传了进来。

戚成功一惊。

第六十九章　宗师承诺

五月初五，端阳节。

天气极好，其实这两天的阳光都不错，初夏的气候很宜人，尤其是武当山风景更是让人心旷神怡。

当然，今天让人向往的并不是武当山的风景，而是中外两大高手的决战。

这已经是很多年都没有过的盛事了，对于动荡不安的武林来说，兵戎之灾倒是见过不少，往往总是金戈铁马的战场，攻城略地的战争本就已经失去了所谓江湖和武林的味道。对于野心勃勃的人来说，江湖的争斗已只是一些不上眼的琐事，但对于江湖人自身来说，这确实是一大乐事，至少眼下是这样。

阿姆度并没有多少人见过，但在这数月之中却被传得极神，一个能让崆峒派掌门接受挑战的人，其本身就深具神秘感。

当然，近二十年来，松鹤道长本就很少出手，崆峒派在这些年武林乌烟瘴气的情况之下，便变得很低调，但崆峒派却因上代掌门乃是与邪神并列的绝世高手，所以在武林皇帝刘正之后崆峒派自然便成了正道的泰斗。松鹤的武功并没有太多人见识过，但每个人都清楚其已得上代掌门的亲传，更是目前崆峒派中第一高手。也正因为如此，松鹤也便成了继其师之后理所当然的白道第一人。

至于这一战将精彩到何种程度，便很难为人所知了，因为一切尚未发生，只能闷在心中想。不过，这两天江湖中所谈论最多的问题却是在谷城长街之上那惊天动地的一战，还有林渺那横空出世的一刀的威力。

林渺的名字被传得极盛，就因那完完全全烙入人心中的那一刀。至于摄摩腾、四谛尊者之流，却并没有多少人知道，至少在中原武林人物的心目之中，这些名字尚很陌生。许多人只好将那突变的天象，呼风唤雨的能力加在林渺的传说中。

于是，林渺那一刀的威力被夸大，其武功也被夸大，甚至后来林渺部下四人狂战当年的杀手之王也被传成了经典。

杀手之王重现江湖，对于这个唯恐不乱的江湖而言，无疑是再激千层浪。

不知道当年杀手盟的人，江湖之中几乎没有，杀手盟在某一个时期的风头甚至盖过了武林皇帝刘正的名气。是以，杀手之王雷霆威的名头仍然能让许多江湖人物刻骨铭心。当然，也有许多雷霆威的仇家都蠢蠢欲动。

杀手盟当年的每一个人都是冠绝一时的不世高手，这样的杀手组织在江湖之中几乎是空前绝后的，是以也是让人无法忘怀的。

至于血战长街的另一些人则也被传得很神。

关于林渺的事这些天突然又多了起来，在年初的那一段时间之中，林渺也曾是风头极盛的人物，那是在两个月前。而这一刻这个人物再一次跃入众人的视线，则是因为他已经被众多的江湖人物亲眼看见、认同和接受。

江湖之中的传闻多少有些以讹传讹之嫌，但是亲眼所见的这一切则是另外一回事。

武当山确实有些热闹，在大战之前便已经精彩纷呈了。

这两天之中，发生在谷城的事几乎是江湖中一两年发生的事的总和，这一两年中发生的事件还不如这几天所发生的来的激烈。每天至少有十数个江湖人物死去，或是贩夫走卒，也有恶盗大侠，死者身份不一，三教九流之中的人物都有。至于为何而死，就有了更多的可能。

江湖之中杀人都是太普通，有时候甚至没有理由，有时候因为恩仇，还有的只是为了青楼中争风吃醋，还有的则是跟着别人倒霉……总之不一而足。这几日之中，武当山附近确实发生了许多事情。

武当山，层峦叠嶂，天柱峰更是虎踞龙盘，山势迂回而上，云雾相绕，自有一番气派。

上山的路径并不多，极难找，那小石道断断续续，若有若无，若不是上山者多为武林人物，还真难攀爬上天柱峰顶。

不过，并不是每个人都能够上天柱峰顶的。早已有人封锁了山顶方圆两里之内的地方，在每条小道之上，皆立有石碑，上书“请江湖同道休要上山顶相扰”，而在路口更有人把守。

当然，江湖人物虽欲亲睹二大高手相搏，但是既然是对方有约，距山顶两里也基本上可以远远看清山顶，都不敢不给松鹤一点面子，而之中还有贵霜武士。

也有人不把这些贵霜武士放在眼里的，自以为了不起，于是想强行上山，但结果却是被打得滚下山去。也只有在这时，人们才知道这些贵霜人不好惹。不过，真正的高手，有身份的人也不会自讨没趣，碍于松鹤的面子，也便不闹事，但这条山道之上仍然闹哄哄的，不断地有人闹事，又不断地有人被打得滚下去。到最后，没人敢轻易以身相试，只好乱哄哄地起哄。

……

天柱峰顶，孤立一人，高大的背影如一片苍崖。

远观的江湖人士可以看见那束成马尾的黑发搁于背后，如松鼠的巨尾。

来得早的人知道，这道人影自日出至此已有三个时辰未曾动一下，便连负于后背的手也不曾移动一下。

倒是山风拂过之时，掀动着其衣袍，仿佛是附于石雕之上的蝴蝶，一动一静使那背影更显得神秘莫测。

这人绝不会是松鹤道长，松鹤不会有这样的头发，即使是中原，也很少有男子留这样的发型。

那么，只有一个可能，此人正是那与松鹤道长约战的阿姆度！

只能看到背影当然有点遗憾，但那有若死寂般的静让人感到一种奇特的压力，这有若老僧参禅般的耐心也使得中原武林中没人敢小视此人。

正午，阳光极烈，许多人已等得不耐烦了。

松鹤依然没有出现，于是有些人庆幸自己聪明，知道预带干粮。

等待的时间显得特别漫长，在树阴之下，东一堆、西一堆地坐着形形色色的人，倒也相安无事。

这一刻，这群人似乎觉悟了点什么，急也没有多大用处，该来的终究会来，他们能做的便只有等待。

也有许多人为阿姆度不值，来得这么早却还未等到松鹤道长。

也有人认为阿姆度傻，傻得这么早便在天柱峰傻等，似乎连一点耐心也没有，对这一战迫不及待得让人感到好笑。

当然，这并不是说阿姆度真的没有耐心，此人的耐心像是比谁都好，居然能立于太阳之下、天柱峰上数个时辰都未曾动过，如石雕木塑，怎么看都可以知道其是个极有修养的人。

不过，没有人知道还要等多久，也有人在心里骂松鹤，觉得太摆谱，既然已与人相约，便痛痛快快地比一场，有什么大不了，用得着让人在这里等这么久吗？

还有人以为松鹤这是一种战术，高手决斗切忌心浮气躁，如果阿姆度等得焦急了，心灵之间便难免会露出破绽，这样松鹤取胜的可能性便大多了。

没有人规定决斗不可以比耐心和斗志。

也有人认为，松鹤其实早就已经来了，只是在暗中的某处，一直注意着这里的动静，只会在该出手时才会真的出手。有这样看法的人觉得松鹤的做法有失正派风范，甚至有点阴险。

于是，在这些武林人物的口中有着各种各样的猜测和说法。

……

时间似乎也过得并不慢，日影西斜，可是松鹤依然未曾出现。

有些人已经失去了耐心，也不管松鹤是不是武林泰斗，便出言相责了。

也有些人开始打赌，赌松鹤今日来还是不来，及今日这一战会在什么时候开场。

不仅这群中原武林人士有些焦急，便是那群贵霜武士也都有些不耐烦了，觉得松鹤确实有些过分，仿佛是在跟大家开一个玩笑，这让人感到愤怒。

这当然不是玩笑，若被江湖炒作了两三个月，弄得天下轰动的一场高手对决却形同儿戏，那任何人都会有上当受骗的感觉。

阿姆度似乎动了一下，他转过了身来，也许，终于是等不住了。

有些人觉得好笑，至少为这一战，阿姆度连午饭都没吃，这使人觉得他所做的有些不值，而且还有些傻。

阿姆度转过身来，目光悠然投向那几与峰顶相平的夕阳，天快黑了，可是松鹤依旧没有来。这对他来说，是一种极大的污辱，对任何一个武士来说，也同样是一种污辱！如果在太阳落山之前松鹤仍没出现，那么，他便要找上崆峒，这一战也便没有任何意义。

阿姆度的脾气很好，一般都不会生气，而更好的是耐心，他可以在荒漠之中静伏三天三夜，为等一只猎物而不动一下。他拥有着常人所不具备的韧性和耐力，这也是他为什么能成为贵霜国的九段高手的原因。

贵霜国的武学修行与中原有所不同，他们更注重苦修，从自己的意志和毅力入手，而使自己的斗志达到一种超乎寻常的境界，那是一种苦行僧式或是狩猎式的修行。但中原的武学则由练气入手，由内外修，从而使自己的精神达到一种超乎寻常的境界。

相较之下，前者的修行便像是一柄磨得极为锋锐的利剑，而后者则如一柄厚实无华的钝刀，各有所长。

“松鹤便是你们中原的泰斗吗？是你们武林正派的第一高手吗？这是你们的耻辱……”一名贵霜武士跳上一块石头，高声道。

天柱峰上顿时一片寂寥，林风飕飕，除了那人的回音在激荡之外，余者尽皆沉默，本来闹哄哄的武林众豪都不再言语，这贵霜武士的话就像给了他们一记耳光，可是偏偏又不能还口。

阿姆度没有说话，只是缓缓踱到可以俯视众豪的位置，居高临下，仿佛是俯视众生的神，有种说不出的傲然与不屑。

每一个与阿姆度目光相对的中原武林人物都不自觉地低下了头，他们感到羞辱，感到愤慨，这一切并不是因为阿姆度，而是因为松鹤道长。

他们为这一个迟迟未曾出现的约战者是中原人、是正道泰斗而感到耻辱。

每一个中原人都感到耻辱，这已经不再只是高手相斗的意义，更是中外的对决，关系到中原武林的尊严，可是这个一直被武林人物所尊崇的正道高手居然失约了，丢的也不只是他自己的脸，更是中原武林的脸！

“真让人意外，中土武林竟都只是这样一些人，连你们最尊敬的正道第一人也只是个缩头乌龟，难道中土真的没人了吗？我贵霜虽无中土之富饶，但却都是一些勇士……”

“松鹤没来，我代他决战！”一声低喝打断了那贵霜武士的话。

“华山隐者！”有人立刻认出了那出言者。

华山隐者大步行至贵霜武士把守的路口，目光之中充斥着激愤而坚决的神采。

“你是崆峒派的人？”那名出言相辱的武士问道。

“不是，老夫乃松鹤的朋友华山隐者，我愿代他讨教你们贵霜国的武学！”华山隐者说得斩钉截铁。

“对不起，你并不是我们大使决斗的对象，也没有资格！”那名贵霜武士说得很不客气，似乎根本就没有将华山隐者放在眼里。

华山隐者大怒，冷冷反问道：“那要怎样才够资格？”

“如果你是崆峒派的长老，或者你自认武功能够与松鹤相仿，能代表整个中原武林，否则你请回！”那贵霜武士不愠不火地道。

华山隐者一时不知该如何回答，他自知自己虽是江湖中成名已久的高手，但是与松鹤之间尚相去甚远，而他更不是崆峒派的长老。是以，他确实不够资格，如果说让他代表整个中原武林，只怕那些武林同道并不同意。

华山隐者不由得将目光投向众武林豪杰，但这些人却低下头，避开他的目光。他明白，自己根本就不能够也代表不了整个中原武林，不由得叹了口气，目光有些怆然地投向上山的路径，可是他并未能见到想见的人，松鹤依然迟迟未曾出现。

“松鹤，你还要龟缩不出吗？你要中原所有人为你而受辱吗……？”

而此刻山下一条人影快速赶至，众人的目光都充满希冀地投去，但很快便失望，因为来者并不是松鹤。

“松鹤道长有信到！”那人快速冲上山，分开人群，来到贵霜武士相阻的路口肃然道。

那人对视了那贵霜武士一眼，淡淡地道：“我不是他什么人，只不过为他送点东西给你们大使而已。”

“送点东西？什么东西？”那贵霜武士疑惑地问道，这时他才发现此人手中提着一个小包。

“你们大使看了就知道，东西就在这里！”那人并不想直接回答。

“为什么松鹤自己不来赴约？”有人质问道。

“他来不了！”那人答道。

“为什么？”

“没有为什么，我只是做我该做的事，做完了我便该走了！”那人满不在乎地道。

“送上来！”阿姆度终于开口说话了。

那贵霜武士迟疑了一下，想说什么，但最终却并没有说，只是接过那人手中的小包送上了峰顶。

“松鹤还要我转告你一句话！”那人对峰顶的阿姆度喊道。

“什么话？”阿姆度也淡淡地问了一声。

“他让我告诉你，他这一生绝不会欠别人的承诺，也绝不会失约！”那人扬声道。

贵霜武士不由得都不屑地笑了，即使连中原武林人士都觉得这人说得不尽其实。至少，今天松鹤道长便已经失约了，这是不争的事实。

阿姆度还想说什么，但此刻那个小包已经打开了，只见几片断剑自包中坠落，他不由得低呼了一声："松鹤!"

绿林军每战皆输，当然，都只敢小量的骚扰敌军，却如蚂蚁撼大象，根本就不可能对王邑的百万大军造成任何损伤。

王邑的百万大军如巨大的车辙，所过之处，义军望风而逃，遇城破城，遇镇夺镇，王常和刘秀根本就拿其没办法。

在装备上，绿林军根本不能与王邑大军相比，王莽是聚集天下财力整军，而绿林军不过是由一群穷人所组织起来的，虽然有几大家族和富人的支持，但这十多万义军又怎能完全装备好?

本来有天机弩的优势，但不知为何，后期的天机弩竟无法供应上，同仁行突然不再供货，而王邑的大军之中也有不少天机弩。

后来王常和刘秀才知道，刘玄几乎是没有理由地对付同仁行，这使得同仁行撤走了所有的炼兵作坊，还将很大一部分天机弩卖给了洛阳，这使王常和刘秀极为惊怒。

他们并不是对同仁行震怒，而是对刘玄!

刘玄居然有如此好的合作伙伴而不利用，还逼得同仁行成了敌人，这确实让他们生气，再怎么说，同仁行与他们的交情极深，他们也记起了姜万宝当初的预言。

一开始姜万宝就不愿意与刘玄做生意，认为刘玄总会有一天要对付他们，要不是王常和刘秀，姜万宝和小刀六根本就不会与刘玄打交道。只是王常和刘秀没有想到，刘玄一称帝便要拿同仁行开刀，这使他们自己都觉得对不起姜万宝和小刀六，也难怪同仁行生气地将天机弩卖给了王邑大军。

王常和刘秀怪刘玄不知好歹，不该在这种关键时刻弄出这些乱子，可是事已成定局，谁也没办法，只好等着事态的发展了。

所幸，王邑的大军推进之速并不是很快，因为太过庞大，行军的速度自然要慢上许多，但这并不代表王常和刘秀会有机会。

王邑的大军距昆阳也不过百余里，两天便可到达，而先锋阳浚、陈茂已经在昆阳之外扎下了营，对昆阳的争夺也成不可逆违之势。

昆阳城城池坚厚，又有极深的护城河，倒是一座易守难攻的坚城，但是在王邑的百万大军面前，又能有什么作用呢？谁又知道可以撑上多久？要知，城中仅有九千人左右，相去何止百倍？

松鹤没有失约，如果在今日之前他不曾失约过，那么，他这一生确实不曾失过约。

那人回答过众人，松鹤来不了，并没有说假话。

松鹤是不能自己来，而是由那个人带来的。

那小包之中是松鹤的人头及其断剑。

松鹤死了，死人当然不能亲自走来，只能让人带来，但毕竟还是来了。

这是一个谁也没有料到的结果，松鹤居然死了，还让人送来了他的人头和断剑，这说明他仍记挂着与阿姆度的决斗，只是以另一种形式来实现这一承诺。

是谁杀了松鹤？天下间又有几人能是松鹤道长的对手？对方又为什么要杀松鹤？便连阿姆度也呆住了。

他有些怜惜，有些无奈，还有点感慨，本来对松鹤的恼怒化成了敬意，一个连死也不肯失约的人本就是值得尊敬的，尽管来迟了，但这不是他的错。

错在谁？没有人知道，或许谁都没错，江湖本来就是这个样子，有时候总会有一些人死得莫名其妙，死得没有理由和让人意外。不过，这次死的人——今天绝对的主角，是江湖人所关注的中心。

松鹤，本为一个高不可攀的高手，但是今天却只有一颗头颅来赴约，这真是一种悲哀，深沉的悲哀。

是正派甚至是整个武林的悲哀，一种极为沉重的气氛在天柱峰上空蔓延开来。

天快黑了，每个人都感到有些凉飕飕的。

那贵霜武士也有点傻了，他提着松鹤的人头，一时之间不知是放下好，还是包起来好。

阿姆度可以肯定这确实是松鹤的脑袋，而不是经人易容后制作的东西，但谁能够杀死这样一个超级高手呢？他放眼下望，那个送人头的人竟然已经不见了，显然是趁所有人心神放在松鹤的人头之上时开溜了。

阿姆度见过松鹤在赤练峰上的出手，知道此人的武功确实已超凡入圣，他也没有把握取胜。但他喜欢挑战，向极可能难的目标挑战，可是如今松鹤居然死了。

如果这人能杀松鹤，便自然也能杀他。如此看来，松鹤在中原确实不是武功最高者，不过，也许松鹤是被人联手所击，或是被人暗算，这也是有可能的。

“打开那包！”阿姆度似乎突然发现了什么，吩咐道。

那贵霜武士一怔，旋又立刻依言打开了包裹，竟发现其中有一行血字。

“崆峒掌门不过尔尔，约战武当形同儿戏，枉江湖无能之辈还煞有其事，真是笑煞本尊，故割下松鹤之首，以敬天下，作为本尊复出之礼。”

属名为“邪神”！

阿姆度的脸色极为难看，这书写血书之人真是太狂了，可以看出此人正是杀松鹤者，他不由得喃喃念着这个名字：“邪神！邪神——”

邪神复出，邪神复出……

武当山上的众武林人物内心泛起了一层寒意。

邪神一出便杀了松鹤，昔年松鹤的师尊与邪神并列天下第二，松鹤不敌邪神也并不奇怪，只是潜隐了这么多年的邪神居然再次复出，这怎能不让人吃惊？

邪神杀松鹤，就只是因为武当山之战这么简单吗？二十年前的邪神虽然在江湖之中极为狂傲，行事出人意表，乖张而古怪，但那候的江湖之中有武林皇帝在，邪神虽狂，却绝不敢太过分。

江湖各路人马，在有武林皇帝的日子里，绝没人敢太过张狂，否则，他便只有自这个世间消失。没有人能够与武林皇帝争一日之长短，可是说武皇乃千百年难得一遇的不世奇才，即使是邪神与之相对，也得行礼问安。

有人传说，在当年武皇七破皇城之时，便与邪神大战，而杀了邪神；也有人盛传邪神与杀手盟联合对付武林皇帝刘正，于是双方大战之下两败俱伤，邪神和杀手盟从此绝迹江湖，而武林皇帝还去了一趟泰山，于泰山之战后隐迹江湖……

传说毕竟只是传说，没有多少人知道事情的真相，也没有几人明白为什么当年武林皇帝七破皇城后不杀王莽，而让其安心做了近十年的皇帝。

但对于当年武皇七破长安城的旷古绝今之战，仍不会有多少人忘怀。

当年许多幸存的人亲身经历了那种永生难忘的场面，只有他们才知道那究竟是怎样的一种境界，怎样让人叹为观止。

也许是因为武皇刘正杀人太多，所以才隐退江湖以静心神。

如今，邪神重出，又有那杀手盟重现江湖，可是武皇刘正已经不在，江湖之中，谁能是邪神敌手？谁能力拒邪神的锋芒？

武当山风云也便这般散去，留给人们的却是遗憾和悲愤。

对松鹤之死，悲愤者大有人在，今日前来武当山的许多人中，就有松鹤的至交，他们怎也没想到松鹤居然遇上了要命的邪神，在悲愤之余，又无可奈何。

谁能是邪神的对手呢？连松鹤都不是其敌，其他的人则更不可能。再说，邪神的踪迹谁能找得到呢？

阿姆度也感觉受到了污辱，他与松鹤的决战居然被说成儿戏，这个所谓的邪神也确实是欺人太甚。他为这场决战准备了数月之久，却被邪神一下子搅乱，这怎叫他不怒、不恨？但是松鹤既死，他还有什么必要再留在武当山？而且这一事件证明，松鹤根本就不是中原最强的高手，即使是与之决战，也失去了本质上的意义。

华山隐者收回了松鹤的头颅和断剑，然后一切便这样安静地散去。

武当山依旧，只是天已经黑了，黑得有些厉害。在武当山上燃起了许多的篝火，并没有多少人急着赶下山，但在这片山林之中，似乎弥漫着一种特殊的杀机，抑或是一种死气。

戚成功感觉好多了，只是身上的力道尚没有完全恢复，知道这是余毒未清，但他已经可以走动了，心中却想着武当山上的事。

现在已经是夜晚，武当山的盛事是否已结束呢？两大高手的对决又如何呢？他本想去武当山找松鹤，因为他死去的父亲与松鹤有很深的交情，他要向松鹤学武报仇。可是他居然错过了这次盛会，错过了观摩两大高手对决的精彩场面，不免有些遗憾和惆怅。

这是一艘大船，戚成功在窗口处可以看到那在夜色之中如墨色的水，还有鳞光，那是灯火辉映的色彩。他本想到舱外走走，却被那驼子阻住了。

驼子仿佛是个影子般，这让戚成功微微有些不快。不过，驼子的理由是，在伤势没有完全好的时候不能够吹风，那样只会使毒性无法彻底祛除。所以，戚成功只好呆在舱中，至少，驼子的理由是为他好，只是，他对这船主更生了许多的好奇，没想到自己竟昏迷了两天。

另外，这刀的原主人又怎样了？残血毒昏了他，这刀主在当时受创极重的情况下，会不会死在了残血的剑下呢？他有些心急，尽管他问了这驼子两次，可是驼子仅只是让他安心养伤，似乎并无意告诉他太多的事情，这让他光火，可是却也无可奈何，人家毕竟是他的救命恩人。

不过，戚成功可以看出，这个驼子的手脚极为利落，端茶倒水，甚至是灌药之时的动作充满了力感，一双手的十指粗而短，像一根根铁杵。他知道，这个驼子绝不简单。

驼子不简单，那主人呢？

戚成功想知道答案的时候，驼子又进来了，告诉他，主人有请。

戚成功顿时大为兴奋，终于可以去看这驼子的主人了，他倒是真的很想知道这神秘兮兮的主人究竟是怎样的一个人。

在黑暗之中，戚成功看到了另一艘大船，与他这艘船相距数十丈而泊，船上灯火清淡，却能够将整艘船收于目光之中。而在这一刻，戚成功才发现自己这艘船有一根大桅，长达四丈，是一艘颇大的商船，但驼子并没有在这艘船上停留，而是跃上系于船边的一只小木舟之上。

戚成功也跟着下了小木舟，他已隐隐猜到驼子的主人可能是在另外一艘大船之上。

他果然没有猜错，小木舟靠在那艘大船边，他这才发现这艘大船要比他住的那商船气派多了，足足有七丈之长，三桅大帆，双层楼船，一切都极为考究，而且这还是一艘大型战船。

戚成功有些意外，这驼子的主人所用的竟是一艘极精良的战船，那么这个人又会是谁呢？谁有这么大的气派？难道会是绿林军之中的大帅，否则怎会如此张扬？

“就是他？”在大船船舷边出现了一个侏儒，望着小舟上的驼子淡然问道。

“是的！”驼子回答得很恭敬。

戚成功差点吓了一跳，待他看清楚了才知道这个侏儒并不是当日在燕子楼中所见到的晏奇山。但直觉告诉他，这侏儒身上有股独特的气势，尽管身体有缺陷，却让人不敢小视。

“戚公子请随我来！”那侏儒向戚成功拱了一下手道。

“这位兄台如何称呼？”戚成功忙问道。

“你叫我鲁青好了！”侏儒应了一声，便领头前走，步履若飘，轻快而悠然，这使戚成功有些吃惊，但他依然随鲁青之后快步跟上。

大船上守卫颇严，他看出这些人竟然是江陵军的战士，这让他更意外，难道说救自己的人居然是江陵军的首领秦丰？难道秦丰当日也在谷城？这确使他有些意外。

江陵军战士见到鲁青皆点头致意，鲁青绕了半圈，最后朝舱底行去。

下到舱底有两道楼廊，而守在门口的却是两个佩剑的中军。

戚成功仿佛嗅到了来自这两人身上的杀气，就像是两柄巨剑竖于门口，让戚成功微微有些凛然。

鲁青很坦然地步下底舱，戚成功也跟着下到底舱，却见底舱极考究，地面铺着地毡，桌几俱全，几根巨烛使底舱亮如白昼。

“是你?!”戚成功走入底舱中便不由意外地低呼了一声，怔立当场。

只见底舱之中，席地而坐着一人，在此人两旁却立着一名秃头的大汉和一名干瘦的老头，另外还有两个小婢跪坐于此人身前小几的左右。

这人居然便是当日赠刀的林渺！这怎不让戚成功感到意外？

“请坐！”林渺淡然一笑，很客气地道。

一旁的两名小婢立刻斟上一杯茶。

鲁青大步走到林渺身后悠然而立，却与坐在地上的林渺差不多一样高。

“就是你救了我？”戚成功讶异地问道，同时也有些不自然地坐在那铺有毛毡的舱板上。

“是我的人救了你，不是我。”林渺惬意地笑了笑道。

“那结果也是一样，不知兄台尊姓大名？”戚成功不以为意，恳然道。

“我叫林渺，其实，那日若不是你出手，我也已经是个死人了，你救了我，我也救了你，也便是说我们已经互不相欠了，所以戚兄不必客气！”林渺坦然一笑，端起茶杯做了一个“请”的姿势。

戚成功一惊，讶问道：“你就是枭城城主林渺？”

“正是在下！”

“戚成功真是有眼不识泰山！”戚成功忙放下茶杯行了一礼道。

“小小一座枭城之主又何足挂齿？我找戚兄前来，是要告诉戚兄，明日我们就要弃船上岸了，特与戚兄道个别。”林渺淡然道。

“哦，城主要北上吗？”戚成功问道。

“不错，明日船便可至襄城，我要改走陆路，戚兄伤势尚未完全恢复，你可以随秦雄将军的船回南郡，至于找杀手残血之事，便待他日好了！”林渺平静地道。

戚成功竟有些不舍，望了望身边的龙腾刀，不由得双手奉上道：“这刀，还是还给城主，如此宝物，戚成功担当不起！”

林渺将之推回道：“刀只是死物，人才是活物，有刀与无刀对我来说已经不是太重要，既然已经送给了你，自然不能再收回，只望你不要辱没了此刀就行！”

戚成功有些感动，道：“可是无功不受禄，我怎敢受之？”

“戚兄还当我是朋友吗？”

“自然当！”戚成功肯定地道。

“那就好，朋友与朋友之间用不着客气，你如果这般推托，就太不够意思了。也许将来，我也会有请你帮忙的一天，只有有了这柄刀，你才能报得了仇。这柄刀中烙有我的记忆，你须好好利用才是！”林渺坦然道。

戚成功想到那日自刀中传入心灵的奇异感觉，也正是这种感觉使他击败了杀手残血，不由忖道：“难道这便是他的记忆？”心中大惊，他从没想过，一个人可以把记忆存于刀中，那这柄刀岂不是也具有生命了？他正欲说什么，林渺突然摇了摇手，神色变得凝重起来。

戚成功一怔，却不明白是怎么回事，鲁青已经疾速向船舱之外掠去。

“主公！”铁头低唤了一声。

“该来的终究会来！”林渺淡淡地吸了口气，悠然品了一口茶道。

与此同时，林渺的话音刚落，奔出去的鲁青的身子已经倒弹而回，在舱板之上倒翻几个筋斗才站稳脚跟。

舱中众人皆大惊，而便在此时，一缕笑声自舱外廊道上传来，舱内的烛焰跳动了一下，便见一条高大的人影悠然步入底舱。

“摄摩腾！”林渺略感意外地叫了声，同时身形也立了起来。

鲁青又如风般再次攻上，他似乎并不畏惧这个对手。

“住手！”林渺唤了声。

鲁青的拳头在只距摄摩腾半尺之处停住，摄摩腾眼睛都不曾眨一下，更没有还手和闪避的意思，似乎料定鲁青这一拳打不下去一般。

“退下，这位是我们的朋友！”林渺向鲁青吩咐了一声，旋即向摄摩腾拱手道：“大师请坐！”

摄摩腾爽然一笑，道："阿弥陀佛，谢过了！"

众人只觉颇为怪异，这种口号让他们弄不懂什么意思，但也都明白，这个行者并没有什么恶意，否则的话，鲁青只怕已经不能站着了。

"不知大师大驾光临，有失远迎了！"林渺客气地道。

"林施主何须如此客气？小僧深夜来访，实是于礼有所不周，还请林施主勿怪才是。"摄摩腾也极客气地道。

"能得高人造访，本已是幸事，怎敢有相怪之意？"林渺笑了声，随即向一旁的小婢道："给大师斟茶！"

小婢极为乖巧，迅速给摄摩腾斟上了一杯香茶。

"前日在谷城目睹大师武功，果是域外高人，今日得见，才知大师不仅武功超卓，更是瑞气罩身，如沐春风，想必大师已得佛缘了！"林渺打量了摄摩腾一眼，由衷地道。

众人皆有同感，摄摩腾步入舱中，带来的是一团和气，使每个人的心在突然之间变得安详而平静，仿佛有一股奇异的力量悄然洗涤了在场每一个人的内心。

"林施主果然眼力非凡，小僧虽尚未得佛缘，但已得我佛眷顾，初通我佛之法，故能和气外生，看来林施主也是我佛有缘之人！"摄摩腾淡然一笑道。

林渺不由得也笑了，道："我仅闻佛之名而未睹佛之貌，听佛之法，何会是与佛有缘呢？"

"缘本无形，佛也非佛，仅善心而已，心存善念者即是与佛同在，念佛之法万遍不若行善事一件，佛者，在心中寻！所以，小僧才说林施主与佛有缘。"摄摩腾悠然道。

"哦？"林渺不由得大感兴趣，这确实是他所听过的极新鲜的说法。

"佛即善心，那岂不是人人都可以成佛？"林渺笑问道。

"佛即众生，众生即佛，自然人人可以成佛。"

"可是我们为什么都是凡人？为什么只你们身毒国才有佛呢？"那一直在林渺之后沉默的干老头也突然开口道。

“之所以是凡人，是因为我们心中不仅存在善念，也同样存在着恶念和杂念。佛若心，一念恶，便不是佛，念念皆善方是佛，这也便是凡人与佛的区别。若说佛仅在身毒国，那是因为不知佛，佛是无处不在的，只是各地的叫法不同，或是不知定义而已。”摄摩腾不慌不忙地解释道。

“何以能成佛？何以能念念皆善呢？”林渺淡然问道。

“成佛须修持，无欲无求，静心守行方能明善恶，去恶存善，以慈悲为怀，则与佛不远也！”摄摩腾淡淡地道。

“如果天下人皆成了佛，那会是一个怎样的天下？”林渺又问。

“那天下将是一片乐土，相敬相爱，无仇怨战争，无勾心斗角，无患得患失，更不会有红尘之苦海……”

林渺听着摄摩腾一长串的描述，不由得笑了，反问道：“无欲无求，何以能使后代繁衍不衰？何以能使社会进步？昔日古人以石为器，刀耕火种，长年累月，得五谷不能裹腹，而今铁器盛行，牛马耕种，省下人力而得五谷丰收，无欲无求能行吗？”

摄摩腾依然平和地笑了笑，道：“无欲无求只是修行的过程，善念才是因果，社会的进步也是因果所在，牛马代人，铁器胜石器，这是事实。但铁器用来杀人，用来便利战争，这却是恶念，若是只为百姓之福冶铁造器，也是善事，佛也会做。无欲无求却并非不吃不喝，修行自身固然重要，关怀众生才是最终的目的。佛即是要普渡众生，可为众生之福自下地狱。佛曾曰：‘我不下地狱，谁下地狱？’”接着摄摩腾又讲了佛祖割肉喂鹰之事例。

众人听得倒也颇有感慨。

林渺也感觉这行者颇有些意思，能言善辩，但又似包含着一些道理，至少听摄摩腾讲佛比苦尊者讲其什么欢喜禅要顺耳得多。这摄摩腾似是看过大量的中土史卷，而对身毒等国的历史也极了解，说起来旁证博引，有时拿先秦人物与佛祖求道时的经历相比，把一个个道理以故事的形式禅述出来，确实是极为吸引人，更让人对佛祖求道的经历极为向往。

当然，对于许多问题来说，林渺自也意识到其不现实的可能性，但他却不能不承认，佛法是一种很有吸引力的思想。至少，他不会讨厌这种思想。

林渺对这摄摩腾的才华也极欣赏，一开始他便对这个两次反出师门的行者有兴趣，今日一见，果然是难得一见的奇人，也难怪让婆罗门的圣尊看中。

“大师今日来此，想必并不只是为了传播佛法吧?”林渺待摄摩腾讲得差不多的时候，淡淡地问道。

“林施主所说正是，前日若非林施主出手相助，小僧根本就不能摆脱四谛尊者的纠缠，今日之来，也是要谢谢林施主的援手之德。”摄摩腾道。

“这也许正是大师所说的因果，我本无意出手救大师，一切只是偶合。所以，大师要谢，便谢谢佛祖吧。”林渺并不在乎地道，只是他有些奇怪，那日他只不过是出手击败了丘鸠古，根本就不曾惹过四谤尊者几人，又怎会是救了摄摩腾呢?

前日空尊者这么说，现在摄摩腾也这么说，这倒让林渺有些糊涂了，不过，摄摩腾应该不会说谎。

“虽是因果，但若无林施主，此果也无法结出，自然要感谢施主了。闻前日施主受了重伤，是故小僧特来看看。我这里有颗大还丹，能治任何内伤，如施主不嫌弃的话，服下此丹，在十个时辰中任何内伤皆可痊愈!”说完摄摩腾自怀中很小心地掏出一只小锦盒，再小心地将之打开。

顿时底舱之中漫出一阵奇异的清香，嗅之只让人心旷神怡。

盒中放着一颗几近透明、有如龙眼般大小、珍珠般色泽的药丸。

“好药!”那立于林渺身后的干瘦老头不由得脱口赞道。

“这是我自身毒带来，由我师尊伽愣大师亲自配制而成的奇药。师尊一生中也只配制了十八颗，这是我对林施主的一点谢意，还请收下!”摄摩腾很客气地道。

“啊，我怎敢收此大礼?”林渺有些吃惊，他自也明白此丹丸的珍贵之处。

“此乃身外之物，对我来说已用不着，相信林施主定能派上用场。”

“我的伤势已差不多痊愈，也用不着此物，我看还是大师留着吧。”林渺客气地推辞道。

摄摩腾淡淡一笑，道：“我与林施主一见投缘，我乃出家人，方外之人不用担心自己的安危，而林施主却是万金之躯，要为枭城乃至天下百姓着想，他日想必定能用得上它！”

林渺见摄摩腾说得那般诚恳，知道再推辞也不好，便接下道：“那就先谢过大师了，只是我尚有些不明白，前日我只是出刀，并未相助大师，为何你们都说我相救大师呢？”

摄摩腾笑道：“四谛尊者所用的武功乃是四象阵法，在他们四人合力的情况下，足以牵动虚空中那层奇异的力量，如织天罗般将我罩于其中，我左冲右突并不能冲出包围，但你及时出刀，牵动了那股神秘力量，使四象阵露出一丝破绽，我才会有机会逃出。那四个家伙的功力越来越高了，看来他们是真的要抓我回去！”

“难道你真的犯了婆罗门的教义，做了什么有损婆罗门的事？”林渺微感惊讶地问道。

“因为佛教与婆罗门在近百年来一直都是处于不睦的状态，而他们又很看重我，所以，我转入佛教，这使婆罗门的圣尊极为恼怒……！”

“他们也未免太小气了，你来到了中原，居然还要追到中原！”林渺有些不以为然地道。

摄摩腾涩然一笑道：“这并不能怪他，因为我也有错，我本是圣尊的妹夫，我前来中原，也是为了能够避开那个女人，静心地宣扬佛法，所以，他们也就追来了中原！”

林渺大感意外地看了摄摩腾一眼，道：“原来如此。”

摄摩腾立刻又变得坦然而平静，望着林渺道：“我要走了，他们很可能很快就会追来！”

“那我就不送了！”林渺拱手道。

于是，摄摩腾走了，跟来时一样神秘，门口两名剑手的穴道也被解开了，来的时候，摄摩腾并没有惊动什么人。

林渺的心中却对那些精彩的话有点回味，这僧人确实很有意思，至于对婆罗门和佛教之间的关系，他并不是很在意，那只是那群域外游民的事，眼下他却是要回枭城。

摄摩腾居然知道他受了伤，看来这僧人确实有一手。他望了望手中的大还丹一眼，并不想服下，尽管伤势尚未痊愈，但却已无大碍，这灵丹服下去只怕是有点浪费，所以，他留着。

雷霆威那一击确实足够沉重，不过，幸好林渺已经习惯了他的那种掌力，是以并不能将他怎样，有这两日的安心休养，已好了个七七八八。他也惊讶自己的恢复能力，居然能够以这种速度恢复伤势。

“摄摩腾能够找到这里来，那么雷霆威也一定能找到！明天一早，我们便动身！”林渺淡然吩咐道。

“雷霆威只不过是一个人，若他敢来，以我们的力量足够对付，又何用担心？”铁头有些不甘心地道。

“他虽只有一人，但别忘了杀手盟幸存的并不只有他，而且这里是刘玄的地盘，我们不能暴露行踪，否则休想离开南阳！”林渺吸了口气道。

铁头顿时沉默了，他知道刘玄绝不会轻易放过林渺。

“我们为什么不去揭穿他与魔门之间的关系？”鲁青大感愤怒地问道。

“没人会相信，因为我们根本就没有证据，他现在是更始皇帝，而我们只不过是一些外人而已！”林渺不以为然地道。

戚成功有些意外，但他觉得林渺行事有点怪，而且似乎又是在困难之中，不由道：“不知有没有用得着我的地方？”

林渺浅浅一笑道：“不必，我们的事自己会解决，目前你最好是养好伤再说。”

“送戚兄弟去休息！”林渺淡淡地吩咐了一声。

戚成功没料到林渺会拒绝他，而且这么快便下逐客令，他想说什么，却又咽了回去。

鲁青领着戚成功走出了底舱，林渺的心神竟有点不安，他本想找寻藏宫，以弄清梁心仪的生死，但眼下却不得不暂时放弃。

林渺知道，这一生中对他最重要的女人就是梁心仪，至少，到目前为止，她仍是他爱得最深的人。现在宛城中的一切消息都断绝了，想派人在宛城找昔日孔森府上的家人都极为困难，否则，也许便可自这些人的口中查出梁心仪是死是活的消息。

这个消息对林渺来说确实很重要，不过，有时候林渺自己都觉得自己对女人太在意。也许有一天，他会在女人手中吃亏，但这也许是命中注定的性格，如果他是无情之人，或许也没有今日的林渺了。

“驼子船上起火了！”鲁青急急忙忙地赶入底舱中道。

林渺吃了一惊，问道：“怎么回事？”

“不知道，驼子不在船上！”鲁青道。

林渺赶出船舱，立于甲板之上，果然发现那艘单桅大船之上已经火势冲天，似乎有人影在晃动。

“主公！”驼子脸色变得很难看，叫了一声。

“船上有多少人？”林渺冷冷问道。

“船上只有二十几位兄弟！”驼子报道。

“洞庭二鬼不是都在船上吗？怎么会起火呢？”铁头讶异问道。

“快去救火！”秦雄也赶了出来，呼喝着这艘大船上的战士道。

大船之上，立刻有人乘小船向那着火的商船靠去。

“让他们回来！”林渺低低喝了一声。

众人不由得都为之愕然，秦雄讶问道：“那船上有数千两银子的货物，难道就让它们烧掉？”

林渺吸了口气道：“便是救也救不回来。”

“为什么？”秦雄讶异问道。

“有人故意纵火，他便是要引我们去救火，否则，船上的二十几位兄弟怎会全都没有动静？因为他们已经死了！”林渺沉声道。

“有人故意纵火？这是为什么？”

“因为他不敢直接在我们这艘船上纵火！”林渺答道。

“是雷霆威?”鲁青突然想到了什么道。

林渺点了点头，道：“除了他还会有谁?”

“杀手之王?”秦雄吃惊地问道。

“不错，就是他！不过，他的目标是我，想引我出来，但我会让他失望的!”林渺吸了口气，有些恨意地道。

“回来!”秦雄听到这里，顿时将已快驶到那艘商船边的江陵军喊住。

那些人弄不明白是怎么回事，明明是叫他们去救火，可是到了船边又要把他们唤回来，这不是有些矛盾吗?但是既然是秦雄的命令，自然不能违逆，只好又把小船驶回。

林渺眼角露出一丝难以察觉的杀机。

那艘商船在众人的眼皮底下燃烧着，照亮了整个河面，然后船体慢慢倾斜，没有惨号声，也没有人跳入河中，这一切只能证明林渺的猜测是正确的，商船上的人已经被杀，只有死人才会不怕火烤。

那些返回的小船陆续靠上大船，江陵军战士也攀爬上舷舱。

第七十章　百万大军

林渺目光悠然投向一只靠在舷角处的小船，突然笑了，道："那位兄台最好还是别上来，上来你讨不了半点便宜！"

"哗……"林渺的话音刚落，那只小船倏地破水飞起，直撞向大船的舷壁。

江陵军战士大吃一惊，秦雄也吃了一惊，要是那只小船撞上了舷壁，定会撞穿侧板进入底舱之中。

只看这连人带船的飞撞之势，便可知这人的功力深不可测！

"哗……"水中突地冲出两个人，正在那小船的左右，并紧抓住离水的船舷。

"哗……"小船在两人的牵扯之下竟然脱开那人的身子，再次坠入河水之中。

秦雄一惊之时，顿喜。

铁头已如苍鹰般，巨大的铁桨当空向那人击落。驼子也在同一刹那间出手，他的速度绝不比铁头慢，虽在气势上无铁头那一往无回的感觉，但却也风雷隐动。

鲁青动了，还有林渺身边的那两个剑手也在同时出手。

目标，正是那被架空、不得不落上船舷的江陵兵。

那当然不是江陵兵，江陵兵没有这般身手。既然对方不是江陵兵，那自然就是烧船的凶手！

对于凶手，无论是谁，铁头绝不会放过！他是渔民出身，爱船惜船，同时他也是个粗人，所以珍惜兄弟，而这人不仅烧了商船，还杀了人，这怎不叫他大怒？所以毫不犹豫地出手了。

林渺没动，没必要让他出手，在这艘大船上，有的是高手，而水中还有洞庭二鬼。

洞庭二鬼没有死，只是在水中，这使林渺稍稍放心一些。

秦雄本来想出手，但是见这么多人出手，他也便没动，众江陵军战士也立刻围了上去。

“轰……”铁头的铁桨落空，但那人还没来得及给铁头致命一击，驼子的拳头已经攻到，然后是鲁青的青锋钺和那两柄剑。

这一切都是接踵而至，如河水中的浪头，一层接一层，不给那人半点机会。

“砰……”驼子的拳头被弹回，如球一般倒滚了几圈，撞在大船的一根柱子上，又立刻如球般弹出，再次攻向那正处于众人夹击的对手。

“果然是你！”林渺冷冷一笑，他认出了那正在五位高手夹击下的人正是阴魂不散的雷霆威！

雷霆威似乎也没有料到林渺居然识破了他的伪装，他本想借黑暗之利混上这艘大船，却被林渺发现，他只好硬来了。

对于雷霆威，林渺有一种特殊的感觉，因为每一次与雷霆威交手，他总会处在生与死的边缘，因此在内心的感觉上，对雷霆威的存在比任何人都敏感，那是一种浓浓的危机感。

“嘶……”一声轻微的破空之声在林渺的身后响起，一道暗影如入林之夜莺，以惊人的高速自大船的顶端向林渺撞到。

而在此时，林渺突地转身，如身后长了一双眼睛般。

在转身的同时，凭空多出了一柄剑。

剑，如刺入夜空的闪电，在黑暗之中划起，灿烂明艳的弧光直迎向那自上而落的暗影。

秦雄再惊，他并不是第一次见林渺出剑，但是仍为林渺这横空出世的一剑所震撼。

“叮……”虚空之中擦出一缕火花，两柄剑交错而过。

“噗……”自上而落的剑没入林渺的肩头，而林渺的剑则刺入了对方的胸膛。

但林渺却为之色变，因为他感到剑尖所触竟是一块极硬的铁板，而不是肉体，他甚至听到了一声清脆的金属声响。

林渺的剑身一弯，又立刻曲弹而起，那人竟被林渺的剑气震得倒弹而出，其剑顺手拔了出去，带起一蓬血雨。

林渺闷哼一声，踉跄退了两步，伸手捂住肩头的伤口，这时他身边的干瘦老头已出手了。

老头手中不知何时多了两杆短枪。

愤怒的人，愤怒的枪，在微暗的虚空之中抖起两缕暗淡的光影。

秦雄也吃了一惊，他惊的是对方一上来竟以同归于尽的战术，以招换招，这确实大大出乎他的意料之外。而更让他意外的是，林渺明明刺中了对方的胸膛，可是此人居然连一点事也没有，林渺的剑上也没有血迹。

在秦雄的眼中，林渺对刺客存在的反应速度是超乎寻常的，而且他出手还击也是完美的，只可惜他们都错估了这刺客的狡猾和狠辣。

林渺对这刺客的存在并不意外，只是他并没有放在心上，依常理来说，他根本不在乎这刺客的存在，即使是雷霆威也一样。但是他没有料到这刺客一开始便是以同归于尽的打法，而且在胸前置放了一块铁板。

刺客的狡猾让林渺吃惊，似乎早就算准林渺在同归于尽的打法中会刺中他的胸膛，是以准备了铁板，但林渺没有准备，这是意外，所以林渺受了伤。

林渺有些愤怒，那刺客似乎也有点意外，他的偷袭居然只是在林渺的肩头留下一道深才三寸的伤口，这并不是他预料的结果。因为他杀人从未失手过，往往总是一击致命。他是一个很会把握机会的人，可是这一次却是意外，所以他也有些吃惊。

林渺的剑没有刺入他的身体，但是他却感到一股奇异的寒气透入体内，让他忍不住打了个寒战。他从未体验过这般滋味，是以他的剑也不能在林渺的肩头留下更深的伤痕。

“叮……叮……”干瘦老头的双枪在空中交错，快速地与刺客连击了数下。

这时，秦雄的矛已经捅出。

秦雄的矛有着洞墙穿石之威，这名刺客居然在他的船上伤了林渺，这使他很是恼怒。

秦雄敬佩林渺，不只是因为其才智武功，更是因为林渺救了他和他的一干手下。林渺是他的恩人，是以他才会不管林渺是不是刘玄所要的人，而让其留在船上，可是这些人居然欺到江陵军的头上，这怎叫他不怒？

秦雄出矛的时候，干瘦老头的身子已被震离了甲板，向河水中落去。

刺客的武功比干瘦老头要高出不止一筹。

“啪……”干瘦老头在空中竟将双枪接上，然后以长枪的枪头击在舷板上，身子再借力弹上虚空，长枪化成点点星雨自上空洒下。

“好枪法！”秦雄不由得赞了一声，他已与那刺客交手数招，只觉对手的剑极端沉重，而且剑式十分诡异，这让他想起了一个人——玄剑！

玄剑乃是当年杀手盟中的用剑高手，以一击致命而著称的可怕杀手，其剑极重，所以称之为玄剑，没有人知道其名字。

一矛一枪，两件长兵刃纠缠着刺客。在秦雄想到这个人的时候，那干瘦老头已呼出了这个名字。

“玄剑！”

林渺知道了这个人的身份，一个比剑无心更可怕的剑客，尽管人们评价此人的剑法不如剑无心，但这人杀人的本领却胜过剑无心。

这一点林渺也不能不承认，此人居然用狡计骗得同归于尽的打法，而使他一击受伤，这有点冤，但是这也只能怪自己马虎大意了点。

还有两大杀手未曾现身，幸存的六大杀手已有四位现身。除鬼影子、剑无心已死之外，至少还有四个绝对可怕的高手。

事实上，林渺已经估计到雷霆威再来时可能不只是一个人，但却没料到如此快便带着另一人来了。

雷霆威以一敌五，依然是毫无惧色，但却也不能讨到什么好处。尽管如此，仍不能不让人骇然。

洞庭二鬼也迅速跃上船来，加入秦雄对付玄剑的行列。

四人联手顿时形势大改，玄剑也显得吃紧起来。

大船却是跟着遭殃了，但一时之间双方尚相持不下，这两人毕竟是二十年前不可一世的杀手，尽管息隐了二十载，但是其杀手之威依然存在，而武功更是胜过当年。或许在杀气方面不如当年，可是武功更精纯，功力更深厚。

玄剑似乎明白，在一击未能对林渺致命的情况下，今天便不能再有机会，这船上的强手极多，虽然单打独斗无人能与之相抗衡，但是没有人会与他对决，数位高手联手他们便没有胜望，即使是以武皇刘正之勇，当年也在十二大杀手的联手之下身受重伤。人多，毕竟还是一种优势，至少在双方的实力相去不是太远的情况下是如此。

林渺好整以暇地包扎好肩头的伤口，倒上生肌止血的金创药，这一切都有人给他做得很细致入微，但他的目光却半刻也没有离开过玄剑的剑招。

林渺没有出手，或是暂时并没有出手的欲望，他只是在看，做一个旁观者自然要轻松多了，但每个人都可以感受到来自林渺身上的杀气。

而这股杀机越凝越强，越敛越沉，使得夜风有点寒凉。

玄剑感受到了林渺的杀机和目光，林渺的目光仿佛是他内心一个永远也摆脱不了的阴影，像是一个恶梦，初始时还没什么，可是到后来他竟有点心头发寒。他无法明白怎会对这个年轻人的目光有这样奇特的感受。

雷霆威似乎也已经感觉到这次的任务是不可能完成了，他此次的目的只不过是想制造混乱，而让玄剑趁乱偷袭，对林渺一击致命。但是却没料到玄剑的那一剑并没能重创林渺，这多少让他感到有些意外。

当然，很多时候都会出现意外，这一刻他才发现，此刻的林渺实比他想象之中的要可怕得多，甚至有点高深莫测。

玄剑并不想太过纠缠，那对他并没有好处，林渺一直都未曾出手，但他相信，那道剑伤并不是阻止林渺出手的原因。也便是说，林渺不出手只是另有原因，或许只是在等待机会，一个一出手便可以致命的机会，这种意图自林渺的目光之中很清晰地便能够捕捉到。是以，玄剑并不想在这里太过纠缠，更不想给林渺任何机会。

玄剑在双方抢攻一百余招后，终于找到了一丝空隙，于是他毫不犹豫地自大船船顶向河水中跃去，同时还踢出了一块木头。

“哗……”大船顶舱突地爆开，玄剑的身子正在虚空之时，舱内一道刀光以让人吃惊的速度破出，森寒的杀气几乎使虚空的每寸空间都裹上了一层严霜。

玄剑不由得暗叫了一声：“好刀!”

刀是好刀，刀法也不错，而且这一刀把握的时机也是恰到好处。

这让玄剑有些头痛，他本不想在此纠缠下去，可是在某些时候总由不得他选择，所以头痛。

“铮……”刀与剑在虚空交击，两道身影皆向后跌去。

出刀的人自然是戚成功，但是他的功力并不能与玄剑相比，在强大的反震之下，他竟跌了回去。

玄剑则只是借力更快地向河中跃去，但他还忽略了一个人。

那便是林渺!

林渺，一个绝不能忽视的人，他在一边沉默了那么长的时间，绝不会这般轻易地放过这个伤他的刺客。

玄剑刚挡开戚成功的刀，林渺的剑便已经到了，自一个极为诡异的角度，更以快得不真实的速度击出。

玄剑曾偷袭林渺，此刻林渺也不在乎趁人之危，这很现实，不是生便是死，江湖中的规矩是人定的，那么也可以由人去破坏和更改。

玄剑有些吃惊，林渺这一剑竟似乎是针对他可能出现的一百个破绽而出的，而且似乎已经算准了他可能会怎样出剑。

“叮……”林渺的剑斜挑，再次与玄剑的剑擦过，但这次玄剑的剑并不能落在林渺的身上。

玄剑骇然，在虚空中扭身，如水中之鱼一般竟横移而开，依然是落向水中。

林渺一剑刺空，身子也随之下沉，虽只单手，但其剑势依然犀利至极。

玄剑落在河面之上，却并未沉没，而是在浪尖上退了两步，但便在他退出两步之时，黑暗的河面竟伸出了一双手。

一双要命的手！

确实是一双要命的手，居然在这要命的时候抓住了玄剑的双足。

玄剑想甩掉这双手，但是他却没有机会，因为林渺的剑又到了，而且是以快得让他没有半点空闲的速度。

“叮叮……”两柄剑在虚空中交击了八下，第九下并不是金铁交鸣之声，而是玄剑的惨哼。

玄剑的双足不能移动，而且还正向水中沉去。他如何能够阻挡林渺这一阵快剑？林渺一剑便差点划开了他的胸膛。

鲜血染红了河面。

林渺欲再出剑，但在此时，他只觉一股锐锋自侧方袭至。

秦雄惊呼了声：“小心！”

林渺并不是个大意的人，他从来都不觉得有谁的命比自己更值钱，是以，他绝不会傻得与玄剑以命换命。

“当……”林渺旋身回剑，那自侧方射来的物体在剑身上擦出一簇火花，强大无匹的冲击力带得林渺不能自制地跌落水中。

“哧……”那射向林渺的东西竟是一支利箭，足以洞金裂石的箭。

林渺骇然，秦雄骇然，所有的人都大为吃惊，而便在他们吃惊的那一刹那，一道幽灵般的影子自黑暗中窜出。

影子并不是攻击林渺，只是一把抓住了玄剑的手。

“哗……”水面顿时暴起，玄剑的身体如同自地里拔出的萝卜般自水中冲出，带起一蓬水花，而抓住他双足的那双手的主人竟也在刹那间被带出了水面。

那人如一只抢食的呆虾，在破出水面的那一刹才知道骇然松手，但在松手的同时，仿佛感到一股巨大的洪流自玄剑的足下冲入他的体内，忍不住喷出一大口鲜血，闷哼着落入河水中。

“季步！”肖忆吃惊地叫了一声。

秦雄和那干瘦老头却有点发呆，他们看见了那人的影子，更看见了那影子手中一张奇异的大弓，但他们却没能看清这人的面目。此人的速度实在太快，快得让人来不及反应，犹如一个幽灵，踏浪而来，随即又踏浪而去。

林渺也呆呆地望着此人没入黑暗的背影，竟似乎忘了自己的身体尚泡在水中。

“你去找回那支箭！”干瘦老头突然向洞庭二鬼吩咐了一声。

洞庭二鬼一怔，这老头居然要他们在黑暗的河底去找那一支箭，这不是在开玩笑吗？不过，他们没有反驳，因为他们知道这个一般不轻易开口的老头的话绝不会是没有意义的。幸好，他们看见了那支箭入水的方向，是以立刻跃入河水之中。

季步也浮出了水面，神情有些疲惫，但是依然很麻利地游到大船边。

雷霆威见玄剑走了，他也不想再纠缠，是以也立刻逸走。

雷霆威要走，那五人根本就不能将他留下，这是没办法的事情，武功之间的差距是很难弥补的。

林渺也被拉上了船，他只觉得胸前有点不舒服，可能是因为内伤本就没好，现在又再一次强行出手，这才会如此。

林渺发现自己的剑刃之上居然有一个缺口，一个豆大的缺口，这正是刚才挡开那支要命的箭所留下的，他禁不住骇然。

世间竟有如此可怕的箭，确实是骇人听闻，这比那所谓的天机弩不知厉害多少倍。

“此人是谁？”林渺深深地吸了口凉气，淡淡地问道。

“如果我没猜错的话，他应该是十三杀手之中仅在水中无二之后，排名第三的绝杀！”干瘦老头也抽了口凉气道。

“绝杀?!”林渺脸色再变，仅存的六大杀手已经出来了五个，还有一个未曾现身。也许，十三杀手并不只幸存六人，既然这是江湖秘闻，难道就不可能这十三大杀手一个都未死？

想到这个问题，林渺心都在发寒，这绝杀的箭竟如此可怕，其功力和身法如此诡异，较之雷霆威更可怕许多，而他只不过是排在十三杀手的第三位，那么排在第一和第二者又是怎样可怕呢？那水中无二会是怎样一个人物？如果这十三大杀手真的都活着，而林渺又杀了鬼影子和剑无心，若这些人都来杀他，他几乎不敢奢望可以活着。

雷霆威走了，船上只留下一地的狼藉，林渺不知为什么刚才绝杀不出手，而只让雷霆威和玄剑出手，如果绝杀也出手，以这三人的力量，今日只怕他唯有再一次借水而遁了。可是绝杀居然没有出手，只是救走了玄剑，这让人感到有些意外，但不管怎样，这是一个可怕的对手，绝对可怕！

那艘装载货物的商船沉没了，河面之上又陷入一片黑暗之中。但肖忆与何杰两人也在河水之中找到了那支箭。

在这黑暗的河水之中居然可以找回那一支两尺许长的箭，这确实不易。不过，也从来没有人怀疑过这兄弟二人的水性。

林渺把玩着这支让他的剑缺了一个口的利箭，心中再次泛起了一层寒意。

这是一支纯铁所造的利箭，入手极沉，箭头泛着幽光，极为锋锐。

“好箭！”林渺吸了口气道。

“箭是好箭，只是不好惹！”秦雄也有些感慨地道。他也没想到林渺居然遇上这样一摊子乱事，惹来了十三杀手中的三位可怕的人物，这潜隐了多年的人，居然重出江湖，但却只是为了杀林渺，这似乎有点悲哀。

“城主这一路上可要多加小心了，这群人当年出手从未失手过，他们绝不会善罢甘休的！”秦雄担心地道。

林渺淡淡一笑，吸了口气道：“谢将军的关心，我想我会小心的，我已经不是第一次和他们交手，他们想杀我，我也同样想杀他们！在江湖之中，没有人知道自己会在什么时候死，不过，十三杀手已不是当年的十三杀手了，也许，他们注定要失败！”

秦雄想再说什么，但又打住了，他觉得没有必要说出来，也许说出来只是一堆废话而已，该来的终究会来。

“相传绝杀从不出第二箭，但是没有人知道他这第一箭会自什么角度什么地方射来，它总会出现在你意想不到的地方。”那干瘦老头吸了口气道。

“可是主公不是挡开了这一箭吗?”铁头望着那支铁箭，有些不以为然地道。

“这是因为他根本就不想杀我，如果他想杀我的话，那么我已经死了！”林渺悠然道。

众人不由得大愕，便连鲁青也不同意林渺的观点。

“那他为什么不杀主公呢？难道他不是和雷霆威、玄剑一道的吗?”驼子也有些不解地问道。

“是啊，主公杀了鬼影子和剑无心，绝杀没有理由手下留情呀?”铁头吸了口气，惑然道。

“他不杀我自有其理由，但无论如何，他都是个威胁，拥有这样的敌人，只怕想睡个好觉都难！”林渺叹了口气。

秦雄竟有点同情林渺，因为他知道林渺说的都是事实。谁要是拥有这样的敌人，确实睡不了一个好的安稳觉。

“既然以后睡不了安稳觉，我现在就好好地睡一觉吧！”林渺伸了个懒腰道。

“圣上，昆阳告急！”一名信使一直奔到辕门，几乎是狂奔着赶进大殿之中。

刘玄的眉头紧皱，这已是第三道告急之书，可是刘寅却坚决不派援兵。

殿中众将皆有异议，认为昆阳不足一万人，如果多派人手也许可以守得更长一段时间。有这些时间作缓冲，也许可以夺下宛城，可是刘寅却坚决不派出援兵。

“大司徒可在?”刘玄深深地吸了口气，遇到这类事，他居然没有了主意，只好再派人请来刘寅。

信使递上告急文书，刘玄接过之后，便让他下殿先休息片刻。

刘寅很快便赶了过来，至少，在宛城周围仍然很安静。宛城之中没有半点动静，但城中的官兵却坚守着城池，粮草已绝，城中已开始屠马为食，百姓更是饿死者甚众，但岑彭坚决不投降，似乎不到真正的绝境之时绝不认输。

本来只有两个多月的粮草居然用了五月余，这让刘寅也不能不佩服城中的守将。

尽管这些日子来，城中过着几乎是地狱般的日子，但却没出乱子，可见王莽的手下确有能人。

“大司徒!”刘玄将告急文书递给刘寅，却没有说更多的话，他知道刘寅会处理的，在这种时候他更要器重这位无论在什么时候都很冷静的大司徒。

刘寅确实很冷静，虽然他很傲，并不太看得起众将，但他确有极果断的处事能力。

接过告急文书，刘寅并不看，而是很冷静地折叠好放入口袋之中，深深地吸了口气道:“这里的战士一个营都不能动，让信使回昆阳告诉王常大将军和安国公，请他们自己另外再想办法!”

“大司徒!”刘玄欲言又止地叫了声。

“大司徒难道连文书也不看一下?”王匡也有点急地问道。

刘寅依然很平静，肃然道:“我向圣上保证，这是最好的选择!”

“可是你可知道，如果昆阳一失，王邑的大军便会长驱直入，那时我们根本就没有机会相抗!”朱鲔也有些光火地道。

“大司马此话确实不错，但这是我们唯一的出路，如果我们派兵相援的话，此战就会连一点胜望都没有，其结果唯有重回绿林山等待围剿的命运!”刘寅肯定地道。

“难道大司徒以为这样我们就可以好一些?”王凤也质问道。

“我们必须赌!没有人有绝对的把握，但是这样至少尚有百分之五十的胜算。”刘寅肯定地道。

“我倒想知道大司徒为何如此认为?”刘玄的眉头皱得极紧，他比任何人都紧张，因为这是他的江山，是他的天下。若败了，他所有的梦想都将成为泡影，到时候四支义军依然会各奔东西，他甚至什么都不是，但这一刻他至少是更始皇帝，是这里所有人的首领。如果他胜了，那么汉室的江山唾手可复，他的尊贵和荣华也将趋向巅峰，甚至成为汉室的中兴皇帝，而眼下则是最大的考验，任何一步有失，他都有可能处于两种截然不同的地位。是以，他比任何人都担心。

“如果我是王邑，便必定会舍弃昆阳，直奔宛城，解宛城之围后再分食诸小城，这是最为稳妥和实际的战略。如此一来，昆阳绝不会有事，最多只是小规模地被包围，以昆阳众将，解决这点小问题根本就不在话下。而最为危险的反而是宛城外的我们，所以我们绝不可以分兵而出!”刘寅沉声道。

众将皆微微点头，如果王邑真的是如此选择的话，那么宛城确实危矣。

“但王邑并不是大司徒，如果他遇城扫城，以他们的兵力，一座小小的昆阳城又能阻得了几天?然后对方再长驱直入呢?”王凤不以为然地道。

“如果真是这样，则此战我们至少有百分之五十的胜算。如果是前者，我们只能看天意!”刘寅肃然道。

“何解?”刘玄精神为之一振，问道。

“破宛城只是时间的问题，最迟半月，最早八天!如果王邑想先破昆阳，至少要花五六天时间，再自昆阳到此，又要三四天。因此，我们完全有机会借宛城与之对决，如果有两天时间的缓冲，足够将粮草在宛城之中储足两三月，内守宛城，外以游击，以淯阳和宛城相呼应，我们不是没有胜望!”刘寅肯定地道。

“先不说我们能不能借宛城胜敌，大司徒真的有把握在八天之中夺下宛城?”

"我说过八天至半月!"刘寅有些不悦地重复了一遍。

"若是破宛城需要半月，那王邑的大军十天便到了呢?"朱鲔不以为然地反问道。

"如果我们想救昆阳，那至少要半月；如果我们舍昆阳，最多不会超过十天便可破城!"刘寅认真地道。

"大司徒想对宛城强攻?"刘玄见刘寅如此说，不由好奇地问道。

"如果对其强攻的话，只怕也要半月才会有效，虽然许多沟壑已经填平，却依然不可能上得了城!"刘寅肯定地道。

"那大司徒欲用什么方式破城?"王匡不相信地问道。

"心战!我们和宛城守将比的不是武力，而是看谁更沉得住气!"刘寅吸了口气，肯定地道。

"比谁更沉得住气?"众人皆感愕然。

"元帅，末将认为宛城之围才是当务之急，宛城危在旦夕，我们若先解了宛城之围，绿林逆贼便不在话下，实不宜在昆阳这小城之中耽误行程!"严尤语重心长地道。

"哼，小小昆阳能耽几日?我百万雄师所过之处，众贼岂能再留?若不能攻下这小小昆阳，怎能显示我大军之威?"王邑冷哼道。

"元帅，末将认为纳言将军所说甚是，以我们之军威，这小小昆阳自不在话下，但宛城确实已危在旦夕，末将认为先解宛城之围才是上策!"陈茂也附声道。

"秩宗将军是说本帅主次不分了?"王邑冷冷问道。

"我看二位将军是被绿林军打怕了吧?这昆阳举手即可破之，岂容这群跳梁小丑逍遥?"王寻毫不客气地道。

"司徒大人!"严尤和陈茂顿时大怒，但是他们确实是在绿林军手中连败数阵，又有何话好说?

"众位不必再争，本帅决定先破昆阳!"王邑打断众将的话，沉声道。

“宛城不派援兵?”王凤脸色变得极难看。

“是的！圣上说连一个营的战士也不能调来，请安国公和大将军自己想办法!”那信使有些怯怯地道。

殿中众将全都沉默了，王邑的百万大军已经将之层层围困，如果宛城不派援兵，结果只会是死路一条，不用想也能预知结果会有多坏，每个人心中都只剩下愤然。

“他们根本就不在乎我们昆阳众将的生死！难道就要眼睁睁地看着我们与城同亡?”李轶愤然道。

“他们倒好，但昆阳若失，他们又有什么好日子过?”张卯也恼怒地道。

“圣上就只说了这些话吗？没有让你带点什么东西回来?”刘秀深深地吸了口气，问道，他的心中也有些忿然，但却知道这一刻最重要的并不是生气。

“圣上没有什么交代，但大司徒却让末将将这个锦盒带了回来。”那信使双手递上一个以朱漆封好的锦盒道。

“呈上来!”王凤心中不解，仍有点气愤。

王常接过锦盒，缓缓将之打开，顿时吃了一惊，刘秀和王凤也吃了一惊，失声道：“兵符!”

“兵符!”殿中众将都讶异。

刘寅居然将兵符放在盒子之中让人带到昆阳，如果路上有失，那该是怎样的后果？许多人都不由得出了一身冷汗。

殿中众人不由得面面相觑，王凤捧着兵符不解地道：“大司徒这是什么意思?”

“空有兵符无兵可调，有什么用?”张卯惑然。

王常苦笑道：“大司徒此意是将更始大业全部都交到我们的手中，昆阳亡则更始灭!”

“此话怎讲?”王凤讶异问道。

“大哥把更始大军的兵符送到昆阳，便是要我们决战到底。如果昆阳破了，那么更始军便唯有归降一途，因为兵符已经落在了王邑的手中，为了不让这块兵符落在王邑手中，我们就必须战！”刘秀插嘴道。

“刘寅呀刘寅，你这不是故意为难我们吗？敌人百倍于我军，战不能战，走不能走，你好狠心呀刘寅！”王凤无可奈何地感慨道。

殿中诸将心中也都一阵苦涩，刘寅确实已将他们推到了战争的尖端。

“大司徒的意思便是，是战是降只看我们的念头了！”王常的目光扫过殿中诸将，声音依然很平静。

谁也没有说话，谁都知道，无论是战是降，都绝不容易选择！但每个人心中都对刘寅的安排生出一丝欣慰。可以看出，刘寅对昆阳诸将的信任，对昆阳诸将的期望，更明确地表明，更始大业全在昆阳诸将的一念之间，这对在场每个人都是一种莫大的鼓舞。当然，这也是一种压力，是以谁也没有说话。

王凤也不说话，他也明白了刘寅的意思，可这塞到他手中的却是一个烫手山芋，谁抓这山芋，都只会烫得满手起泡。

“你们也出出主意呀！王邑的大军已经包围了昆阳，如果要突围现在还来得及！”王凤沉吟许久，吸了口气道。

众将依然无语，刘寅既然送来了兵符，就不希望他们突围，这比任何话语都要沉重和直接，它的分量使得众将不能不战。

“我认为只有突围，否则唯有死路一条！”李铁吸了口气道。

“是啊，我们这区区万人何以能敌王邑百万大军？与其螳臂挡车与城共亡，倒不如保存实力，他日卷土重来！”张卯也附和道。

“众将以为如何？”王凤又向众人问道。

立刻有大部分人赞同张卯的说法，只有王常和刘秀等少数几人依然无语。

“大将军以为如何？”王凤又将目光投向王常，询问道。

王常却把目光投向刘秀，众将也随即将目光投向刘秀。

刘秀稍作沉吟，肃然道：“如果我们就此突围而出，的确可以保存实力，但我们所取得的一切成果都将付之东流。不仅如此，我们更会让天下英雄小视，想再卷土重来只会付出双倍或是更大的代价！试问，我们下次再卷土重来时难道就不会再遇到这种情况吗？此刻天下诸路义军正以我们马首是瞻，而我们这支乃汉室正统，如果遇上困难便退、便避，又如何能再取信于天下？又如何能够让将士们再生斗志？何况即使我们能够退到绿林山又怎样，我们十余万大军靠什么生活？绿林军已有过先例。此际已是五月，再过两月正是酷暑，山中能够容下我们这十万余人吗？”

众将不由得沉默了，谁不知两年前的绿林军也有十余万战士？可是在山中一场瘟疫而死去近半，闹得大军四分五裂。现在退回绿林山，正赶上酷暑，谁能肯定这十余万战士能受得了？而且王邑既已出动百万大军，难道会轻易放过他们？必会彻底清剿，他们的日子绝不好过！

“可是，这总比在此城等死要强一些呀？”张卯有些忿然地道。

“谁说是等死？我们依然有希望！”刘秀肯定地道。

“我们有希望？”李铁讶异地问道。

“自然，大哥送来这兵符，不只是希望我们战斗守住昆阳，更是告诉我们，他很快就会赶来。”刘秀肯定地道。

“大司徒很快就会赶来？”王凤也有点讶异地问道。

“不错，兵符乃是代表三军之帅，帅不离印，大哥送来了兵符，只是表示他暂时分不开身，但很快就可以赶来！”

“为什么？”

“因为宛城旦夕可破，他自然是先破宛城才来救援。如果我没估错的话，宛城在这几天之中必定能破！”刘秀肯定地道。

“文叔好像很有信心！”张卯不以为然地道。

“当然！宛城之中只有两月的粮草，但此刻却支持了近六月，城中早已是箭尽粮绝，能支撑到今天已是个奇迹，因为他们等待着援军，如果他们发现援军迟迟不到，自然会举城而降！”刘秀道。

“但是现在他们的援兵已到了，难道他们连撑几天也撑不了？”王凤也有些不以为然。

“不错，他们的援军到了昆阳，但并不是到了宛城，宛城内外的消息已经完全断绝，连一只信鸽也飞不进去，即使是援军到了百里之内，只要城外的我军不作任何异常表现，城内根本就无法得知……!”

“光武将军是说，大司徒之所以不愿调来援军，便是怕城内之人看出王邑大军到来的迹象?”王常眼中闪过一丝亮光，打断刘秀的话问道。

“不错，宛城之中的守将能以两月的粮草坚守城池六月，可见此人绝不简单，因此任何一点风吹草动都有可能引起他们的注意。若我估计没错的话，宛城的军心已经到了崩溃的边缘，只要加以诱惑，必会开门而降。但如果给他们一点刺激的话，只怕他们还能撑上几天，等到援军赶来。所以，大哥才不会派兵而送来兵符!”刘秀道。

“大司徒让我们去别的地方调兵，而不是调宛城之兵?!”王凤突然恍悟道。

“不错，拥有兵符，便可调集附近众城的所有兵力，除宛城之外，其他诸城的兵力是可以随便调遣的!”刘秀补充道。

“可是即使调集了定陵、郾城的兵力，我们也不过三万余人，凭这点人马能够抵挡王邑的百万大军吗?”张卯仍有点担心地道。

“三万大军自然不能胜百万大军，但若昆阳城中有三万大军死守，即使对方有百万雄狮，我们守个十天半月也不会成问题。以昆阳之坚城，全民皆兵也有五万余众，王邑也难讨到大的好处。而宛城一破，我们的大批援军便能赶到，到时内外相合，自然可解昆阳之围。只不过这之中的日子会很艰苦，如果有人害怕吃这种苦的话，我不反对他自己一人去降敌!”刘秀沉声道。

众将顿时不语，他们明白刘秀的意思，而且这也是唯一的可行之法，除非他们想去投降，但那样立刻会身死城中。

“如果王邑到时分出五十万大军围昆阳，另外再以五十万大军阻宛城援兵呢?”李轶问道。

“那到时候我们便唯有突围!但这种情况是不会出现的，若你是王邑，既然已决定一路消灭我军，你们会不会聚中全力将昆阳夷平呢?”刘秀反问。

李轶不答，他也不知道该如何回答。

“到时若真的如此，但只要能夺下宛城，我们三万兄弟战死沙场又有何不值？我们以自己的鲜血换得千万百姓的幸福，让天下人看到希望，我们也应该感到光荣，感到骄傲，我们的兄弟、我们的百姓会永远记住我们的！”刘秀激昂地道。

稍顿，又道：“我们揭竿而起是为了什么？真的就只是为了自己的荣华富贵吗？这么多无辜受苦受难的百姓指望着我们，难道我们不觉得应该为他们做点什么吗？而现在，正是需要我们为他们的希望出力的时候！我们能退缩吗？即使我们苟且地活了下去，又有何面目面对自己？面对死去的兄弟们？面对那些无助的父老乡亲？”

大殿内顿时陷入了一片沉寂之中，每个人的心中都似乎激起了一股热潮。他们都是刀尖上舔血过来的人，亲眼见过无数的战友倒下，可是他们仍然活着，虽然知道活着是多么美好，却更清楚苟且偷生的痛苦！他们已不止一次地面对死亡的威胁，但每一次都挺过来了，并坚决地活着。

“困难是有的，死亡也随时存在。死有重于泰山，轻于鸿毛，大丈夫便要战死沙场，二十年后又是一条好汉！这又有什么可怕的？你们去看看我们的战士，哪一个是怕死的？我决定去定陵和郾城搬兵，谁愿与我同去？”刘秀昂然道。

“我愿意！”说话者是一直都沉默的宗佻。

“好！宗佻将军愿与我同往，我希望安国公和大将军能在昆阳坚守此城，等待我们来大破王邑，然后再回宛城大宴三天！”刘秀欣然大笑道。

王常也大笑，刘秀必胜的豪情顿时激得众将都豪气冲天，众将纷纷报名愿一起同往。

“大家想清楚，此次我们冲出重围很可能是九死一生，在城外等待我们的是百万敌军，我们的昆阳已被包围了数十重！”刘秀再一次提醒道。

“生有何欢，死有何惧？”宗佻豪言道。

“好个生有何欢，死有何惧！我们都想好了！”众将同声答道。

“好，今夜就我们十三人杀出敌营，让他们看看，百万大军也不过尔尔!”刘秀大笑道。

“文叔放心，昆阳便交给我和大将军，为了能回宛城大宴三天，你一定要好好保重!”王凤也顿时豪情狂涌道。

众将皆将手紧握在一起，刹那之间，殿中再无尊卑身份之分，有的只是同生共死患难之情，因为每一个人都明白这一战的艰辛！每个人都明白，也许明天再见到对方时可能只是一具没有生命的尸体，也有可能以后再也不可能相见。因此，在这最后的时刻，每个人都分外珍惜，每个人都不再拘泥于世俗的观念。

“让我们设下酒宴，先为十三位英雄饯行，以壮行色!”王常提议道。

“小小的昆阳，巴掌大的一块地方，一攻即破，也敢与我相抗?”王邑在视察了昆阳城之后傲然道。

“我们发现下午有快骑入城，定是城中之人已出去求了救兵，元帅不可不防!”阳浚道。

“哼，我就怕他救兵不来，他们来多少杀多少！绿林贼匪不过十几万人，又要分出一大半围困宛城，便是把其它的全调来昆阳又能有多大作用？我以二十倍的力量还怕他区区救兵？真是笑话！你看看我们攻城的器械是何等精良，何等之众，这便是准备我们遇城破城、遇敌杀敌所用的!”王邑不屑地道。

“元帅所说甚是，昆阳只不过是囊中之物而已，那我们要不要晚上攻城呢?”阳浚问道。

“何用如此着急？今天天色近晚，战士们远道而来，也有些疲惫，传令埋锅造饭，明日一早攻城!”王邑道。

宛城之上的战士不断地咽着口水。

绿林军埋锅造饭之地便在城外一里外的地方，那种炒麦子和烧猪肉的香味远远地飘入了宛城内。

最让城头上的守将恼火的却是，这群绿林军战士捧着碗便对着高大的城墙吃起来，那津津有味的样子，让城头之上已有数月未好好吃点东西的战士恨不能飞下来抢走对方所有的食物。

城头上的战士已经喝了数月的清粥，最开始还有一日两顿清粥，可是近两月来却只有点青菜粥水，近一月来却只能喝点马肉汤，有时候连一块像样点的马肉都找不到。

马杀完了，便连元帅的那匹千里良驹也屠杀了，因为没有草料可养，现在已经两天没吃过东西，就只是喝点清水，百姓家能找出来吃的东西都基本上找出来了，连树皮和无毒的树叶也被摘了个七七八八，但是这一切根本就不能填饱肚子，于是很多人生病，也有很多人饿死……

宛城之中的日子，真的是地狱般的日子，每一个生活在宛城中的人在这一段时间内感慨最深。

自从一个月前，刘寅每天都命人在各个城门外炒麦子和稻谷，放上猪油，那种香味几乎整个宛城都能闻到，这种诱惑已经使得宛城内的军民恨不能飞出城来，但碍于军令，只好在城中苦苦度日。可是这几天城中连最后一匹马和牛也杀了，根本就无可食之物，那种香味更具有致命的诱惑，甚至有些人在城头闻到这种香味后，竟昏了过去。

由于长期的饥饿，使得每个人的嗅觉似乎特别灵敏，尤其是对食物的嗅觉。

刘寅不攻城，但却每天都以食物相诱，更大摆几道旗帜，上面书写着“降者可以出城分食”，这也确实很具诱惑力。

岑彭每天都照例巡城，这数月来他也与战士们所吃的一样，饿得面黄肌瘦，但依然精神很好，没有人看得出他的疲态，至少在巡城的将军们的眼中是如此，这也是让将士们心中唯一安慰的。

岑彭也禁不住吞了口口水，今天他也只是喝了一碗野菜汤，这或许是主将的唯一优待。但无论再强的人，也会感到饿，也无法让自己不吃不喝，这些日子便连岑彭也觉得绝望。

城外的绿林军依然平静，与往常没有半点异常，依然松弛，依然是对着城头大吃大喝，依然是不将宛城中的人放在眼里。

当然，岑彭知道如果他想打开城门冲杀出去的话，立刻便会遇到强烈的攻击。刘寅是他所遇上的最可怕的对手，无论是在用兵之上还是在心理战之上，都有着让人吃惊的能力。

岑彭也知道，他的战士们也都接近崩溃的边缘了，包括他自己。

看不到援军的影子，得不到援军的消息，放出去的信鸽都成了绿林军战士的盘中餐，而外面飞向宛城的信鸽也同样成了绿林军战士的盘中餐，这使得宛城如一座完全与世隔绝的城池，而他们也成了孤军！这是让人绝望崩溃的主要原因。

每次他巡城，都希望看到城外会有点异常的动静，可是每次他都很失望，仿佛这种漫长的等待要永远地延续下去，这种地狱般苦难的日子要永远地延续下去。当他看着战士们一个个病倒，百姓一个个饿死时，甚至想过举城而降，但是却又放不下心中的希翼。他知道，也许明天倒下去的人可能会是自己。他心中很清楚，自己也再无法撑上几天！

事实上，如果再过几天，刘寅下令攻城的话，城头之上已经无可战之兵，没有人能够在数天没吃东西的情况下坚持战斗，也没有力气作战。因此，如果再过两天没有奇迹出现，他便只好请刘寅入城！这是宛城唯一的出路，没有人想死，他也不例外！

城头的战士们都以一种异常的眼光看着他，仿佛是希望岑彭能够作出一个让他们饱餐一顿的决定。这些战士知道，有些话不可以说出口，但是可以用眼神表达，因此，他们都以这种眼神乞怜地望着岑彭。

岑彭的心都有些软了，他甚至有些害怕看这些战士的眼神，但他是主将，许多事情也是身不由己，他的一句话会改变整个局势，所以他不能轻易开口。

夜色极浓，昆阳城外篝火处处，将昆阳围得水泄不通。

当然，官兵新到，并不曾大举相犯。

刘秀环顾了四面一眼，让他心喜的是王邑大军防守松弛，也许是根本就没将一座小小的昆阳城放在眼里，是以也并未作多强多严密的防备。

“王邑也太狂妄了！”刘秀诸人皆换上了夜行服，专从营中挑选出十三匹最为精良的黑炭马，十三人十三骑仿佛融入了夜色之中。

“我们便从东门冲出，要让王邑知道，即使是铜墙铁壁也阻不住我们的脚步！”李铁豪气干云地道。

刘秀扫了身后的十二位军中高手一眼，深深地吸了口气道：“无论谁落在了后面，谁倒下了，任何人都不可以回头！不可以出手相助！你们听明白了吗?”

“听明白了！”众将齐声道。

“很好！那大家有没有信心冲出这重围?”刘秀又问。

“有！”众将又齐声高喝。

“好，那我们可以出发了！”刘秀说着翻身上马，向王常和王凤一抱拳。

王凤一拍手，立刻有侍卫送来十三碗烈酒，极为恭敬地递到每个人的马前。

刘秀肃然端过酒碗仰头一口灌下，叫了声：“好酒！”便将大碗砸碎于地上。

“砰砰……”十三只空碗先后砸碎于地上，众将皆向王常和王凤及送行的众将抱拳，每个人皆无语，因为谁都知道，这一去也许再见无期，心情都极为沉重。当这十三人将碗砸碎在地上的那一刻，便表示他们已经随时准备了死！

死亡对于战争来说，不是意外，而是必然，在这些送行的将士之中，唯有为这些勇士们祈祷。

王常一抬手，拿起抬在两名亲卫手中的镔铁大枪，沉声道：“便让我送你们一程！”说话间也跨上战马，领着一干战士向城门口冲去……

王常突然杀了出来，如同旋风一般！

王邑的大军没想到昆阳城内居然敢抢先杀出，而且来得如此突然。

王常的战士猛如虎狼，以一敌十，顿时杀开一条血路，直朝敌方的营盘之中杀去。

王邑的大营顿时全都惊动了，大量的将士全都向王常所在之处聚集，他们甚至没有弄清这究竟是怎么回事，便已被王常冲破了最前方的防线。

没人能挡住王常的重枪！在军中无敌的勇将，只有在这一刻才能充分地体现出其无人能及的力量！

王凤远远地在城头观望，他看着王常如一柄利剑般插入敌军的营中，这才挥手，刘秀领着十二骑以极速借夜色冲出了城外。

王常吸引了几乎所有敌军的注意力，这为刘秀十三骑制造了一个绝佳的机会，他们便趁着这点空当隐入敌军之中。

刘秀十三骑虽然人极少，但是每一个人都是高手，真正如同旋风一般，守在东城门外的敌军高手都被王常引了过去，剩下的一群普通战士根本就不够刘秀等人打。而且他们全都是黑衣黑马，融入夜色之中，便像是一群幽灵一般，阻无可阻。

王常冲杀了一阵，又掉头向城中杀回，在与王邑大军接触之前，极为知趣地掉头，再次凭其镔铁大枪杀出重围，领着他那五百死士冲向由王凤接应的城门之中。

王邑的大军想趁机入城，但却被如雨般的乱箭射得七零八落，城门又轰然合上。

随王常杀出的五百死士却只有一半活着回来，每人身上都沾满了血迹，但每一个人的表情都很肃穆，悲伤只是留在他们的内心深处。他们并不在乎死亡，因为他们随时都准备了死亡。

王常和王凤登上七丈高的城楼，遥望着刘秀冲出的方向，心中只有暗暗祈祷。官兵却在城门外叫嚷着，让王常逃回了城中，他们极不服气，对方居然只凭五百人便杀得他们东倒西歪，这确实让他们有些不服气！昆阳军死伤了两三百人，但他们却至少死伤了两三千人。当然，这点比例与百万大军根本不成对比，可是这让城外的守将感到很没面子，但是只过片刻，他们便发现了更没面子的事。

有人自连营之中突围而出！

这包围了数十重的连营竟没能阻止昆阳城之内的人突围，这一刻，这群人方明白为何王常会杀出城外后又迅速返回城中，是为了给这突围者作掩护！

难堪的是他们还不知道突围者的具体人数，有的说十几个，有的说只有几人，还有的说二三十或四五十人，只是他们却连一个突围者都没有抓到。

少量的人突围而出，其目的只有一个，那就是搬救兵！于是官兵派出一营人马追杀这群突围者，他们要洗清这耻辱。

“刘寅并没有向昆阳派一兵一卒！”

伏牛山的铁官大寨之中，申屠勇有些意外。

伏牛山今日颇有喜气，尽管王邑的百万大军快要逼临伏牛山一带。因为他们迎来了很重要的客人。

林渺到这里已经有一天多时间了，但山寨之中的气氛尚未消减。

对于申屠勇的铁官徒大军来说，林渺确实是贵客，因为与老包的关系，林渺无私地支援铁官徒义军近千张天机弩，使得申屠勇的战士更具战斗力，严尤多次围剿都没能成功。另外在物资上，小刀六也支援申屠勇甚多。因此，在铁官徒义军之中，早把林渺当成了兄弟，只是此次是这位兄弟第一次来伏牛山。

林渺第一次前来伏牛山，却是在一个非常时期，一个很有可能决定伏牛山诸寨生死存亡的时期。

申屠勇很矛盾，王邑的百万大军南下，如果真的扫平了绿林军，那他伏牛山的大小山寨也只会随后化为乌有，他们也根本就经不起冲击。正当申屠勇极苦恼的时候，林渺出现了。

申屠勇久闻林渺之名，尤其今年这半年来，林渺的名字在江湖中传播极盛，而林渺治军和作战的本领也让人津津乐道。虽然所发生的只不过是很局限性的小事，但经过炒作之后，这一点小事也仿佛变得惊天动地了，于是，林渺成了江湖中最智勇双全的年轻人之一，其风头隐盖了南方的刘秀。是以，申屠勇对这个人物的及时出现很是欢喜。

“刘寅果然不向昆阳派一兵一卒！”老包也有些意外地道。

“刘寅此举乃是最明智的抉择，而如此做也是唯一可以战胜王邑的办法。”林渺肯定地道，那信使是他让人派出去的。

“那我们是不是要行动呢？”申屠勇询问道。

“自然要，我可以断定，王邑此行只能铩羽而归！”林渺很自信。

“我看不出有这个可能，要知道，王邑拥有百万大军，仅这股力量，便是无人可撼的，又怎么会败呢？”申屠建插嘴道。他是伏牛军的统领，有些看不起其兄的作风，便是对林渺也有点不以为然。不过，因为林渺乃是伏牛军的好朋友，他多少有些敬重这个年轻人。

“百万大军是不可轻忽的力量，但是王邑却犯了一个大错！他不该在昆阳之外停留！”林渺悠然道。

“百万大军所过之处，自然要遇城破城，遇敌杀敌了，他拥有这么强大的力量，难道还要眼睁睁地看着自己的敌人逍遥？”申屠建不置可否地道。

“如果是在平时，这自然无错，但此刻他却不应该不分轻重，刘寅之所以不派一兵一卒援救昆阳，是因为他正在和王邑赌时间！”

“赌时间？怎么赌？”申屠勇也有些好奇地问道。

“当然赌宛城城破的时间！刘寅赌在王邑赶到宛城之前破开宛城，而王邑却在昆阳这巴掌大的一个无关紧要的地方浪费宝贵的时间，而给了刘寅更多的破城时间，这是一种极混账的做法！以这样的人作主帅，确实是王莽的悲哀。如果换作主帅是严尤或陈茂这些与刘寅大军交过锋的人，一定会明白刘寅不派兵的用意！”林渺慨然道。

“你是说，刘寅不派援兵是因宛城城破在即？”老包喜问道。

“不错，如果换作我是刘寅，这个时候也绝不会派援兵相救昆阳！”林渺肯定地道。

“我不明白林城主为何这么肯定！”申屠建尚有些不信。

“只有在最紧张的时刻，才能见耐力。如果宛城守将知道明天或后天援兵就会到，你认为他会不会在今天献城而降呢？”林渺淡淡地反问道。

申屠建摇摇头，众人皆摇头。

“那如果宛城内已经饿得就要崩溃的将士感到他们的援兵赶来救援的日子还遥遥无期，那你认为他今天或明天会不会有献城投降的可能呢?”林渺又问。

众人沉吟了一下，点头道：“如果真是饥饿到快要崩溃了，而又在不知援军何时到来的情况下，确有可能提早投降!”

“那就是了，如果刘寅自宛城外调集大量的援军相救昆阳，城内守将必会猜出他们的援军已经快至，那么必会死命地撑到援军赶来的时候。但在城内外的任何消息都封锁的情况下，只要城外刘寅的大军没有任何异动，城内便绝不知道自己的援军快到了。而眼下宛城之中粮草早绝，城头上的战士闻到炒麦的香气竟然昏了过去，可见城内的情况糟到了极点。如果在有意的精神刺激下，彻底崩溃已经只是旦夕之间的事。只要刘寅夺下宛城，王邑此战已经注定失败，即使他夺下昆阳也根本无济于事!”林渺淡然道。

“果然有理!”申屠勇不由得赞道。

“刘寅果然了不起!但这样就牺牲昆阳中的这么多良将，也太可惜了。”老包道。

“那也不一定，对于昆阳，王邑也不一定就能顺利得手!”林渺道。

“我尚有些不明白，即使是刘寅得了宛城，但是又有何用?如果王邑大军再将宛城来个全面包围的话，他不也成了孤军吗?以绿林军那微弱之力，如何能胜十倍于他们的兵力?”申屠建道。

“二龙头错了，绿林军在宛城并不是孤军，还有淯阳遥相呼应，另外，只要他们能在宛城之中撑上三个月，那么王邑大军必败无疑!”林渺肯定地道。

“此话何解?”申屠建道。

“绿林军围宛城，他们的粮草供给都来自南阳，另外自水路由南郡运来，这一路之上都是极力支持绿林军的人。所以，他们绝不愁后给不足，而王邑的大军却只能自洛阳运来粮草，这一路近千里，水路不通，惟走官道，而陆运远没漕运方便，可是王邑却有百万大军需用粮草，每天耗去近万担，这是多么庞大的数目，单靠陆路必须不断运送才能供应得上，但是这千里线路可能遇到的麻烦是不可以想象的。只要刘寅在入宛城之前留下一支万人的队伍专门骚扰王邑的粮道，也会让其苦不堪言，外加诸如我们这样的人，那粮草只怕还没到宛城外就已被我们吞并了。因此，支持不了长久的是王邑，而不是刘寅。还有，再过两月正是最热的七月，南阳的暑天酷热绝不好过，王邑的这些大军有来自西北的，有来自北方的，五湖四海拼在一起，有些人根本就适应不了南阳的酷暑。在这里度过酷暑，王邑能熬，但他手下的战士却必定熬不了。如果真让刘寅占住了宛城，王邑只好提着脑袋回去见王莽了！”林渺侃侃道来，条理分明得让申屠建不能不服。

申屠勇和老包对林渺的分析深觉有理，百万大军有其优势，也有其劣势，避重就轻确实可以拖跨这支大军。

“看来王邑真的要成王莽的罪人了！”申屠勇欣然道。

“那林城主认为我们是否应该出点力呢？”申屠勇又问道。

“应该，如果我们出力的话，或许王邑在昆阳就会栽上一个大筋斗！”林渺充满信心地道。

“哦，还请林城主明示！”申屠建对林渺的态度大为改观，林渺居然能从这一点点细小的环节之中看出这么多的破绽，可见此人确实是心思细密，如传闻之中的一般才智过人。

第七十一章　昆阳之战

“王邑自恃兵多，太过骄横，所谓骄兵必败！别忘了，绿林军除昆阳之外，还有定陵与郾城中有驻兵，昆阳得不到宛城的救兵，必会请来定陵和郾城的救兵。如果有敢死之军，集中力量向一个方向突破的话，未必就不能破开王邑的包围。尽管王邑将昆阳包围得像铁桶一般，这也使得其兵力分散在几面，若以快而疾的作战方式全力攻击一面，来个内外夹击，王邑此战只怕讨不了什么好处！”林渺分析道。

“定陵和郾城的大军到昆阳只要一天多时间，相信应该赶得及！”老包道。

“他们三城兵力加起来不过三万人左右，与王邑的兵力尚悬殊太大，这能行吗？”申屠建仍不以为然地道。

“擒贼先擒王，有三万人，若是每个人都能抛开生死，其力量又岂是这群官兵所能比拟的？如果有三万人全力夹击官兵的中军大营，那后果又会是怎样呢？”林渺反问道。

“对！王邑只想尽快夺得昆阳，他的中军反而在包围圈的外围，如果不先解城内之围而直接猛攻王邑的中军，中军一败，百万大军也便成了乌合之众，何足道哉？”申屠建突然明白了过来，喜色满面地道。

“二龙头真是反应敏捷，我想的正是如此。如果我是刘秀，必会挑选三千敢死队直破王邑中军，再以后部冲乱官兵，此战自然可胜！”林渺道。

“但是王邑必会将中军守得极稳，又岂是随便可以攻得破的？”老包疑惑地道。

“这个很好说，先可让一列人诱王邑派人来与我交战，我们以最精锐之师一举击败王邑派来交锋的队伍，这些人一败，自然便会向自己的阵营中逃，而这个时候我们就可追在其后掩杀而上，那么这些败军反而会自动冲乱他们的阵脚。如此一来，便可借机接近中军，那时，就不怕王邑不上当了！”林渺笑道。

“好计，好计！”申屠建拍手赞道。

“当然，这之中还要有一个很重要的因素，否则，此计也不可行！”林渺道。

“什么因素？”申屠勇也对之大感兴趣。

“那便是王邑的骄傲和大意！”林渺道。

“王邑的骄傲大意？”

“不错！如果王邑很谨慎或是把对外的任务给了严尤这等大将的话，那么，结果便会向两个截然不同的方向发展！”林渺很肯定地道。

“那我们应该怎样？”申屠建一副跃跃欲试的样子，问道，他仿佛已经快到战场之上了。

“待机而动，如果刘秀与我估计的没错，那我们便可带着我们的人自侧面协助攻击王邑的中军，杀他们个措手不及，到时刘秀便不能不对伏牛山的战士另眼相看，也便是你们出头的大好时机了！”林渺肯定地道。

“可是让我们屈于刘玄之下……”

“哥！我们难道要一辈子呆在伏牛山中吗？当年父亲起事不就是想改变一下我们的命运？眼下汉室复兴有望，我们若能建一番功业，比这呆在山寨中做山大王要强多了！而且这是一个千载难逢的好机会，也许将来我们也可封王封侯呢！成大事者何拘小节？”申屠建有些愤愤地打断申屠勇的话道。

林渺心中暗叹，难怪伏牛山这些年根本就没法露脸，这申屠勇确实没什么气魄，更是窝囊，甚至有些愚蠢，倒是申屠建极有主张和胆气，老包跟着申屠勇，看来是不会有什么出息的。

林渺到伏牛山的另一个目的，自然是来看老包了。当然，如果刘正所言是真的，刘秀是他的二哥，刘寅是他的长兄，他自然不能不帮，尤其是在这关系到刘家江山存亡的时候。

林渺并不是盲目之人，自竟陵到谷城的路上，他曾到过春陵，更在春陵刘家打探了一些消息，在当年刘家确有一个被人带走的小孩，只是没人知道其下落。而这个消息却是他通过许多手段方从春陵刘家的几个老仆口中得知，而知道这个小孩子身体特征的却只有一个老头，其特征正是自己身上这火龙纹的胎记。

林渺并不敢真的相信自己便是那个刘家的后人，可是有些事实又使他不能不相信这一切是真的。这对他来说，也许是一件好事，但是在心中却未免有点酸涩，虽然他是刘家的后人，却无法享受刘家后人的荣耀，自小在最破败的天和街成长，受尽苦难。不过，他感谢父亲林继之！这个表现得穷苦潦倒的老人教会了他许许多多，如果不是父亲那满腹经纶，教给了他绝不是市井之中所能学到的东西，他绝不会有今日之成就。直到这时，他倒有些明白何以当初父亲硬要逼着他看那些让他头痛的经书了。

刘正说过，其父只不过是假死，他当然不能不孝地扒开父亲的坟墓，但如果这一切都是真的呢？难道父亲真的没有死吗？可是又为何要假死呢？为何不出来与自己相见？更为什么不告诉自己真相和事实呢？

林渺的心中也有许多困惑，他本想去找刘寅，但是他甚至不知道该如何与这个可能是自己兄长的人相见。另外一个原因却是因为他是刘玄的眼中钉，自不想连累刘寅，所以他直接上了伏牛山。

昆阳被困，林渺并不是真的想帮申屠勇，倒是欲借此机会相助刘秀，相助王常，因为王常还欠他一百万两银子，这一笔账是不能少的。

申屠勇被弟弟的一席话说得微有些不满，但却知道其弟所言是有道理的。

“好吧，我给你五千人马，一切全由你调度，希望你能好好把握住这次机会！”申屠勇吸了口气道。

“谢谢大哥！”申屠建大喜，他很清楚，伏牛军只不过八千人，这次却给了他五千，可见申屠勇对他的重视。

“林城主，我相信你，希望你能保证我兄弟的安全!”申屠勇目光投向林渺，语重心长地道。

林渺一怔，淡淡一笑道：“多谢龙头的信任，如果二龙头有个三长两短，我也只好提着脑袋来见大龙头了!”

“大哥，我已经不是小孩了，自己的事情自己会处理。林城主好意我心领了，你大可不必承诺，不过我确实需要你相助，更希望你能给我出谋划策!”申屠建诚恳地道。

林渺欣赏地一笑道：“自然，因为明日我们将并肩上战场，我怎么也不会错过这场好戏!”

“那是最好！我们该什么时候动身?”申屠建有些迫不及待地问道。

“连夜动身，天亮时赶到昆阳外，然后好好休息静待变故。每个人准备三日的干粮，我们要在王邑毫无觉察的情况下赶到他们的身后，再奇兵突出!”林渺肯定地道。

“连夜动身，这么急?”申屠勇讶异地问道。

“夜晚行军隐密，否则，若让官兵知道我们存在，只怕会全军覆灭。”老包也道。

“老包说的很对，取敌制胜，便要出其不意，岂能形同儿戏?”申屠建道。

“那二龙头应该去点兵了!”林渺吸了口气道。

昆阳城外，王邑大军列营数百，围昆阳数十重。

在劝降无果的情况下，昆阳城内诸将更闭门不出，王邑只好下令攻城。

如此人多势众，城外的沟壕很快都被填平，战鼓之声传至百里之外，尘埃连天，旌旗遮云蔽日，漫山遍野都在飘摇、招展，大型撞城巨木不断向城下推进。

一时城头之上掷石机狂发，箭矢如雨般纷纷而下，在强大的攻势之下，城头上的绿林军战士们死死地守住垛口，不给官兵任何机会。

官兵如同潮水一般，一波一波，但是昆阳城中全民皆兵，百姓也来到城头将石灰之物向城下洒去，倒也挡住了官兵两次强攻。

战争开始的第一天，是个好天气。

晴朗，无云，五六月的风吹起来总让人感到很轻松，阳光也有一种独特的美。

但——好天气并不一定都能有好风景和好心情。

昆阳城外的风景不好，但壮观、惨烈，同样是五六月的风，但吹起的却是浓浓的血腥，是带着血腥味扬满了天空的尘埃，感觉有些呛人。

漫天的尘埃，本来很好的阳光也无法撩开这漫于天空中的尘埃，因为战争尚在继续，没有谁能具体地说出尘埃落定之后的景象，战争总能制造意外，总不会凭个人的猜想和臆测去发展，否则那也不叫战争。

当然，尘埃自有落定的一刻，那是在夜晚。

战争一直持续到了天黑，昆阳城已是满目疮痍，王邑终于下令撤兵，明日再攻城。

王邑并不是不想连夜攻城，但是那条护城河依然存在，这使他们欲在晚上攻城极为不便。另外，明天，后方的高大云车将运来，到时便可凭云车居高临下地向昆阳进攻，他就不信昆阳还能撑得过明日！

事实上昆阳能撑过今天已经是个很不错的奇迹，当然，这与城内绿林军两位绝对中坚人物是分不开的。

王常和王凤乃是绿林军最有权威的将领，其声威是刘玄在未称帝之前都无法相比的。

昆阳战士在这一天之中损失了两三千人，当然这比王邑大军所死伤的人数少得太多，但这却是昆阳四分之一的战斗力，而且这还是第一天，战争的第一天便已如此，那往后的日子只会更艰辛。也许，战争一开始便会结束，没有人能想象明天会有怎样的惨况，昆阳将士能支持到第三天的天亮吗？这是一个连王常和王凤都不敢肯定的臆想，而刘秀的救兵尚没有赶到。

刘秀的救兵什么时候才能赶到呢？能在城破之前到来吗？赶来了能够

突入包围吗？若有两三万人守城，王常和王凤还有把握守个十天半月的，但是十天半月之后呢？

昆阳城中的地下都有人监听，王邑想到了挖地道，王常自然也想到了，所以城外直挖地道，王常便令人横挖，然后在挖通的地道口点上火，将烟扇入地道之中，就像熏老鼠一般又把这些人逼了回去。

于是，整个晚上便只好围绕地道艰难地苦熬，不过，这也算是安宁，至少要比白天那残酷的战斗来得轻松。

当第一缕阳光惊醒了沉睡的鸟儿时，当第一声马嘶惊碎了清晨的宁静时，战争便开始了！

战争开始的第二天，依然残酷！

王邑和王寻很悠哉，战争虽然是由他们一手操持，但是他们却似乎完全处于战争之外，像是看风景的游人。

昆阳的抵抗能力确实出乎他们的意料之外，而这座城池的坚固也让他们有些意外，这更增加了王邑要快速夺下这座城池的决心！不过他知道，昆阳城再坚，也经不起百万大军的践踏，破城只在旦夕之间。

其实，望着那十余丈高的云车向前推进，再居高临下，如鹰抓小鸡般看那仓皇奔于城墙上的绿林军战士，也是一件很有趣很惬意的事情，便是王邑也有点想上云车观看城内此刻的景象。

“报——”一名中军快速奔至王邑的座前。

“报——刘秀领着一千人马在营外叫阵！”那中军半跪着禀报道。

“什么？”王邑以为自己听错了，再问了一遍。

“刘秀领着一千人马在营外叫阵！”那中军又禀报了一遍。

王邑不由得好笑，再问道：“就只一千人？”

“只有一千人！”那中军肯定地道。

“不知死活的黄毛小子，一千人也敢前来叫阵，简直是自寻死路！传我将令，让第二营调三万人马去把那小子给我抓来！”王邑不屑地冷笑了一声，传令道。

“慢!”王寻却阻断王邑的话，道：“刘秀这小子素来诡计多端，这次居然领一千人马敢来叫阵，恐怕其中有诈，这昆阳城破在即，又何必跟这小子节外生枝？待我们先破了城，再收拾他也不迟!”

“哦，难道就看着他在外叫阵吗?”王邑想了想问道。

“他不过区区一千人而已，我们又何必那么劳师动众？派五六千战士前去就足够了。不过，先要试他一试，看看是否有诈。若是他们一打就跑，定是诱敌之计，我们便不用追；如果他们不跑，六千战士对其一千人马，还不是手到擒来?”王寻分析道。

“嗯，这确实不错，那传我将令，各营没有命令不得擅自行动！阳浚!”王邑呼道。

“末将在!”阳浚应了声。

“你带六千人马去将刘秀那小子生擒活捉!”王邑沉声吩咐道。

“末将定不辱命!”阳浚充满豪情地道。以六敌一，刘秀的战士再厉害也没什么可怕，是以阳浚认为有点胜之不武，不过他绝不会在意去教训这一千义军。

刘秀依然一身黑衣，但座下已换成一骑灰色良驹，其左右为宗佻、李轶，在轻风之中有着无限的威仪。

一千人马，步骑交杂，但每人一手执盾，一手执刀，皆是轻装便鞋，杀气直冲霄汉，远远赶来的阳浚不禁抽了口凉气。

“来者可是刘秀?”阳浚打马而上，呼喝道。

“正是你家大爷！阳浚小儿就带这么点蟹兵虾将，不觉得寒酸了点吗?”刘秀朗声笑道。

阳浚听了不由得大怒，这刘秀自己也只带了这么点人，反而讥嘲他，立时怒吼道：“不知死活的小子，还不给本将军下马受降?!”

“要我下马受降吗？本大爷来了!”刘秀手中长剑插天一挥，吼道：“兄弟们，杀!”说话间刘秀已一马当先直冲向阳浚，宗佻、李轶不离刘秀左右，三人如一支利箭的箭头，直插向敌军阵中，后面又是十骑黑衣黑马的高手相随。这十三大高手前夜从昆阳冲出，此刻又一起向昆阳城冲去，不同的却是他们身后多了一千名绝对精锐的战士。

这批人只属于刘家的，也是当初助刘秀破宛城的那一批精锐。此时刘秀一声令下，他们便以潮水之势向前冲去，每个人都抱着一往无回的决心，杀气若一柄巨形的大剑，直插入阳浚身后的队伍之中。

“杀!”刹那间，阳浚似乎感觉到了一点什么，但他已经没有时间细想。

“铮……”两马将近之时，刘秀已如冲天之凤，旋身飞掠而起，身子和剑在虚空之中化成一道长虹，然后在阳浚的头顶上炸开。

漫天的剑花，如暴风骤雨中展翅的火凤，绽现着一种诡异的魅力。

阳浚骇然，刘秀一出手便尽了全力，而且是必杀之招，这怎不让他心惊？他早听闻过刘秀的武功几可直追刘寅，可今日才是他第一次与之交手。

凤鸣剑啸，万军之中唯有一线轻灵。

“叮叮……”阳浚的大刀挥击出无数次，但终未能阻止剑气割碎他座下的战马。

战马悲嘶而毙，阳浚身边的官兵如遭龙卷风刮过一般，旋倒一大片，在那暴风骤雨的剑气之中，这些人根本就没有半点抗拒的力量。

“哧……哧……”阳浚的战马倒毙，他暴退八步方脱出刘秀的剑势之外，但是胸前却已多了两道血槽。

刘秀一声低啸，落下之时刚好回到冲来的马背上，得胜钩上的大枪已抖出一抹灿烂的枪花，罩定了阳浚的每一个方位。这一切来得极为自然，仿如行云流水，没有半点拘泥做作的痕迹。

人落，马倒，枪出，然后便在阳浚的面前绽放出万朵枪花，没给阳浚半点喘息的机会。

……

十二勇士，以宗佻和李轶两位高手为首，见人便杀，所过之处，无一人可挡，人人斗志高昂，意气风发。这群执刀带盾的精锐战士经过无数次搏杀训练，在杀人与被杀之间，他们以一种最简单的方式证实着他们的力量和存在，几是以一当百，这六千官兵与之一触便像是镰刀下的稻米，一触即倒，一碰即死。

这无可比拟的杀人速度将官兵们都吓傻了，后面的人尚未敢上前交锋，便已吓得向后方逃逸而去，他们根本就不敢与这些人相对。

义军战士一步不松，以李铁、宗佻为首，如食桑之蚕，向官兵方向推去。

远处大队官兵也都骇然，没想到义军竟如此凶悍，一开始便将阳浚的战士击得溃逃，但是诸营的战士早已得令，没有命令不可以轻举妄动。是以，此时他们都不知是主动出战李铁诸人，还是待李铁诸人追近再战，但等他们反应过来时，李铁诸人已经冲到了近前。

外围的官兵又不敢乱放箭，因为有大批自己人正向后溃退，他们怕误伤了自己人，但等自己人返回营中之时，李铁诸人的精骑也随后杀到，依然是势如破竹，如一柄尖刀狠狠地刺入了官兵的心腹之中。虽然四面的官兵不断增加，仿佛是杀之不尽，但是这一千人的精兵依然层层向前推进，其势锐不可当。

……

刘秀的枪，快、重、狠、诡、霸，更不时地枪剑互换。

在敌营之外，竟只剩下阳浚与刘秀两人对决，其他的人全都杀入了军营之中。

阳浚一开始便受了伤，在大军惨败之下，更是斗志大丧，在第五十七招之时，终被刘秀挑死马下。

远处的官兵因没得将令，不敢擅自行动，竟相救无力。

刘秀割下阳浚的首级，大枪一抖，红缨在虚空之中如火一般划过。

“杀……”马蹄声、喊杀声大作，一里之外的林谷间，大批的绿林军战士如潮水般向官兵的营盘杀到。

“杀啊……”刘秀抖枪高呼，趁官兵的营盘外围被李铁诸人杀得大乱之时，再一次给官兵的外营以致命一击。

数万义军自两翼疾速掩杀而至，成丹与马虎各领一路，而在两翼之间是一千人的骑兵和两千步兵。

骑兵有如旋风般，人人手执大棍。两千步兵则与第一队人马一样，执轻盾短刀，在骑兵之后掩杀而至，到敌营入口与刘秀会合。

“宛城已破——宛城已破——”

“宛城已破——宛城已破——”

数万义军放声高呼，声音此起彼伏，但却迅速传遍了战场的每一个角落。

官兵们听了大惊，他们此来便是解宛城之危，若宛城已破，那还有什么意义？顿时斗志大丧，军心动荡。

刘秀一马当先，望着那扎于高坡处的敌营中军营帐，领着三千敢死战士以一往无回之势直向王邑所驻的中军攻去。

战尘弥漫，死亡的气息比血腥更浓，每一个随在刘秀之后的战士绝没有回头之路，他们也绝不回头，即使是死也必向前冲！他们绝不会停下脚步，除非已经用尽了最后一点力气，流干了最后一滴血。

生命并不是留给自己，对于这些人来说，生命本身就是献给战争，只有用热血浇注过的土地，才能开出最艳的花，而他们便是为了让这片土地开出最美的花而战斗。

他们已经看到了那绽放得最美的花，鲜艳得像血，映红了他们的眼睛，模糊了他们的心，却指明了他们的方向。于是，他们脑海中只有一个概念：前进、出刀、收刀，前进再出刀，再收刀……痛感和心一样麻木，他们似乎已经在那从胸腔中冲出的吼声中忘记了自己的存在。当他们的手臂被人斩落的时候，仍是机械性地耸动断肩，然后才知道弃盾再以握盾的手拔刀，前进，挥刀，再收刀，直至他们生命远去，或是四肢皆断之时，他们脑海中仍存着前进的念头。

刘秀的黑衣已经血红，坐下的战马也染红了鲜血，他也似乎与其部下一般，全身都麻木了，除了杀还是杀，但却有一个绝对的方向，那便是王邑！

王邑的身边围有十万官兵，但是刘秀与他的战士如一只钻入苹果中的虫子，已一层层地靠近果核，没有人能够阻住其脚步，十万大军也阻不住这区区三千人马，这让王邑吃惊。

王邑依然立于坡头，看着拥护的十万中军，听着“宛城已破”的口号，眉头皱得极紧。他似乎小视了这个刘秀，小视了这支义军。

“元帅，我们阻止不住他们的冲击!”一名偏将浑身浴血地奔上土坡道。

“混账！十万大军竟阻止不了区区几千人？你若阻他不住，拿头来见我！传我命令，全力阻止刘秀杀上来!”王寻大为震怒。

“是!”那偏将二话未说，抬头又一次向刘秀方向冲杀过去。

“那是谁?”王邑突然发现自西南方向有一人一骑直杀向土坡，此人白盔白甲，坐下一骑白马，在军中如出水蛟龙，一杆亮丽银枪左挑右刺，几无人可阻。

“邓禹!”一名亲卫微微吃惊，叫了声。

“邓禹？是那个与刘秀并称‘南阳二俊’的邓禹?”王邑也有些吃惊地问道。

“是他，末将曾与之有过数面之缘。”那亲卫肯定地道。

“没想到南阳二俊不仅都文采过人，连武功竟也如此精绝，此等人才在长安时怎就没能发现呢?”王邑有些感叹地道。

“谁愿意去将邓禹拿下?”王邑旋一正色道。

“末将愿去!”大将冯茂出列应了声。

王邑看了冯茂一眼，他对此人极信任，更知其是可独挡一面的大将，只是因当年征伐句町不力而不受重用，这才随军来此，否则只怕早已是一方主将了，当年的声威几可与严尤相比，此刻由其出战邓禹，他自然放心。

“很好，有冯将军出战我便放心了，能擒则擒，不能擒便杀!”王邑道。

“末将明白!”冯茂应了声，他知道王邑是爱邓禹之才。毕竟，王邑乃王家的宗室，虽然皇帝是王莽，但只有当王家仍掌管天下时他们才能够享受到尊荣，而眼下王家的天下正缺少人才，他自然想让邓禹这等人才为己所用。

王寻其实也对邓禹很感兴趣，此人如此年轻，却敢单枪匹马来闯百万大军的连营，这份勇气和胆量便足以让人心折。而邓禹和刘秀的才学昔日在长安便很有名，南阳的士大夫对其更是极为推崇。

攻城战依然在继续，强弩乱发，矢下如雨，城内的每一寸土地之上都似乎堆积着箭矢，箭更穿透瓦木没入百姓的房屋之中、居室之中，桌、椅、床、窗之上皆钉满了箭矢，战况之惨烈，已到了无以复加之境。

在强大的攻势之下，城中的守军几近崩溃，但是此刻刘秀却杀入了敌军的大营之中，李轶的一千敢死队如旋风般，所到之处皆一片混乱，马虎和成丹的两支援军若一把剪刀，将城东的一股敌军力量剪成三部分。

再远的地方，刘秀的三千死士如狼似虎般接近王邑，王邑的十万中军也开始混乱了，这无不让昆阳城中的子民和战士们精神大振，更是拼死抵抗。

王常和王凤顿时明白刘秀的意图，不由得大喜，但也同样担心，他们在城头上看的很清楚，刘秀的推进也是极为艰难的，尽管刘秀诸人毫不畏死地冲杀，那种有些悲壮的豪情确实可以激得每个人战意沸腾。可是任何人也不能忽略力量悬殊的事实，而在他们极担心之时，忽见西南角又有一队快骑向王邑的中军冲杀而至。

王凤和王常不由得皆感惊讶，却不知这支打扮并不是绿林军的人又是什么来路。

“枭城林渺在此——谁敢与我一战——”一道高昂悠长的呼声如龙吟虎啸般传遍战场的每一个角落，虽在雷鸣般的战鼓声相掩之下，却依然无比清晰地映入了王常和王凤的耳内。

王凤和王常大感意外，旋又大喜，他们怎也没有料到会有这样一支很意外的力量来援，而听林渺的呼声，此子的功力之高已达到了深不可测之境。

隐约中，他们似乎也听到了另一道呼声：“伏牛山申屠建在此——谁敢与我一战——”

战场之上一时变得热闹起来，有趣、紧张而残酷。

不仅王常和王凤听到了这呼声，刘秀和邓禹诸人也都听到了。

他们绝没有料到林渺居然会来，而且是在战况最为紧张、最为惨烈的时候赶来，还有伏牛山的申屠建，这使他们不由得精神大振。

刘秀知道，他并没有向伏牛山求援，伏牛山的申屠勇一向比较自傲，上次拒绝了他们的邀请，这次寻求援兵，他根本就没有想过要找伏牛山的人，因为他自己都没有半点把握活下去，申屠勇自不会傻得与他一起送死。可是偏偏有他想不到的事，伏牛山的铁官徒义军来了，而且还是和林渺一起来的。

刘秀好久都未曾见到过林渺了，但却听闻过林渺近来的风头，可是他没想到林渺居然会出现在此地，此刻他内心中还有另外一个声音，林渺不仅曾是他的朋友，更是他的兄弟！这让刘秀战意更高昂。

与此同时，王邑和王寻也看到了这一队横空出世般杀来的战士，让他们心惊的不是这些人的名字，而是这些人的实力。

官兵在这种混战之中不敢放箭，但是伏牛山的人却敢，而且他们发射的都是最强劲的天机弩。是以，一开始便将十万中军的西南方射出了一个缺口，然后林渺便持大枪杀入了其中。

林渺的左边是持巨大铁桨、力大无穷的猛将铁头，右边是身形小巧的侏儒鲁青。

铁头马上无敌，鲁青却在地上灵动得让人无法捉摸。

再侧便是伏牛山的二龙头申屠建，此人手持一杆方天画戟，也是挡者披靡。

林渺处在义军的最前端，身后则是他的那一干高手。

林渺所到之处，人仰马翻，根本就无人能阻，遇将杀将，遇兵杀兵，能与其战上十招者都寥寥无几，十万大军在枪下，也如无人之境，他与刘秀自两面向中间夹击极速推进。

王邑看了不由得心中发毛，连连派出八员大将，但是这所谓的八员大将都是有去无回，无一例外地死在林渺的枪下。而那大将冯茂又与邓禹耗上了，虽然将邓禹逼得苦苦挣扎，但是若等他将邓禹擒下之时，林渺已快将他身边的大将杀光了。

王寻也望了一下身边，竟无大将可派，林渺居然比刘秀更可怕。

铁头拍马斜杀而出，那群官兵就像他桨底的浪花一般，翻转而出，根本就没有人可以与其神力相抗，他的目标是邓禹！

林渺看见了邓禹，是以他让铁头去助邓禹一臂之力，以二人之力斗冯茂，而他依然是一往无回地冲击中军！这也是决定此战的成败所在，所以他绝不可以放弃。

王寻眉头皱了起来，望了王邑一眼，咬咬牙道："让我去会会这小子！"

"大司徒，你乃万金之躯，怎能犯险？不若我们先换个地方，再调严尤大将军来对付这小子！"一名亲卫提议道。

"不错，司徒大人乃万金之躯，何必与这黄毛小子斗气？我们有百万大军，将广兵众，待会儿再叫人来收拾他！"王邑也道。

王寻看了看，此刻林渺距坡上只有不到百步之遥，而他们的护卫军已筑成了人墙，但是林渺便像是一只翻土鼠，护卫兵便像是被翻开的土，根本就无法让林渺多停留半刻。

"保护元帅！"一干护卫们大喝，于是推着王邑和王寻所乘的战车迅速向坡底下赶去，他们根本就无法阻止林渺和已杀红了眼的刘秀，只好保护王邑撤离山头，暂避刘秀和林渺的锋芒。

王邑和王寻撤退倒是快捷，但是他们却忽略了一个致命的问题，那便是各路人马都在看着他们这处高地的中军，还等待着两人在此处挥旗指挥，可是他们居然撤走了。

王邑和王寻一撤，最先牵动的自然是中军各营战士，他们以为主帅一走便败了，只听到喊杀声自另一方面传来，却不明白发生了什么事，本来就已听到宛城已破的消息，斗志大减，这一刻还以为宛城的援兵自另一方杀来了，才会击败了主帅，他们哪里还有心情再战？与此相反的却是绿林军和伏牛山的人斗志更盛，这一弱一强，相形之下，中军立刻被击溃逃散，相互践踏者不计其数。

中军一溃，整个战场之上的指挥失调，其它诸营都不明所以，本来因宛城被破的消息没了斗志的官兵，顿时更是自乱阵脚。于是在城外义军无惧的猛攻之下，竟自行溃逃，牵一发而动全身，所有人都一下子乱了起来，于是百万大军如煮沸了一般。

城内王常和王凤大喜，怎肯错过如此机会？大开城门，倾所有兵力冲杀而出，与援军内外夹击，官兵更是一片混乱。

人多的好处在这一刻充分得到了体现，人挤人，人踩人，大家为了逃命早已顾不了别人，相互践踏。

兵败如山倒，任凭将领如何呼喊都无济于事，反而被人潮冲得不由自主地跟着跑，有些人本不想跑，可是被人流一冲，不跑便唯有被踩死，因此也只好跟着一起没命的奔逃，百万大军竟这般溃败不可收拾。

王邑和王寻发现这些时，已经是后悔莫及了，想在这乱成一锅粥溃逃的大军之中找到领军的将领那是不可能的。而更让他们大恼的却是绿林军和伏牛军竟只追赶着他们所在的中军穷追猛打，此刻全军上下已全无斗志，虽然这支中军有着义军数倍的力量，可是在无法组织起有效反抗的情况下，唯有挨打的份，被义军追赶得如丧家之犬，一溃千里。

王邑本还想再重整军队，可是此刻连他自己也是身不由己地被人潮冲得奔逃，只好放弃重组军容的诱人想法，向父城方向败退。

这一场大杀，又一次杀到天黑才收，义军追杀三十里，斩敌十数万，而官兵相互践踏死伤更是不计其数，降卒数万，得兵车战马、攻城器械和粮草无数。

百万官兵，逃散的逃散，死的死，伤的伤，至少已经损失了一半的兵力。

王常、王凤、刘秀诸人浑身浴血，劫后余生，都欢喜得快发疯了。他们做梦也没想到，以区区三万人马竟败敌百万，明明必死的结果，却以大胜告捷。虽然死伤了一万余将士，但是这一点损失比之这一战的大胜，那是何其微不足道。

而此战的最大功臣刘秀更是成了英雄，当之无愧的英雄，而最让人意外，却成致胜绝不可少的一人却是林渺。

林渺的出现是个意外，但如果没有林渺，仅凭刘秀三千死士绝无法击溃官兵的中军，但是加入了一个林渺和五千伏牛山的战士，立刻使整个战场的局势大逆转。因此，林渺不仅是英雄，更是每个绿林军感激的救命恩人。

昆阳城内虽然已经狼藉一片，但里面的喜气却是无法掩饰的。于是立刻由王凤、王常上表刘玄，将此战的全过程和所有有功之人都写得极清楚，刘秀在收编降卒之后，整个昆阳的军民陷入了一种歇斯底里的疯狂之中，他们享受着有史以来从未有过的胜利和欢乐。

由于申屠建此次也立下了大功，他带来的伏牛山战士更是发挥了关键作用，王常和王凤也重点介绍了一番，更说明申屠建的依附之意，这位伏牛山的二龙头也成了焦点。

城外的粮草物资，器械之物，昆阳全民出动居然搬了三天才基本上搬完。

当然，刘秀这些人尚无力继续追击王邑的败军。

王邑在父城重新整军，仍有数十万之众，而昆阳加上降卒一起也不过六七万人，而这些降兵仍不太安稳，是以刘秀要等到宛城援兵到来之后才能够真正追击王邑。不过，这几日完全可以整肃军容，修补城墙，赈济昆阳城内损失极重的百姓，这些所获得的物资足够他们用上好长一段日子。

邓禹居然在最紧要的关头单枪匹马前来相助刘秀，面对百万敌军而毫无惧色，其义勇也确让绿林军众将敬服。

邓禹和刘秀乃是生死之交的好友，这是谁都知道的事，但是自第一次刘玄、王凤诸人要急破宛城，邓禹的建议无人采纳，使之负气而去。后来邓禹带上燕子楼的另一个台柱人物柳宛儿悄然而去，这可气坏了晏奇山，但是四处探寻邓禹的下落无果，因刘秀和刘寅及绿林军诸将的原因，燕子楼也只好不了了之。谁不知邓禹、刘秀、李铁诸人乃是结义兄弟？而其兄邓晨更是绿林军的重要人物，燕子楼虽然面子不小，但在绿林军的势力之中，自然不敢得罪这些军中重要人物。

刘秀也没想到邓禹会在这里出现，倒确实有些神龙见首不见尾的感觉。不过，几兄弟在劫后余生重逢，感觉总会特别亲切。

林渺与邓禹的关系也极好，与王常也曾有过交情，但却并不深，不过绿林军对他并不排斥，因为他与刘秀关系极好，又同为义军的一支。在军中，除了刘玄那少数几个人想对付林渺外，余者皆不知林渺与刘玄关系不睦，当然，刘玄也不会说出来。

宛城，熬过了五个半月，终于再一次大开城门。

城里城外像是地狱和天堂的差别，饥饿得快要发疯的百姓和官兵们终于迫不及待地打开了城门，空手冲出来要吃的东西。

岑彭与宛城的主将们都负荆而出，在刘玄面前请罪，包括所有的印信都全部交给绿林军。那遥遥无期的等待早已让他们的心麻木，援军似乎永远都不可能出现，这使他们彻底绝望了。

刘玄本欲杀这些人，但正好得知昆阳大捷，大喜过望，满面都是欢喜，哪里还有杀意？又因众臣的相劝，于是这些降将全部赦免。

宛城确实如刘寅所估计的那样，在八天之内拿了下来，这确实是一件大喜事，但更大的喜事却是刘秀在昆阳以不足三万的兵力大破官兵百万，损敌数十万，缴获物资粮草无数，更俘获官兵数万，这战绩可谓是绿林军起事以来最大，也是最让人振奋的，几乎所有的将领和大夫们都表现出一种失态的狂喜，便是刘玄也把持不住自己的情绪。

一向不拘言笑的刘寅亦破天荒地表现出激动不已的样子。

无论谁都清楚，百万大军是怎样的一种威胁，全天下的人都在看着他们，看着他们这支打着复兴刘室江山旗帜的义军究竟能走多远，无论谁都清楚，这是决定性的一战。

如果刘玄输了，那么他永远都不可能再做帝王之梦，但若如果王莽输了，刘玄直破长安恢复汉室江山便为期不远了，而这一切却来得这般快，这般意外，他们本想舍弃昆阳，甚至牺牲昆阳的人以获取与王邑长期作战的余地，谁知偏偏是这被他们认为可以舍弃的一小部分人马创造了一个战争的奇迹，击败了百倍于己的强敌。

刘玄自然不再吝啬对这些有功之臣大加封赏，对死去的战士加以抚恤，只从他们缴获的物资之中分出一小部分便足够解决这一切了。另外，在昆阳遇到危机之时，伏牛山的战士竟不顾灭顶之灾下山相救，而立下了如此大功，这让绿林军将士对之印象大改，更多了许多感激。除申屠建封为大将军之外，每位伏牛山出战的战士和死去的战士也都另有赏赐和抚恤，更派人送十万两白银上伏牛山，以表谢意。

刘玄难得对伏牛山的铁官徒们这么大方，当然，这也是因为双方已成了一家人，虽然申屠勇未出山，但让其弟前来依附，并带来大部分兵力，可以看出申屠勇已经认可了绿林军。是以，刘玄也封申屠勇为镇山侯，将伏牛山的那一块便赐给了不愿意出山的申屠勇。

当然，申屠勇不愿意走出伏牛山，与刘玄手下的将领并没有什么矛盾争端。何况申屠勇之父申屠圣当年也是一代豪杰，在义军之中的辈分极高，自然没有人会去争那个有名无实的镇山侯。

刘寅拿下宛城，也有大功，因其按兵不动，不援昆阳的判断是极为正确的。在大军压境之时所表现出来的镇定和冷静，使得军中将士无不敬服。

刘玄大宴三军，更派人向昆阳送去美酒，然后又将刘秀送回宛城的兵符再次交给刘秀，调兵五万在昆阳与刘秀会合，让其继续与王邑作战。

并封刘秀为复汉大将军，北征大元帅。

由于刘秀在昆阳之战中所表现出的超凡才智和果敢及勇武，军中之人对这个封号并无异议。何况，只要有王常和王凤这两个代表下江兵和新市军的最高统帅点头，其他人还有谁有反对的资格？当然，刘寅是绝不会反对的，因为刘秀是其弟，他自然全力支持。

昆阳，该乐的已经乐了，该收拾的也已经收拾了，王邑已在父城整兵，刘秀也知道是该收回心神作战的时候了。此时他的北征军也有十万之众，虽比王邑的官兵尚少很多，但如此实力已经让他很满意了。而且这几天来依附之人络绎不绝，义军以极速不断壮大，这确实是极令人心喜的势态，也使刘秀充满了信心。

虽然昆阳之战以大捷而告终，但是这并不等于战争已经结束。至少，王邑还有近五十万大军，这绝对不是一支可以小视的力量，要想取得最后的胜利，仍是一段很漫长的路。不过，刘秀有信心，绝对的信心，他们的战士有着新胜的锐气，有着不可遏制的斗志，而王邑乃败军之将，斗志全无，根本就构不成威胁，只要战略运用得当，最后的胜利一定会属于绿林军。

刘秀所担心的当然不是王邑的问题，而是林渺所提出的另一个问题。

林渺并没有很快离开昆阳，他是一个与绿林军无关的旁观者，所以，他可能会看到更多的问题。因此，他暂时留在昆阳，并向刘秀说出了自己的想法和看到的问题。

“刘玄不会放过你们兄弟二人的!”林渺以最直接的方式说了出来，毫不拖泥带水。

刘秀一时也愕住了，怔了怔，脸色变得很难看，有些沉郁地看着林渺，像是想自林渺的表情之中知道其最终真实的想法。

“我并不是在危言耸听!”林渺并没有回避刘秀的眼神，也根本就不惧。

“你为什么要有这样的想法？如果别人听到一定会杀了你!”刘秀沉郁地道。

“我不怕别人听到，任何想杀我的人都必须付出沉重的代价!”林渺满不在乎地道。

“你比以前自信多了，但我会认为你是在挑拨我与族兄之间的关系!”刘秀冷冷一笑道，虽然他与林渺曾经的关系很不错，而且也极为看得起这个人，但是林渺所说的话确实有些过火。

“人总会成长的，这也是一个过程，我自信是因为我知道自己的分量，更明白自己是个聪明人，会用聪明的方式看待问题，你也应该是一个很聪明的人!”林渺深深地吸了口气道。

刘秀一怔，再次深深地打量了林渺一眼，依然毫无表情地道：“我不明白你为什么会这样想，我当你是朋友，你应该知道自己这些话的分量!”

“我自然知道！正因为我当你是朋友，才会这么说，如果换成别人，我根本就不用去管他的生死，根本就无须去伏牛山搬来援兵!”林渺很直接地道。

“是你自伏牛山请他们出山的?”刘秀微感惊讶，反问道。

“不错，如果只是因为刘玄或是你们兄弟，申屠建或许根本就不会出兵，也只有我能说服他，因为我一开始便知道我们有胜的希望，你没有让我失望，所以我知道你是个聪明人。”林渺淡淡地道。

“聪明人又如何?”刘秀反问。

“没有人愿意有人威胁自己的权力，自古帝王之争，不论兄弟！你应该知道，太聪明的人会让人害怕的，尤其是那些不太聪明的人总会很担心那些很聪明的人。”林渺有些答非所问地道。

“你的意思是说，我族兄会怕我们?”刘秀反问。

“这个你应该比我更清楚!”林渺道。

刘秀不语，只是定定地看着林渺，半晌才吸了口气道：“我想知道你说这些话的目的!”

“我的目的便是不想看着你们兄弟死!”林渺悠然道，他并没有被刘秀这种异样的眼光所慑，反而显得极度的平静。

“就这些?”刘秀怔了一下，反问道。

“你以为我还有别的目的?”林渺也反问道。

刘秀冷冷地吸了口气，道：“如果你有的话，我早在说第二句话时便杀了你，我相信你没有，也永远都不要有!”

“我知道你是聪明人，我希望不只是你知道，最好也告诉你兄长，当外在的威胁解除之后，便到了解除内在威胁的时候了。如果迟一步，便很可能会抱憾终生!”林渺吸了口气，很坦然地道。

“我知道自己该做什么，不过，在走出这扇门之后，我希望你忘了今天所说的一切，也不要向任何人提起！”刘秀肃然道。

“我是一个健忘的人，但我却仍有一句话要说明白，你们活着，并不只是为了自己。所以，我希望你们活着也并不只是为了你们！”林渺也沉声道。

“每一个活着的人都不只是为了自己！”刘秀道。

“但每一个人的责任并不相同，有些人只为一家人而活，而有些人却是为天下人而活！”林渺道。

“如果我有那么伟大的话，我就不会寄居在昆阳！”刘秀道。

“这并不矛盾，将来的事情没有人可以说得清楚。”林渺淡然道。

刘秀不置可否地笑了笑，道：“其实我觉得你很有帝王之相！”

“那你是不是应该现在就把我杀了？”林渺不由得笑了，神情略有些怪地反问道。

“我为什么要杀你？”刘秀也反问。

“因为我觉得你也很有帝王之相呀！”林渺一本正经地道。

刘秀一怔，不由得笑了起来，林渺也相随大笑起来。

良久才笑罢，室内却有点沉闷。

刘秀不语，或是并不知道说什么好，他不知林渺知不知道自己身世的秘密，也不知要不要说出这鲜为人知的秘密，所以不语。

“王莽此次是在劫难逃了！你们刘家的江山复兴有望，不过，我觉得刘玄并不是一块做帝王的料子！”林渺突然道。

刘秀脸色一变，沉声道：“我不想你再说这个话题！”

“人总要面对现实，我只是知道你兄长性情刚烈，生性倨傲，尽管他智勇无双，但最容易得罪人、最受人忌讳的也就是这种人，我并不想再回宛城一趟，所以我要向你说清楚。”林渺并不打住道。

“我们兄弟的事，我们自有主张，不用你担心！”刘秀固执地道，旋又道：“如果你是来这里做客，你是我的朋友，我欢迎；如果你是来这里说三道四的，我们都不会欢迎你。刘家的事，自有刘家的解决方式！”

林渺不由得漠然一笑，道：“对，是不关我的事，是我多心了，我也该去休息了!”

他说走便走，不作半刻停留，倒把刘秀给愣在当场……

与此同时，林渺刚走，邓禹便进来了，邓禹的目光也有些沉郁，淡淡地吸了口气道:“我听到了林渺的话!”

“你来了很久?”刘秀反问。

“不错!”邓禹肯定地道。

“那你认为我该怎么做?”刘秀反问道。

“也许该怎么做已经由不得你了。”邓禹叹了口气，顿了顿又道:“我想寅大哥或许知道，你最好找他商量一下。”

“绿林军好不容易才有今日的成就，难道说定要弄得窝里反?这结果又会便宜了谁呢?”刘秀吸了口气，反问道。

“每个人都必须有所取舍!”邓禹吸了口气，有些无可奈何地道。

刘秀也沉默了，林渺和邓禹都看到了事实，难道他会看不到?他当然不会看不到事实，只是他不愿意去想，也不能去想，恢复汉室江山才是最重要的任务!眼下，恢复汉室江山已指日可待，若要窝里反，这只会让自己成为刘家的罪人!

邓禹似乎看出了刘秀的心思，是以，他并没有多说，只是吸了口气道:“南方不行还有北方!”

“四弟不可以留下来助我吗?”刘秀反问道。

邓禹笑了笑道:“如果我愿意留在南方，当日也就不会走了。”

刘秀苦涩地笑了笑，神情一肃，突然问道:“你觉得林渺这人怎样?”

邓禹一怔，旋即道:“此人确有能耐，虽出身市井，但我却感觉到此人博学多才，聪慧过人。我到过枭城，只看一座小城的治理，天下之城无出其右，而其兵法战略也确有过人之处，昨日战场之上你也看到了。年初，他仅凭三千人马破枭城，灭铜马军取而代之，再以新降之军败王校军，这之中无不显示着此人过人的智慧和实力。他用兵诡诈百出，每每会让人捉摸不透其用心。前些日子在谷城击败了贵霜国的八段武士，其武功之强只怕已在你我之上。在竟陵，他大卖玄门藏宝图，而使天下夺宝之人心灰意冷，再无夺宝之念，破坏了天魔门的好事，减少了许多江湖杀戮。以我之见，此人倒也不坏，我从未见过比他更让人难以揣度之人，好像没有什么他做不了的事一般!”

刘秀的脸色变了数变，望着邓禹，讶异地问道：“你对他的一切居然这么了解?”

邓禹笑了笑道：“虽然我并无心在绿林军中，终日闲游于江湖，但对天下所发生的事却是不敢疏忽，你是知道我喜欢凑热闹的，凑巧他也喜欢凑热闹，于是便知道了他的事。”

“如此看来，你很看好他?”刘秀反问道。

“说实话，我确实很看好他，此人无论到哪里都似乎能交到朋友，都有人支持，我还发现林渺身后除了臬城之外，尚有一个极为庞大而复杂的组织。可以说，在林渺的身边拥有许多可以独挡一面的人才，甚至连我也不明白，他怎会有这么大的魅力!”邓禹由衷地道。

“一个庞大的组织？难道是天魔门?”刘秀反问道。

“应该不是，因为一开始，他便是天魔门的敌人，屡屡破坏天魔门的好事，几与天魔门形同水火!”邓禹肯定地道。

“哦，那天下还有什么组织会这么庞大?”刘秀也微微皱眉惑然道。

“这组织做事很稳秘，好像各地都有，并不太像江湖中的组织，他们行事低调，身份也都掩饰得极隐蔽，但林渺所到之处，必有人为其先打点好一切!”邓禹道。

“哦，我明白了，一定是小刀六与姜万宝这两人弄的鬼!”刘秀突然恍然大悟。

“不可能吧，他们怎么可能在这么短的时间内发展得如此庞大?”邓禹有些吃惊和意外地道。

“所以，我们不得不佩服他的手段!”刘秀吸了口气道。

邓禹不语，确实是让他很意外，林渺与他们相识不过一年时间，一年时间竟由一个小混混变成了一方之雄，变成了名动江湖的大人物，这确实让人没有料到。当日他们只知道林渺服下了烈罡芙蓉果，在武功上可能会是一个可造之才，却没想到能这么快崛起。

“幸亏他是我们的朋友！”邓禹欣然笑了笑道。

刘秀神色微微一缓，眸子中涌出一缕淡淡的异彩，也勉强笑了笑道：“是啊，幸亏他是我们的朋友！”

“我还要告诉你一个消息！邪神又重现江湖了，还有昔年的杀手盟杀手！”邓禹道。

“什么？”刘秀神色变得有些难看。

“邪神杀了松鹤道长，杀手之王雷霆威也正在追杀林渺，不过雷霆威好像没有一次得手！”邓禹道。

刘秀的脸色有些难看，深深地吸了口气道：“据我所知，邪神与王莽有特殊的关系，如果邪神相助王莽的话，后果只怕很难预料！”

邓禹神色也微变，却惑然道：“那为何邪神会最先挑选松鹤道长呢？为何不让松鹤道长与阿姆度决战于武当山之巅呢？”

“这个问题也许只好去问邪神了。”刘秀也无可奈何地摊了摊手道。

邓禹也不由得愣愣一笑，也许真的只有邪神可答。

“雷霆威为何会追杀林渺呢？”刘秀又问道。

“好像是因为林渺杀了当年十三大杀手中的鬼影子和剑无心，所以雷霆威才死缠着林渺不放！”邓禹道。

刘秀不禁哈哈一笑道：“看来杀手盟的杀手真的都老了，当年从不失手的人，居然被林渺杀掉两个，连雷霆威也屡屡失手，真是有趣！”

邓禹也笑了笑，事实好像真是这样，不过，要换成不是林渺而是自己，那是否自己也可以杀掉鬼影子和剑无心呢？是否也能自雷霆威手下逃走呢？这个问题自无人回答，邓禹也不敢去试，那对他确实没有一点好处。

杀手盟的杀手是不是真的不如当年，那并不能只在某一个人身上去考证，所以，邓禹并不觉得这些特别好笑。